KB173113

삼국지 3

초망(草莽)

삼국지 3
초망(草莽)

1판 1쇄 펴냄 2020년 2월 26일

원 작 나관중
편 저 요시카와 에이지
번 역 바른번역
출 간 하진석
출판사 코너스톤
주 소 서울시 마포구 독막로3길 51
전 화 02 - 518 - 3919
ISBN 979-11-87011-82-8 04830

천 하 패 권 을 다 투 는 영 웅 들

삼국지

③ 초망

차례

무녀

1

"뭐라고, 무조건 화친을 맺으라니. 무슨 뚱딴지 같은 소리냐."

곽사(郭汜)는 들은 체도 하지 않았다. 그뿐만이 아니었다. 난데없이 병사에게 명령을 내리더니 양표(楊彪)를 수행하는 대신과 함께 따라온 궁녀 등 60명이 넘는 사람을 한꺼번에 포박했다.

"이런 무례할 데가 있나! 화친을 제의하러 온 조정 신하들을 무슨 이유로 잡아 가둔단 말인가?"

양표가 거친 목소리로 호통을 치자, 곽사가 오만한 태도로 맞받았다.

"닥쳐라! 이(李) 사마는 천자조차도 인질로 삼지 않았는가. 그걸 무기 삼아 날뛰니 이쪽 또한 군신들을 인질로 붙잡아두는 것이다."

"어허! 이게 어찌 된 일이냐! 나라의 기둥이 되는 두 장군이거늘 하나는 천자를 협박하여 인질로 삼질 않나, 또 하나는 군신을 잡아 가두고 큰소리 치지 않나. 한심하도다. 인간 세상도 이렇단 말인가."

"네 이놈. 무슨 허튼소릴 지껄이는 게냐!"

칼을 빼 들고 양표를 베려 하자 중랑장 양밀(楊密)이 다급하게 곽사의 손을 막았다. 양밀의 충고에 칼을 거두기는 했지만 붙잡은 군신들을 풀어주지는 않았다. 그러고는 양표와 주준(朱儁) 두 사람만 내치듯 쫓아버렸다. 이미 노쇠한 주준은 오늘 일로 정신적 충격을 심하게 받았다.

"아아…, 아아…."

몇 번이고 하늘을 쳐다보며 힘없이 걷더니 양표를 돌아보고 탄식했다.

"자네나 나나 한 나라의 신하 된 몸으로 황제를 받들지도 못하고 세상을 구하지도 못하니 무슨 살아갈 보람이 있겠는가…."

끝내는 양표를 끌어안고 길바닥에 쓰러져 눈물을 흘리던 주준은 잠시 혼절까지 할 정도로 슬퍼했다. 그래서였는지 집에 다다르자마자 주준은 바로 피를 토하고 죽어버렸다. 그 소식을 듣고 양표가 달려갔지만, 주준은 이미 이마가 깨진 채로 죽어 있었다. 분을 이기지 못해 기둥에 머리를 박고 죽은 것이다. 주준이 아니더라도 세상을 살다 분한 마음에 죽고 싶었던 사람이야 수없이 많았으리라….

그 후로 달포가 넘도록 이각(李傕)과 곽사는 밤낮을 가리지 않고 병사들을 싸움터로 내보내 전쟁을 했다. 마치 전쟁이 업이라도 되는 듯, 전쟁이 삶이라도 되는 듯, 전쟁이 낙이라도 되는 듯 말이다. 의미도 없고 대의도 없고 눈물도 없이 양쪽은 그저 싸웠다. 양쪽 병사들의 시체는 길바닥에 널브러졌고 도랑 안은 그 속까지 썩은 내가 진동해 그 안을 들여다볼 수도 없었다. 나무 그늘 아래에서도 악취가 났다. 그곳에 쓸쓸히 풀꽃이 피어나고 등에가 울어댔으며 말파리가 날아다녔다. 말파리 세계 역시 인간들의 세계와 다를 바 없다. 오히려 말파리 세계에는 나무 그늘 아래 선선한 바람이 불고 콩나무 꽃도 핀다.

"죽고 싶다… 허나 죽을 수가 없구나. 짐은 어찌하여 천자로 태어났을까."

밤이고 낮이고 흐르는 눈물을 멈추지 못하는 황제는 침울해져만 갔다.

"폐하."

시중랑(侍中郎) 양기(揚碕)가 조심스레 다가오더니 귀에다 대고 속삭였다.

"이각의 신하 중에 가후(賈詡)라는 책략가가 있사옵니다. 신이 몰래 지켜보았사온데, 아직 진실한 마음이 있는 듯합니다. 폐하를 받들어 모실 줄 아는 무사로 보이니 한번 조용히 불러보시겠나이까."

어느 날, 가후가 볼일이 있어 황제 밀실로 들어갔다. 황제는 주위 사람들을 물리더니 갑자기 가후 앞에서 거듭 절을 하며 부탁했다.

"한나라 조정이 이리도 어지러우니 부디 의를 떨쳐 날 불쌍히 여겨주게."

가후는 놀라 바닥에 무릎을 꿇고 머리를 조아리며 대답했다.

"지금 무정한 건 신의 마음이 아니옵니다. 때를 기다려주시옵소서."

그때 하필이면 이각이 들어왔다. 긴 칼을 허리에 차고 철 채찍을 늘어뜨린 채 황제의 얼굴을 가만히 노려보자 황제는 얼굴이 흙빛으로 변해 부들부들 떨었다.

"으앗!"

시중을 드는 신하들이 만일을 대비하여 황제 주위로 재빨리 다가가 둘러싸면서 너도나도 무심결에 칼을 잡았다. 그 기세에 도리어 이각이 겁을 먹은 듯했다.

"으하하. 뭘 그리 놀라시는가. 가후, 무슨 재밌는 이야기라도 했나?"

얼버무리듯이 웃으며 말하더니 곧 밖으로 나가버렸다.

2

이각 진중에는 무녀가 많았다. 그 무녀들은 하나같이 중요한 일을 맡은 사람들이다. 쉴 새 없이 작전 중인 진영을 들락날락하며 무슨 일이 있을 때마다 제단을 향해 빌거나 신에게 적을 무찔러달라고 불을 지피기도 하고 내림굿을 하기도 했다.

"신령이 말하십니다."

무녀는 신탁이라며 요상한 말을 이각에게 전했다. 이각은 무서우리만큼 무녀들의 말을 믿고 의지했다. 무슨 일을 하더라도 맨 먼저 무녀를 불러들였다. 그러고 나서는 신령의 전언을 들었다. 무녀에게 내린 신은 사신(邪神)같아 보였지만 이각은 하늘의 도리든 인간의 도리든 무서워하지 않았다. 점점 전쟁을 즐기게 되어 곽사와 서로 으르렁거리며 병사들을 죽이고 민중을 괴롭히고도 돌아보려 하지 않았다.

어느 날 이각과 동향 출신인 황보력(皇甫酈)이 진중으로 찾아왔다.

"쓸데없는 전쟁은 적당히 하시는 게 어떻습니까? 장군은 이 나라의 으뜸이 되는 장수시니 높은 작록(爵祿)도 필요 없을 테고 아무 부족함이 없지 않습니까?"

이각은 비웃으며 되물었다.

"자네는 뭘 하러 왔는가?"

"아무래도 장군이 신에게 너무 의지하시는 것 같아서 장군에게 달라붙은 사악한 신을 떨쳐버리려고 찾아왔습니다."

황보력도 히죽 웃으며 답했다.

말솜씨 좋은 황보력이 거침없이 혀를 놀렸다. 사사로운 싸움으로 백성을 괴롭히고 천자를 감금한 이각의 죄를 크게 탓하며 지금이라도 당장 죄를 뉘우치지 않으면 천벌을 받을 것이라고도 했다. 그랬더니 이각이 느닷없이 칼을 뽑더니 황보력의 얼굴에 바로 들이대며 호통쳤다.

"돌아가라! 계속 입을 놀린다면 이 칼로 네놈의 혀를 잘라주마. 그러고 보니 천자의 밀지를 받고 내게 화친을 권하러 온 모양이로구나. 천자에게는 좋은 일이겠지만 내게는 아니다. 이 첩자를 넘길 테니 누가 시험 삼아 한번 베어보지 않겠나?"

그러자 기도위(騎都尉) 양봉(楊奉)이 나섰다.

"제게 맡겨주십시오. 은밀하게 보내온 자라 하더라도 장군께서 칙사를 죽였다는 말이 나돈다면 천하의 제후들은 적인 곽사 쪽에 붙을 것입니다. 그러면 장군께서는 세상의 동정을 잃게 됩니다."

"마음대로 해라."

"그럼."

양봉은 황보력을 밖으로 데리고 나가더니 풀어주었다. 황제의 청을 받고 화친을 권하러 왔던 황보력은 실패하여 그길로 서량(西涼)으로 도망쳤다. 도망치는 길에 황보력은 사방에다 소문을 퍼뜨리고 다녔다.

"대역무도한 이각은 머지않아 천자도 시해할 수 있는 짐승 같은 놈이다. 하늘의 뜻을 거역하는 그런 놈은 반드시 비명횡사하리라."

은밀히 황제와 가까워지던 가후 역시 몰래 세간에 떠도는 험담을 뒷받침하는 말들을 병사들 사이에 흘리게 해서 이각의 병력을 안에서부터 무너뜨렸다.

"책사인 가후마저 저런 말을 할 정도니 가망이 없구나."

군대에서 탈주하여 타국이나 고향으로 도망가는 병사들이 속속 늘어났다.

탈주병들에게 가후는 부추기는 말을 했다.

"자네들의 충절은 천자도 잘 아신다. 때를 기다려라. 언젠가 기별이 있을 것이니라."

동이 틀 때마다 한 부대 또 한 부대 눈에 띄게 이각 쪽 병사들이 줄어들었다. 가후는 빙긋이 웃었다.

그러던 어느 날 다시 황제에게 찾아가 책략을 올렸다.

"이즈음 해서 이각의 관직을 대사마로 올리시고 은상을 내리겠다는 분부를 내리십시오. 눈 딱 감으시고."

3

이각은 번민했다. 동이 틀 때마다 진영의 병사가 줄어드는 처지였다.

"대체 원인이 뭐란 말인가."

아무리 생각해도 알 수가 없었다. 기분이 언짢은 와중에 황제가 생각지도 못한 은상을 내린다는 소식을 들었다. 이각은 날아갈 듯 기뻐하며 언제나 그러하듯 무녀를 불렀다.

"오늘 대사마의 영예로운 작위를 받았다. 조만간 좋은 일이 있을 거라고 너희가 예언한 그대로구나. 기도한 효력이 정말로 나타나는구나. 너희에게도 상을 나누어주겠다."

무녀 하나하나에게 큰 상을 내리고 더더욱 요사스러운 제사를 지냈다. 반대로 장병들에게는 아무런 상도 없었다. 오히려 요즘 들어 탈주병이 많아졌다며 화풀이만 해댔다.

"이보게, 양봉."

"어, 송과(宋果) 아닌가. 어디로 가는가?"

"아…. 잠깐 자네한테 은밀히 할 얘기가 있어서 말이야."

"무슨 일인가? 여긴 아무도 없긴 한데, 자네답지 않게 얼굴이 왜 이리 어두운가?"

"재미가 없는 건 나뿐이 아닐세. 내 부하들도 그렇고 진영 안 병사들 모두가 힘이 없네. 우리 대장이 장병을 아끼는 법을 모르니 그런 게 아니겠나. 나쁜 일은 모조리 병사들 탓이고 좋은 일은 무녀의 영험이라 생각하니 말일세."

"맞는 말일세. 그런 대장 밑에 있으면 장병도 비참한 법. 우리야 언제나 죽을 고비를 넘기며 살아가지. 풀을 뜯으며 연명하고 돌 위에 누워 자면서 지옥에서 사는 인생인데…. 그렇게 살아도 저 무녀들에도 못 미치는 인생이니까."

"양봉, 우리는 부하를 거느린 장군인데 부하들이 불쌍하지 않은가?"

"그래도 어쩔 수 없잖은가."

"해서 자네한테…."

송과는 큰 결심을 양봉 귀에다 속닥였다. 반란을 일으키자는 말이다. 양봉도 이의는 없었다. 천자를 구해내기로 한 것이다. 그날 밤 이경(二更), 송과는 중군(中軍)에서 불을 피워 올려 신호를 보내기로 약속했다. 양봉은 밖에 있었고 병사들을 잠복시켜놓았다. 어찌 된 영문인지 약속한 시각이 되어도 신호가 올라오지 않았다. 척후병을 보내 살펴보니 사전에 발각되는 바람에 이각에게 붙잡힌 송과는 이미 목이 달아났다는 것이다.

"아뿔싸!"

낭패한 순간 이각이 보낸 자객이 양봉 진영으로 쳐들어왔다. 모든 일이 틀어져 어찌할 바를 모르던 양봉은 사경(四更) 무렵까지 항전했지만, 무참히 패배해 날이 밝자마자 어디론가 도망쳐버렸다. 이각은 비록 승리했지만 한편으로는 우스운 꼴이 되었다. 오히려 든든한 아군 세력을 잃은 것이다. 날이 갈수록 이 각의 병력은 눈에 띄게 약해져갔다.

한편, 곽사 군도 전투에 지쳐버린 형국이다. 그러던 중 섬서(陝西) 지방에서 장제(張濟)라는 자가 대군을 이끌고 중재하러 달려와 화친을 요구했다. 싫다고 하면 새로 나타난 장제 군에게 공격당할 염려가 있어 화해 요구를 받아들였다.

"이제부터 협력해서 정사를 이끌어갑시다."

인질로 잡혀 있던 백관들도 풀려나고 황제 얼굴에도 비로소 근심이 사라졌다. 황제는 장제의 공을 가상히 여겨 장제를 표기장군(驃騎將軍)으로 명했다.

"폐하, 장안은 황폐해졌습니다. 홍농(弘農, 섬서성 서안西安 부근)으로 천도하는 게 어떠시겠습니까?"

장제의 간언에 황제의 마음도 움직였다. 황제는 옛 도읍 낙양을 애절하게 그리워했다. 춘하추동에 걸쳐 낙양 땅에는 잊지 못할 매력이 있었다. 홍농은 옛 도읍에서 아주 가까운 곳이다. 황제는 그 자리에서 결심했다.

때마침 가을은 중반으로 접어드는 길이다. 황제와 황후를 태운 어가는 기다란 극을 나란히 한 어림군의 수호를 받으면서 폐허가 된 장안을 뒤로한 채 광망(曠茫)한 산야의 하늘을 향해 길을 떠났다.

4

가도 가도 눈에 보이는 것이라고는 드넓은 평야뿐이다. 가을도 반쯤 접어든 무렵, 어가에 드리워진 주렴은 찢어지고 시(詩)도 웃음소리도 없이 남은 건 오직 비참한 마음뿐이다. 길을 떠나는 동안 빗물에 색이 바랜 황제 어의에는 이가 들끓었다. 황후 머리카락에 빛나던 윤기도 사라진 지 오래고, 그렇다고 눈물로 여윈 얼굴을 감추려 화장을 할 수도 없었다.

"여기가 어디냐?"

솔솔 불어오는 바람이 몸에 스며드는 채로 황제가 주렴 안쪽에서 물었다. 어스름하게 해가 지는 들판에 한 줄기 하얀 강물이 굽이굽이 흘렀다.

"패릉교 근처이옵니다."

이각이 선뜻 대답했다.

잠시 후, 패릉교 위로 어가가 지나갈 때였다. 한 무리의 병마가 길을 막고 다그쳤다.

"가마 안에 있는 사람은 누구냐?"

시중랑 양기가 말을 타고 나서서 꾸짖었다.

"한나라 천자께서 홍농으로 환궁하는 중이시니라. 무엄하도다!"

그러자 대장으로 보이는 두 사람이 위엄에 압도되어 물러서며 부탁해왔다.

"우리는 곽사가 내린 명에 따라 패릉교를 지키는 병사이오만, 정말 천자시라면 보내드려야지요. 한번 뵐 수 있겠습니까?"

양기는 어가의 주렴을 걷어 천자의 옥안을 보여주었다. 황제의 모습을 슬쩍 올려다보더니 패릉교를 지키던 병사들은 넋을 잃고 만세를 불렀다.

어가가 지나간 한참 뒤에 곽사가 달려왔다. 그러고는 두 대장을 불러 불같이 화를 냈다.

"네놈들은 대체 뭘 하는 거냐? 왜 어가를 보냈느냐."

"저희는 패릉교를 지키라는 분부만 받았지 황제의 옥체를 잡아들이라는 명은 듣지 못했습니다."

"이런 제길! 내가 장제의 말대로 잠시 병사를 거둬들인 이유는 장제를 속이려는 것이지 진심으로 이각과 화친을 맺으려는 게 아니다. 내 수하에 있으면서 그 정도도 모른단 말이냐!"

곽사는 그 자리에서 두 대장 목을 베었다. 그러고는 남은 병사들에게 거친 목소리로 외쳤다.

"황제를 쫓아라!"

고함을 치며 병사들을 이끌고 창황하게 쫓아갔다.

다음 날 어가가 화음현(華陰縣)을 지나갈 즈음, 뒤에서 고함치는 소리가 들려왔다. 뒤돌아보니 곽사의 기병들이 누런 흙먼지를 일으키며 정신없이 달려오는 길이다. 황제는 놀라서 소리만 치고 황후는 무서움에 벌벌 떨며 황제 무릎에 매달려 훌쩍훌쩍 흐느꼈다. 앞뒤에서 황제를 호위하던 어린 병사들도 극소수만 남았고, 이각에게도 이미 장안에서 떨치던 위세는 온데간데없었다.

"곽사다. 큰일 났다!"

"오오! 벌써 여기까지…."

궁인들이 혼비백산하여 어가 뒤로 숨으며 우왕좌왕할 때였다. 한 무리의 군마가 홀연히 땅에서 솟아오르기라도 하듯, 저편 너머 나무가 듬성듬성한 숲과 언덕에서 북을 둥둥 울리며 몰려오는 게 보였다.

뜻밖의 일이다.

황제를 지키는 사람도 황제 어가를 쫓아온 곽사도, 그 누구도 이 뜻밖의 출현을 예상치 못했다. 그 모습을 보아하니, 1000여 기가 넘는 군사다. 새카맣게 몰려오는 군사들 위로 '대한양봉(大漢楊奉)'이라고 쓰인 깃발이 펄럭였다.

"아니! 양봉 아닌가?"

깃발을 본 사람은 하나같이 눈이 휘둥그레졌다. 얼마 전 이각을 배신하고 장안으로 모습을 감춘 양봉을 모를 리가 없었다. 그 후로 종남산(終南山)에 숨어 지내던 양봉은 천자가 패릉교 근처를 지나간다는 소식을 듣고 1000명이 넘는 군사를 손수 이끌어 마치 산에서 소나기가 퍼붓듯 들판을 누비며 달려온 것이다.

녹림의 궁

1

양봉 부하 중에 이름은 서황(徐晃)이고 자가 공명(公明)이라는 용사가 있었다. 갈색 준마를 걸터타고 커다란 도끼를 휘두르며 곽사의 병사들을 후려치면서 달려왔다. 서황과 맞서는 자는 피바람이 되어 형체조차 남아나지 않았다. 곽사 군을 궤멸시키자 양봉은 서황에게 명령했다.

"천자의 어가를 지키고 도망치려는 도적들을 남김없이 소탕하라."

"알겠습니다."

서황은 화염처럼 피 묻은 도끼를 휘두르며 갈색 준마를 몰고 달려나갔다. 가마를 방패 삼아 숨어 있던 이각과 그 부하들은 싸울 용기도 잃어버린 채 꽁무니를 뺐다. 하지만 황제를 내버리고 도망치지도 못하는 궁인들은 모조리 땅바닥에 주저앉아서 그저 양봉에게만 의지할 뿐이다. 양봉은 이윽고 극을 내리고 병사들을 사열하더니 멀리서 어가를 향해 절을 하도록 시켰다. 그러더니 투구를 벗어 손에 들고 어가 앞 주렴 밑에서 무릎을 꿇은 다음 땅바닥에 머리를 조아렸다. 황제는 기쁨에 찬 나머지 가마에서 친히 내려 양봉의 손을 잡았다.

"위험에서 구해준 그대의 공을 짐의 마음속 깊이 새겨 영원히 잊지 않겠노라."

황제는 또 물었다.

"좀 전에 커다란 도끼를 휘두르던 눈부신 용사는 누구인가?"

양봉이 서황을 가리키며 씩씩하게 답했다.

"하동 양군(楊群) 출생으로 이름은 서황, 자는 공명이라 하며, 제 부하입니다."

양봉은 서황에게도 영광을 돌렸다.

그날 밤이다. 어가는 화음현 영집(寧輯)이라는 부락에 있는 양봉의 병영 안에서 머무르게 되었다. 날이 밝아 영집을 떠나려고 채비를 서두르는데 난데없이 외치는 소리가 들려왔다.

"적이다!"

어제 만난 적들이 새벽녘을 노리고 역습한 것이다. 게다가 어제보다 배로 늘어난 대군을 이끌고 쳐들어왔다. 양봉에게 쫓기던 이각과 양봉에게 무참히 패배한 곽사는 둘 다 패군의 장수로 영락하여 서로의 상처를 분개하며 위로했다.

"이 기회에 우리가 단결하여 훼방꾼 양봉을 없애버리는 게 어떠한가. 그렇지 않으면 우리 둘 다 비참한 꼴을 면치 못할 것이다."

갑자기 결탁하기로 한 둘은 어젯밤부터 몰래 움직이기 시작해 근처에 모을 수 있는 무뢰한이며 산적이며 할 것 없이 끌어

모아 일시에 진영을 덮친 것이다. 서황이 어제 못지않은 활약을 보였지만 병사 수가 적은데다 어가와 궁인들을 신경 쓰는 바람에 위급한 상황에 놓였다. 그 순간 다행히도 황제가 총애하는 비의 아버지 동승(董承)이라는 노장이 군사 한 무리를 이끌고 어가를 쫓아온 덕분에 천자는 위험을 벗어나 도망칠 수 있었다.

"어가를 못 가게 막아라!"

"황제를 넘겨라."

곽사와 이각이 외치는 고함을 듣고 부하들이 쏜살같이 어가를 뒤쫓았다. 양봉은 그 적이 어중이떠중이 잡군이라는 걸 눈치채고 황제와 근위병에게 권했다.

"보석이나 재물 따위를 길바닥에 과감히 버리십시오."

황후는 구슬로 만든 관이나 가슴에 다는 장신구를, 황제는 가지고 있던 문서와 책까지 어가 밑으로 아낌없이 버렸다. 궁인들과 무장들도 목숨과는 바꿀 수 없다며 옷이며 금장식이며 가지고 있던 물건을 죄다 버리고 도망쳤다.

"이야! 구슬이 떨어져 있다."

"비녀가 있네."

"비단옷도 있어."

쫓아온 병사들은 굶주린 이리 떼처럼 땅 위에 버려진 재물에 정신이 팔려 네오내오없이 줍기에 급급했다.

"이런 멍충이. 어서 쫓아가! 어가를 쫓으란 말이다! 그 따위 물건을 줍고 있을 때가 아니다."

이각과 곽사가 말발굽으로 차면서 아무리 고함을 쳐도 금장식과 구슬 근처로 구더기처럼 우글우글 달려든 잡군들은 떨어질 줄을 몰랐다. 잡군들에게는 어가 자국을 쫓아가기보다 손안에 거머쥔 백전(百錢)의 재물이 훨씬 중요했다.

2

섬서 북쪽에는 아직도 미개한 묘족(苗族, 중국 귀주성貴州省을 중심으로 서남부의 운남성雲南省, 호남성湖南省 등과 인도차이나 반도 북부 산지에 거주하는 소수 민족. 대체로 몸집이 작으며, 살갗이 누르고 성질은 급하고도 강하다. 옷의 빛깔에 따라 백묘, 청묘, 화묘, 흑묘로 나뉘며, 언어는 먀오어를 씀 - 옮긴이)이 산다. 물론 문명과 동떨어진 벽지다. 목적을 위해 한패가 되어버린 이각과 곽사라는 연합 세력이 집요하게 추격해오는 바람에 천자를 태운 어가는 가던 길을 바꾸어 이 지방까지 도망쳐 숨어들었다.

"이제 어찌할 도리가 없습니다. 백파수(白波帥) 일당에게 황제의 뜻을 전하고 초대하십시오. 이 일당을 이용해 곽사와 이각을 물리치는 것만이 유일한 책략이옵니다."

주위 신하들이 황제에게 적극 권했다. 백파수는 대체 어떤 무리인가? 황제는 알지 못했다. 하라는 대로 칙서를 내렸다. 난세에도 뜻밖의 일이 일어나는구나 하고 칙서를 받아든 백파수 두목은 분명 놀랐을 것이다. 이 무리는 태곳적부터 산림 속에서 살며 나그네와 양민들의 피와 살을 빨아 먹으며 살아가는 녹림의 무리, 다시 말해 산적 강도질로 세상을 살아가는 패거리다.

"어이, 가볼까?"

"정말일까? 천자의 칙서가 우리를 부르다니…."

"거짓말은 아니겠지. 장안이 어지러워 도망을 쳤다는 소문이 여기저기 나도는 모양이야."

"무리를 이끌고 나갔다가 한꺼번에 함정에 빠지는 건 아니겠지?"

"저들에게 그만한 군사들이 있겠나? 우리도 언제까지 호랑이나 이리 떼의 대장 노릇이나 하며 살 수는 없잖아. 입신출세하려면 지금이 기회야. 부하들을 데리고 가보자고, 뭐."

이락(李樂)과 한섬(韓暹), 호재(胡才) 세 두목은 의논 끝에 결정을 내리고 산림의 이리 떼 같은 부하 1000여 명을 모았다.

"우리는 오늘부터 관군이 된다. 알았나? 조금은 예를 갖추도록."

훈시를 하고 한달음에 달려갔다.

아군을 얻은 천자의 어가는 다시 홍농을 향해 서둘러 길을 떠났다. 도중에 갑자기 나타난 이각과 곽사의 연합군과 맞닥뜨리게 되었다. 이 연합군에도 지방에서 돌아다니는 비적이며 산적이 섞여 있었다. 맹수와 맹수가 서로 물고 뜯었다. 그 처참한 모습에 태양도 피로 물들어 검은빛을 띨 정도였다.

"적병을 보니 다들 녹림의 무리로구나."

그 사실을 알아차린 곽사는 얼마 전 병사들이 황제와 궁인들이 버려놓은 재물에 정신이 팔려 아수라장이 되었던 걸 떠올리고는 그때 병사들로부터 몰수한 수레 하나 가득 채운 재물이며 금과 은을 병사들이 싸우는 곳을 향해 후련하게 뿌렸다.

과연 이락의 부하들은 재물을 보더니 눈이 뒤집혀서는 싸움을 멈추고 서로 달려들었다. 애써 얻은 관군도 아무 도움이 못 되었을 뿐 아니라 두목 호재는 전사하고 이락 역시 어가를 쫓아가 간신히 목숨만 부지한 채로 도망을 쳤다.

　　어가는 서둘러 황하 강기슭까지 도망쳤다. 이락은 먼저 절벽을 내려와 겨우 배 1척을 찾았지만 마치 병풍처럼 깎아지른 듯 가파른 절벽 아래를 내려다보던 황제는 절망 어린 탄식을 내뱉고 황후는 흐느끼기만 할 뿐이다.

　　"어찌하면 좋을꼬…."

　　양봉과 양표 등의 신하들도 이리저리 궁리를 해보았지만, 적들은 벌써 뒤를 바싹 쫓아왔고 게다가 앞뒤로 보이는 아군의 숫자는 너무나 적었다.

　　황후의 오빠 복덕(伏德)이라는 사람이 비단 수십 끗을 수레에서 꺼내 오더니 천자와 황후의 옥체를 꽁꽁 싸매고는 절벽 위에서 줄을 만들어 내려보냈다. 결국 쪽배를 탄 사람은 황제와 황후 외에 여남은밖에 지나지 않았다. 나머지 병사들과 늦게 도착한 궁인들도 황하로 뛰어들어 함께 도망치려는 급한 마음에 몇 명이 필사적으로 뱃전에 달라붙었다.

　　"안 된다, 안 돼! 다 타면 우리가 살아남지 못해."

　　이락은 칼을 빼어 들어 그 손가락이며 손목을 동강동강 베어 버렸다. 뱃전을 치는 물보라까지 붉게 물들고 말았다.

3

여기까지 황제 시중을 들며 따라온 궁인들도 하나같이 배를 타지 못해 죽음을 당하고 뱃전에 달라붙은 자들도 가차 없이 내쳐져 물고기 밥이 되었다.

황제는 하염없이 눈물을 흘리며 울부짖었다.

"오오, 가슴이 찢어지는구나. 내 다시 조묘(祖廟)에 제사를 드리는 날 반드시 너희 영혼도 위로할 것이니라."

너무나 처참한 광경에 황후는 얼굴이 새파랗게 질렸지만, 배를 타며 거센 풍랑에 시달리니 나중에는 살아 있다는 생각도 들지 않았다. 드디어 건너편 기슭에 다다랐을 때는 황제의 어의가 흠뻑 젖었다. 황후는 뱃멀미를 한 탓인지 몸도 제대로 가누지 못했다. 복덕이 황후를 등에 업고 터벅터벅 걷기 시작했다.

가을바람이 갈대 속에서 차갑게 울었다. 하늘에는 구름이 끼어 사람들이 입은 옷은 더더욱 마르지 않아서 다들 입술이 시퍼렇게 변했다. 게다가 가마는 버리고 왔으니 황제는 맨발로 걸을 수밖에 없었다. 걷는 일이 익숙지 않은 황제 발은 금세 살갗이 벗겨져 피가 배어 나와 보기에도 애처로웠다.

"조금만, 조금만 더 참으십시오⋯. 이제 곧 마을이 나올 것 같사옵니다."

양봉이 부축하면서 쉬지 않고 황제를 격려하며 길을 재촉하는데, 뒤에서 이락이 소리쳤다.

"앗! 큰일 났다. 저편 강기슭에서 적들도 배를 타고 쫓아오잖아. 우물쭈물하다가는 붙잡힌단 말이야."

이락은 여느 때처럼 천박한 말투로 다그쳤다. 양봉이 황제 곁을 떠나 어디론가 달려갔다.

"저기 토착민 집이 보입니다. 잠시만 기다려주십시오."

얼마 안 있어 양봉은 저편 농가에서 소달구지를 끌고 왔다. 원래 땅을 경작하는 데 쓰이던 물건으로 심하게 덜컹거리는 달구지였지만 짚을 깔아 자리를 마련한 뒤 황제와 황후를 태우고 양봉이 고삐를 당겼다.

"자, 서두르자."

이락은 가는 대나무를 주워 소 엉덩이를 세차게 때렸다.

"어서 가자, 워워."

수레 위에 짚으로 마련한 자리는 거센 파도 위를 지나가듯이 덜커덩덜커덩 흔들렸다. 등잔불이 켜질 무렵 드디어 대양(大陽)이라는 마을에 다다르자 농가의 한 오두막을 빌려 황제가 머물도록 조치했다.

"귀인이 머무셨어."

마을 백성들이 수군거렸지만, 그 사람이 한나라 천자라는 사실을 알 턱이 없었다. 그사이에 노파 하나가 부리나케 조밥을 지어 와서 권했다.

"귀인에게 드리십시오."

양봉이 갓 지은 조밥을 바치자 배고프고 목이 말랐던 황제도 황후도 바로 음식을 입으로 가져갔지만, 아무리 해도 음식이 목에 걸려 넘어가지 않는 모양이다.

날이 희붐히 밝아왔다.

"아니, 여기 계셨습니까?"

반란군 무리에서 떨어진 태위 양표와 태복 한융(韓融) 두 사람이 병사 몇몇을 이끌고 찾으러오는 길이다.

"어제 뒤에서 배를 타고 황하를 건너온 게 자네들이었나?"

양봉을 비롯해 수행하던 이들도 하나같이 기뻐했는데 특히 황제는 이때 한 사람의 아군이라도 있으면 든든하게 느꼈다.

"무사히 잘 왔다."

황제는 또다시 눈물을 주르륵 흘렸다. 그렇지만 언제까지 여기 있을 수는 없었다. 조금이라도 가자며 수행하던 사람들은 소달구지 위에 짚을 깔고 황제와 황후를 태워 마을을 서둘러 떠났다.

가는 도중에 태복 한융이 한 의견을 제시했다.

"성공할지 어떨지는 모르겠습니다만, 곽사도 이각도 저를 믿습니다. 옛 인연의 힘으로 지금 되돌아가 두 사람에게 군사들을 물리라고 목숨 걸고 권해보겠습니다. 그 둘도 받아들이지 않을 이유가 없을 것입니다."

한융은 혼자 오던 길을 되돌아갔다.

4

유랑민 못지않은 황제의 방랑 생활은 계속되었다.

나중에 뒤쫓아온 병사들이 더러 있었지만, 대부분은 야비하고 거친 이락의 부하들뿐이다. 해서 무리 중 부하 200여 명을 거느린 이각이 누구보다 잘난 체를 했다.

태위 양표가 황제에게 권했다.

"안읍현(安邑縣, 산서성 함곡관函谷關 서쪽)으로 가서서 잠시 머무를 곳을 마련하여 옥체를 보전하시는 게 어떠시겠나이까?"

"그렇게 하시오."

황제는 모든 것을 체념한 듯이 보였다.

"그러시오면."

소달구지 어가는 서둘러 안읍으로 갔다. 그곳에 황제가 머무를 만한 적당한 집은 없었다.

"잠시 여기라도…."

신하들이 찾아낸 곳은 흙담이 있었던 흔적은 보였지만 문도 없이 거친 잡초가 무성하게 자라 쓰러져가는 초가집이다.

"참으로 짐이 머물 곳으로 적당한 곳이구나. 보시오, 사방에 가시나무뿐이지 않소. 가시덤불 지옥이구려."

황제가 황후에게 쓸쓸하게 이야기했다.

어떤 폐가도 황제가 머물면 그곳이 바로 궁궐이요 궐문이다. 황제 명에 따라 정북장군(征北將軍)이라는 위엄 있는 직함을 하사받은 녹림의 두목 이락 역시 장안이나 낙양 궁성은 알지 못해도 여기서는 꽤 유쾌한 기분이다. 우쭐해서 점점 거만해진 이락은 요사이 신하가 상주하기를 기다리지도 않은 채 서슴지 않고 황제에게 강력하게 요구했다.

"폐하, 제 부하들도 폐하를 위해서 고생했으니 관직을 내려주시옵소서. 어사라든가 교위라든가 뭐든 좋사옵니다. 하나만 내려주십시오."

어처구니없는 말에 신하들이 가로막고 말리자 이락은 더더욱 거친 본색을 드러냈다.

"닥쳐라! 네놈들은⋯."

이락이 조관들의 옆얼굴을 후려갈겼다. 그 정도는 아무것도 아니다. 심하게 화를 낼 때는 황제의 신하를 발로 차거나 귀를 잡아 밖으로 내동댕이칠 때도 있었다. 그 사실을 알았기에 황제는 이락이 원하는 대로 뭐든 들어주었다. 허나 관직을 하사하려면 옥새가 있어야 했다. 필묵과 종이는 어찌어찌해서 구비할 수 있지만, 옥새는 지금 손안에 없었다.

"잠시만 기다려주시오."

황제가 말했지만 이락은 그런 관례 따위는 인정하려 들지 않았다. 옥새란 황제의 인장일 테니 손수 파서 만들면 되지 않는가 하고 얼토당토아니한 말을 했다.

"가시나무를 꺾어 오너라."

황제는 이락이 하는 요구대로 가시나무로 조각칼도 없어 송곳으로 손수 인장을 팠다. 이락은 득의양양했다. 부하들이 모여 있는 곳으로 가더니 자랑하듯이 떠벌렸다.

"자, 너는 어사를 시켜주마. 네 관직은 교위로 할 것이다. 앞으로 날 위해 더 충성을 바쳐라. 오늘 밤은 잔치를 벌이자. 뭐라고? 술이 없어? 어디 마을에라도 가서 구해 와! 마룻바닥 같은 곳을 들추어보면 한두 병쯤은 나올 테니."

추태를 부리고 난동을 피우니 지켜보고 있을 수가 없었다. 그때 하동 태수 왕읍(王邑)이 얼마 되지 않지만, 음식과 의복을 보내왔다. 덕분에 황제와 황후는 겨우 굶주림과 추위를 견뎌낼 수 있었다.

5

한편 황제 일행과 헤어져 홀로 이각과 곽사를 만나 군사를 거두어들이라는 권고를 하러 도중에 되돌아간 태복 한융이 드디어 많은 궁인과 병사들을 거느리고 돌아왔다. 곧바로 어전에서 무릎을 꿇고 아뢰었다.

"안심하십시오. 이각과 곽사도 제가 권고한 대로 휴전하고 포로를 전부 풀어주었사옵니다."

그 광폭한 이각과 곽사가 단 한 번의 권고로 희한하게도 용케 마음을 돌렸단 말인가! 의아해한 사람들이 한융에게 자세한 연유를 물었다.

"아아, 그 두 사람이 제 말을 듣고 마음을 바꿨다기보다는 굶주림 탓에 어쩔 수 없이 전쟁을 그만둘 수밖에 없었습니다."

가을이 가고 겨울로 접어들면서 그해의 대기근으로 빚어진 심각한 사태는 백성들의 삶에 하나둘 드러나기 시작했다. 백성은 대추를 따서 씹어 먹거나 들에 자란 풀을 끓여 풀죽을 쑤어 마시기도 했지만, 그 풀조차 말라버리자 마른 풀뿌리나 흙까지 주워 먹었다. 초가집 궁정에서도 갑자기 늘어난 궁인들로 황제의 마음은 든든해졌지만, 조신들의 식량은 궁해졌다.

"낙양으로 돌아가자."

황제는 줄기차게 낙양으로 돌아가자고 주장했다. 그러자 이락이 여느 때처럼 반대했다.

"낙양으로 간다 한들 기근으로 힘들기는 마찬가지입니다."

조신들 역시 환행(還幸)을 바랐다.

"협소한 땅에 언제까지고 황제를 머무르게 할 수는 없소. 낙양은 예부터 천자가 나라를 세운 땅이기도 하니…."

오직 이락만이 완고하게 버티는 바람에 결론이 나지 않았다. 그러던 어느 날 밤, 이락이 부하를 데리고 또다시 마을로 술과 여자를 찾으러 간 틈을 타서 이미 계획을 세운 조신들과 장군들은 급히 어가를 끌어내 명을 내렸다.

"낙양으로 환행한다."

양봉과 양표, 동승이 이끄는 무리가 어가를 수호하면서 밤을 틈타 서둘러 빠져나갔다. 여러 날 동안 험난한 길을 재촉해 기관(箕關, 하남성河南省 하남 부근)이라는 곳의 관문에 다다랐을 때는 이미 사경(四更) 무렵이었다. 사방에 펼쳐진 어두운 산속에서 횃불이 흔들거리며 다가오더니 서서히 함성으로 바뀌었다.

'이각과 곽사가 이곳에 잠복하여 기다리고 있다!'

사방에서 외침이 들려왔다. 양봉은 놀란 황제를 안심시켰다.

"아닙니다. 어떻게 이각과 곽사가 이곳에 나타나겠사옵니까? 보아하니 이락이 거짓말로 습격해온 것입니다. 서황, 서황은 어딨는가?"

"여기 있습니다."

서황이 어가 뒤에서 크게 대답했다. 양봉이 즉시 명령했다.

"후군은 자네에게 맡기겠네. 그동안 참았던 게 있으면 오늘 마음껏 분풀이해도 좋다."

"예!"

서황은 기뻐하며 어가를 재촉했다.

"어서 가자, 어서."

서황은 그 자리에 서서 기다리다가 이락이 쫓아오자 말 위에서 두 팔을 벌리며 호통쳤다.

"짐승 같은 놈! 게 서라! 여기부터는 낙양의 도문(都門)이니라. 짐승 따위가 드나드는 길이 아니란 말이다."

"뭐라고! 우리를 짐승이라 했느냐? 이 애송이 녀석이."

고함을 치며 덤벼드는 이락을 피하며 서황이 일격을 가했다.

"오늘 잘 왔다!"

지금까지 참고 참았던 분통이 한꺼번에 폭발한 서황의 칼에 이락의 몸뚱이는 두 동강 나버렸다.

연호를 바꾸다

1

몇 차례나 위험한 고비를 넘기고 드디어 황제가 옛 도읍 낙양으로 환궁했다.

"아아, 여기가 낙양이었단 말인가?"

황제는 낙담하여 그 자리에 멈춰 섰다.

"모든 게 변했구나."

시위(侍衛) 백관(百官) 역시 눈물을 흘리지 않을 수 없었다. 낙양의 1000만 호나 되는 집들이, 자색빛 도는 유리 황옥으로 만들어진 성루와 궁문이 지금은 어디로 사라졌단 말인가! 눈에 들어오는 거라고는 아득히 풀만 자라난 들판뿐이다. 돌이 있다면 그곳은 누대의 흔적이요, 물이 있으면 붉은 난간이 있던 다리나 정자와 연못이 있던 자리다. 관아나 민가 할 것 없이 불에 탄 돌과 목재가 되어 풀밭에 남아 있을 뿐이다.

가을도 저물어 어느새 겨울이 다가오고 쓸쓸히 폐허로 변한 도읍에는 닭 우는 소리와 개 짖는 소리조차 들리지 않았다. 황제는 궁궐 문이며 담이 있던 곳을 그리워하며 반나절이나 헤매고 돌아다녔다.

"여기는 온덕전이 있던 곳이 아닌가. 이 주변이었나, 상금문이 있던 자리가…."

동탁(董卓)이 이곳 도읍지를 버리고 장안으로 천도하기를 강요하며 난폭하게 굴던 때며, 병란으로 휩싸였던 불길이 황제의 가슴에 회한이 되어 떠올랐다. 그러나 동탁도 그때의 광폭한 신하들 대부분도 이미 타향에서 백골이 된 지 오래다. 단지 지금은 동탁이 남긴 신하 곽사와 이각 둘만이 한나라 황실의 암덩어리가 되어 황제를 괴롭히는 중이다. 생각해보면 한나라 황실과 동탁은 어지간한 악연인 듯하다.

"사람은 살지 않느냐?"

황제는 너무나 쓸쓸한 나머지 수행하던 이들을 돌아보며 물었다.

"예전 성문 거리 근처에 초라한 초가집 수백 가구가 있는 모양입니다. 그것도 연이은 기근과 역병 탓에 근근이 살아가는 백성뿐인 듯하옵니다."

신하가 쓸쓸하게 답했다.

그 후, 공경(公卿)들은 호적을 만들어 주민 수를 조사하고, 연호도 바꾸었다. 건안(建安) 원년이다. 무엇보다도 임시로 거처할 황궁을 건축하는 일이 시급했지만, 상황이 이러하니 토목을 옮길 인력이 없는 건 물론이고 조정의 재원도 바닥이 나 겨우 비바람을 견디고 정사를 돌볼 만한 참으로 보잘것없는 임시 어소(御所)를 마련하였다.

하지만 임시 어소는 세워졌어도 수라상에 올릴 곡물도 백관들이 먹을 식량도 없었다. 상서랑(尙書郞) 이하 사람들은 맨발로 황폐해진 정원의 기와를 줍고 직접 밭을 갈았으며, 나무껍질을 벗겨 떡을 만들고 풀뿌리로 국을 끓여 먹으며 연명해나갔다. 그 위 관직에 있던 자들 역시 어차피 조정의 정무라 할 만한 일도 없으니 시간이 나면 산에서 나무 열매를 따기도 하고 새나 짐승을 사냥하거나, 땔나무를 베어 와서 근근이 황제의 수라를 마련했다.

"비참한 세상을 보고 계시옵니다. 언제까지 이러고 계셔도 저절로 충신이 나타나고 만 호나 되는 집이 세워져 옛날의 낙양으로 돌아가리라 생각지 않습니다. 무슨 방안을 세워야 합니다."

어느 날, 태위 양표가 슬그머니 황제에게 다가와 아뢰었다. 황제 역시 좋은 방책이 있었으면 하는 마음인지라 양표에게 어떻게 하면 좋을지 물었다.

"지금 산동(山東)의 조조(曹操)는 휘하에 훌륭한 장군과 뛰어난 책략가들이 모여 있는데다 병사도 수십만이라 하옵니다. 조조에게 지금 없는 건 오직 하나, 그 깃발 위에 매달 대의명분이라 합니다. 천자께서 칙서를 내리시어 사직을 수호하라고 명하신다면 조조는 천자를 공경하는 마음으로 한달음에 달려올 것입니다."

황제는 양표의 의견을 받아들였다. 얼마 지나지 않아 칙사는 낙양을 떠나 서둘러 산동으로 내려갔다.

2

산동 땅은 멀었지만, 황제가 낙양으로 환행하였다는 소식은 이미 들려왔다. 황하를 흐르는 강물은 하루에 천 리를 간다. 날이 밝을 때마다 배를 타고 오가는 사람들이 새로운 소문을 각 지방에 퍼뜨리고 다녔다.

"눈에 보이지 않지만 크게 움직이는구나. 시시각각 쉬지 않고 움직이는 하늘과 땅이여. 아…, 위대하구나. 유구한 운행이다. 대장부로 태어난 몸, 하늘과 땅 사이에 태어나 진정으로 살아갈 보람이 있는 생명을 붙잡지 않고 어찌한단 말인가! 나도 저 별들 중 하나인데…."

조조는 하늘을 쳐다보고 있었다.

산동의 기온은 아직 늦가을이다. 성루 위에는 은하가 은은히 펼쳐졌고 별하늘은 아름다웠다. 조조도 이제는 왕년의 미숙하고 의로운 청년이 아니다. 산동 일대를 평정하여 일약 건덕장군(建德將軍)에 봉해지고 비정후(費亭侯) 작위까지 받아 휘하의 군사만 해도 20만 명에 이르고, 진영에는 용맹한 장수와 뛰어난 책략가를 여럿 두어 지금이라도 자신이 품은 대의를 이루기에 부족함이 없었다.

"이제부터다! 내가 내 스스로의 생명을 진정으로 움켜쥐는 건 바로 이제부터다. 나는 지금 막 이 땅에 태어났다. 보아라, 지금부터다."

조조는 현재 이룬 작은 성공이나 영화, 작위 따위에 만족할 남자가 아니다. 조조가 이끄는 군사는 지금 상태를 그저 보존만 하는 파수병이 아니다. 공격과 전진을 목표로 하는 병사들이다. 조조가 지키는 성은 현재 누리는 행복을, 한순간의 쾌락만을 위한 침상이 아니다. 전진하고 또 전진하는 발판이다. 조조가 품은 포부는 헤아리기 어려울 만큼 거대했다. 조조가 꾸는 꿈은 시인의 환상을 품은 모양이다. 그렇다고 시인의 의지처럼 약하지는 않았다.

"장군, 이런 곳에 계셨습니까… 연석에서 모습이 보이지 않아 모두들 어디로 가셨나 했습니다."

"오오, 하후돈(夏侯惇)인가? 왠지 오늘 밤은 취하는 것 같아 혼자 술을 깨려고 나왔소."

"그야말로 기나긴 연회에 어울리는 밤입니다."

"아직 내게는 이 정도의 환락으로는 부족하오."

"하지만 모두들 만족합니다."

"도량이 작은 사람들이오."

거기에 조조의 동생 조인(曹仁)이 무슨 일인지 긴장 어린 눈을 하고 올라왔다.

"형님."

"무슨 일이냐? 이렇게 허둥지둥…."

"지금 현성(縣城)에서 파발꾼이 도착했습니다. 낙양에서 천자가 칙사를 내리셨다 합니다."

"나한테 말이냐?"

"물론입니다. 칙사 일행이 황하를 거슬러 올라와 내일쯤 영내에 도착한다는 소식입니다."

"드디어 왔구나, 드디어 왔어."

"예? 형님께서는 벌써 아셨습니까?"

"알고 모르고의 문제가 아니다. 와야 하는 건 당연히 오는 법."

"예에…?"

"지금 다들 연회 자리에 있겠지?"

"그렇습니다."

"입과 손을 정갈히 씻고 세수를 한 다음 대회의실로 모이라고 일러라. 나도 곧 가마."

"그리 전하겠습니다."

조인은 한달음에 달려갔다.

조조는 누대에서 내려와 찬물로 양치를 하고 의복을 갈아입은 후, 허리에 찬 칼 소리를 쉭쉭 내면서 돌이 깔린 복도를 성큼성큼 걸어갔다. 넓은 회의실 안에는 군신들이 이미 모여 있었다. 지금까지 연회석에서 떠들썩하며 즐기던 장수들도 금세 자세를 바로 하고 반짝거리는 눈을 모아 대장을 맞이했다.

"순욱(荀彧)."

조조가 가리켰다.

"어제 그대가 내게 말한 의견 그대로 이 자리에서 말해보시오. 칙사는 이미 산동을 향해 내려오는 길이오. 내 마음은 이미 정해졌소만, 다시 그대가 대의를 밝히시오. 자, 일어서시오."

"예!"

순욱은 일어서서 지금 천자를 모시는 자는 영웅의 큰 덕이 있고 천하의 인심을 모을 수 있는 큰 책략이 있어야 한다는 의견을 논리정연하고도 거침없이 연설했다.

3

칙사가 산동으로 내려와 달포쯤 지났을 때였다.

"큰일 났습니다."

낙양의 조신들이 떨어진 낙엽처럼 임시 궁궐의 궁문을 들락 날락하면서 새파랗게 질려갔다. 말을 탄 병사 하나가 나타났다. 또 말 탄 병사가 나타났다. 이날 파발마가 줄지어 초라한 궁 문에 속속 도착했고, 말안장에서 뛰어내린 척후병은 구르듯이 안쪽으로 숨어 들어갔다.

"동승, 어찌하면 좋겠소?"

황제의 용안에는 올여름부터 가을 무렵까지 겪었던 무시무 시한 기억이 또다시 깊게 배어 나오는 게 보였다. 이각과 곽사 연합군이 그 후 권토중래(捲土重來)하여 낙양으로 쳐들어온다 는 급보가 전해졌던 것이다.

"조조에게 보낸 사신은 아직 돌아오질 않았는데, 짐은 어디 에 이 몸을 숨긴단 말이오."

황제는 여러 신하에게 다급히 물으며 저주받은 운명을 슬퍼 하며 눈물을 흘렸다.

"어찌할 도리가 없사옵니다."

동승은 고개를 떨어뜨렸다.

"이렇게 된 이상 다시 임시 궁을 버리시고 조조가 있는 곳으 로 내려가시는 게 상책입니다."

그러자 양봉과 한섬이 입을 모아 간언했다.

"조조를 의지한다 해도 그 심중이 어떤지는 모릅니다. 조조에게 어떠한 야심이 있는지 알려진 건 아무것도 없습니다. 그보다는 신들이 남아 있는 병사를 모조리 끌어모아 적을 막아보겠습니다."

"뜻은 용감하지만, 성문도 성벽도 없고 병사도 적은데 어떻게 막는단 말이오?"

"얕보지 마시오. 우리도 무인이오."

"아니오. 만에 하나 패하기라도 하면 그때는 이미 늦소. 천자를 어디로 모신단 말이오. 난폭한 도적 떼 손에 넘어가기라도 한다면 그야말로 우리 무인의 명예가⋯."

다투는 와중에 방 밖에서 누군가 두셋이 고함을 쳤다.

"무엇을 이리도 오래 의논하십니까? 이럴 때가 아닙니다. 벌써 적의 선봉이 흙먼지를 날리며 북을 울리면서 다가오지 않습니까!"

그 말을 듣자마자 황제는 기겁하여 황후 손을 덥석 잡더니 황궁 뒤로 가서 어가 안에 몸을 숨겼다. 호위하는 사람들, 여러 문무 신하 중에는 뒤를 따르는 이도 있고 남는 이들도 있어 한순간에 아수라장이 되었다. 어가는 남쪽을 향해 허둥지둥 도망쳤다.

길가에는 굶주린 백성이 여럿 쓰러져 있었다. 아이들이나 노인들이 마른 풀뿌리를 마구 파헤치는 게 눈에 띄었다. 어렵사리 겨울철 벌레를 잡아서 아귀같이 우적우적 먹어댔다. 배가 볼록한 어린아이가 있는가 하면, 흙을 핥아 먹으며 흐릿한 눈으로 마치 난 왜 태어났을까, 하고 원망이라도 하듯 멍하니 하늘을 쳐다보는 여자도 있었다. 달리는 말과 어가, 맨발로 걷는 공경들과 극을 들고 쫓아가는 병사와 장군들 그리고 격류처럼 일어나는 한바탕 흙먼지가 이편저편에서 들리는 비명을 감싸 안은 채 앞으로 나아갔다. 흙을 핥아 먹고 풀뿌리를 씹어 먹는 수많은 굶주린 그 눈들을 앞에 두고 줄지어 지나갔다.

"아니, 저게 뭐지…?"

"뭐야?"

무지하고 굶주린 눈에는 슬퍼해야 할 이 실상도 별다를 게 없어 보이는 모양이다. 번뜩이는 극을 보아도 사나운 말이 울부짖는 소리를 들어도 그 눈과 귀는 놀라는 법이 없다. 공포를 느끼는 지각마저 상실한 굶주린 백성의 무리다.

그때였다. 어가를 뒤쫓아온 이각과 곽사가 이끄는 연합군이 뒤에서 새카맣게 땅을 뒤덮으며 다가오자 그사이에 어디로 숨어버렸는지 그 굶주린 백성들도 새 한 마리조차도 들판에서 보이지 않았다.

4

흙먼지와 비명에 휩싸여 어가는 간신히 10여 리를 달려왔는데, 문득 전방의 넓은 들판에 가로놓인 언덕 한 모퉁이에서 갑자기 말이 일으키는 흙먼지가 자욱하게 피어오르는 게 보였다.

"어어?"

"뭐지, 저 대군은?"

"적이 아닌가?"

"벌써⋯. 앞에도 적인가?"

호위하던 궁인들은 너나없이 웅성거렸고 황제도 아연실색하며 눈썹을 찌푸렸다. 이제 후퇴할 곳도 없어 어가를 따르던 사람들이 어찌할 바를 몰라 아우성을 치는 바람에 황후도 울음을 터뜨렸고 황제 역시 주렴 안쪽에서 소리쳤다.

"방향을 돌려라."

이제 와서 방향을 돌려 달린들 무슨 소용 있으랴! 뒤에도 적군이요, 앞에도 적군이다. 진퇴양난이다! 호위하던 무신과 조관들은 벌써부터 이제 끝이라며 외쳐댔고 어떤 자는 도망칠 궁리에 혈안이 되었다.

그 순간 멀리 저편에서 기병 두세 기가 나타났다. 무사 같아 보이지 않은 차림을 한 자가 무어라 큰 소리를 질러대며 이쪽을 향해 달려오는 게 아닌가.

"어, 낯익은 얼굴인데?"

"조신 같군."

"맞다! 전에 칙사로 산동에 보낸 자들이다!"

뜻밖이다. 드디어 도착한 칙사들은 숨을 몰아쉬며 말에서 뛰어내리자마자 어가 앞으로 가 무릎을 꿇고 아뢰었다.

"폐하, 지금 돌아왔사옵니다."

그래도 황제는 의심이 가시지 않는 듯했다.

"저기 보이는 대군은 대체 누구의 군사인가?"

"산동의 조 장군은 저희를 맞아 조칙을 받자마자 그날 즉시 군사를 모아 그 첫 진(陣)으로 하후돈과 장군 10여 명, 군사 5만을 보내 이곳까지 오게 되었사옵니다."

"아아…. 그러면 아군으로 온 산동의 병사란 말이구나."

가마 주위에서 웅성대던 사람들은 사자가 전하는 말을 듣고 단번에 생기를 되찾아 뛸 듯이 기뻐했다. 짤랑짤랑 소리 나는 갑옷이 번쩍번쩍 빛을 내며 한 부대의 준마가 다가오는 게 보였다. 하후돈과 허저(許褚), 전위(典韋) 등을 선두로 앞세운 산동의 맹장 수십 명이다.

"예를 갖추어라!"

어가를 본 장군들은 서로 경고하더니 과연 규율 바른 군대답게 일사불란하게 말에서 뛰어내렸다. 그러고는 전열을 갖추면서 어가 쪽으로 10보쯤 나아갔다. 하후돈이 전체를 대표하여 알렸다.

"보시는 것처럼 신들은 먼 길을 급히 달려오는 바람에 갑옷과 투구 차림에 칼을 차고 있어서 천자를 알현하기에 적절한 차림을 갖추지 못했사옵니다. 바라옵건대 군의 깃발로 직접 아뢸 수 있도록 허락해주시옵소서."

과연 이름난 산동의 용장은 말이 분명했고 태도도 훌륭했다.

황제는 기쁨이 한순간에 그치지 않고 더 믿음직한 생각이 들어 말했다.

"말을 타고 이리도 먼 길을 달려왔는데 옷차림을 탓하겠는가. 오늘 위급한 상황에 처한 짐을 위해 달려와준 노고와 충절은 훗날 반드시 은상을 내려 보답하겠노라."

하후돈과 그 부하들 역시 삼가 절을 했다. 하후돈은 다시 아뢰었다.

"주군 조조는 대군을 정비하려면 시간이 며칠 필요해 신들이 선봉에 서서 먼저 달려왔사옵니다. 부디 안심하시고 무슨 일이든 맡겨만 주십시오."

황제는 환한 얼굴로 주억거렸다. 어가를 에워싼 무신들과 궁인들도 이구동성으로 만세를 외쳤다.

그때였다. '동쪽에 적이 보인다'고 고하는 자가 있었다.

5

"아니오, 적일 리가 없소. 진정하시오."

하후돈은 즉시 말을 걸터타고 달려가 말 위에 앉은 채로 이마에 손을 얹고 저 멀리 바라보더니 잠시 후 돌아와 고했다.

"예상대로 지금 동쪽에서 줄줄이 모습을 드러낸 군사들은 적이 아니라 조 장군의 동생 조홍(曹洪)을 대장으로 하고 이전(李典)과 악진(樂進)을 부장(副將)으로 하여 선두 부대를 뒤따라온 보병 3만 군이옵니다."

황제는 더더욱 기뻐 입이 귀에 걸릴 지경이다.

"이번에도 아군이란 말인가."

단번에 마음이 놓여 오히려 힘이 빠질 정도다.

이윽고 조홍이 이끄는 보병군도 도착했다는 종이 울리고 만세 소리 속에서 대장 조홍은 어가 앞으로 와서 예를 올렸다.

"그대의 형 조조야말로 진실로 나라를 위하는 신하로구나."

도읍을 도망쳐 나와 덧없이 수레바퀴 자국만을 땅 위에 남기고 온 어가는 단번에 8만 정예 군사의 호위를 받으며 바퀴를 바로 낙양으로 되돌렸다. 그런 사실도 모른 채 낙양을 떠나 뒤쫓아온 곽사와 이각 연합군은 전방에서 뜻밖의 대군이 올라오는 걸 보고 눈을 비볐다.

"저게 뭐지?"

"수상하군. 조정 신하들 중 누군가 요사스러운 짓을 하는 자가 있는 건 아닐까? 바로 얼마 전에 몇 안 되는 신하를 끌고 도망간 황제 주위에 저런 군마가 한꺼번에 나타날 리가 없다. 요술이라도 부려 우리 눈을 어지럽히는 허깨비 병사다. 두려워할 것 없다. 처부숴라!"

외치면서 용감하게 덤벼들었다. 허깨비 병사는 강했다. 현실에서 산동 군의 새로운 병비와 치솟는 투지를 보여주었다. 그 무엇이 이들을 견딜 수 있겠는가! 잡군이나 다름없었고, 구태의연했던 이각과 곽사 연합군은 무참히 박살이 나 사방으로 뿔뿔이 흩어지고 말았다.

"첫 피의 축제다. 베고 또 베어라."

하후돈은 거칠게 날뛰는 병사에게 더더욱 기를 불어넣었다. 피, 피, 피…. 드넓은 들판에서 낙양까지 푸른 피로 물든 거리가 이어졌다. 그날 반나절에만 목이 베인 적들의 시체는 만여 명이라 했다.

그날 해 질 무렵이다. 황제의 옥체는 아무 탈 없이 낙양의 옛 궁으로 돌아갔고 병마는 성 밖에 진을 치며 화톳불을 활활 지폈다. 몇 년 만에 낙양 땅 위에 8~9만여 군마가 주둔한 것이다. 화톳불로 하늘이 은은한 붉은색으로 물든 것만으로도 그날 밤 황제는 오랜만에 깊이 잠들 수 있었으리라.

얼마 후 조조 역시 대군을 이끌고 낙양으로 올라왔다. 그 위세만으로 적들은 산산이 흩어져버렸다.

"조조가 낙양으로 왔다!"

"조 장군이 올라왔다!"

사람들의 마음이 태양을 우러러보듯 조조의 모습을 기다렸다. 조조라는 이름은 그가 만든 것도 아닌 큰 인기에 휩싸여 낙양의 자줏빛 구름 위에 두둥실 떠올랐다.

조조가 도읍으로 오던 날, 조조 휘하 무사들은 붉은 투구에 붉은 비단을 한 전포 차림으로 손잡이가 붉은 창과 붉은 깃발을 갖추어 팔괘의 길서를 흉내 낸 진열을 세우고 그 한가운데에 대장 조조를 호위하면서 북소리 한 번에 여섯 걸음씩 걸으며 입성했다. 사람들은 조조 군을 맞이하고 우러러보았으며 두려워하지 않는 자가 없었다.

"이 사람이야말로 병마의 장자(長者)다."

조조는 교만을 떨지 않았고 바로 황제를 찾아갔다. 게다가 황제가 허락하기 전에는 계단 아래에서 허리를 낮추었으며 초라한 임시 궁이라고 해서 함부로 전각을 밟지도 않았다!

화성과 금성

1

조조는 황제에게 맹세했다.

"나라로부터 받은 목숨, 그 은혜에 보답하겠다는 마음을 신은 항상 마음속에 품고 있었사옵니다. 오늘 폐하의 부름을 받고 어전 앞에서 대명의 분부를 받으니 바랄 게 없습니다. 휘하 정예 군사 20만 모두가 신이 품은 뜻을 명심하고 지키는 충성스러운 자들입니다. 천자께서는 마음을 편히 하시고 만대가 태평성대를 누리는 밝은 날을 기다리시옵소서."

조조가 물러나자 만세 소리가 하늘을 감싸고 황궁도 오랜만에 밝은 분위기를 띠었다.

한편, 크게 계산 착오를 하는 바람에 진퇴유곡에 빠진 쪽은 명백히 도적군으로 불리는 이각과 곽사 진영이다.

"뭐, 조조라고 해서 대단할 것도 없다. 게다가 먼 길을 서둘러 달려왔으니 병사도 말도 지쳤을 것이다."

두 사람은 의견이 일치하여 전의에 불타올랐으나 머리가 비상한 장수 가후만이 충고하며 그 의견에 동의하지 않았다.

"아닙니다. 조조를 우습게 봐서는 안 됩니다. 누가 뭐라 해도 조조는 당대에 보기 드문 용장입니다. 특히 예전과 달리 조조 휘하에는 요사이 여러 문관과 무장들이 모여들었습니다. 차라리 역(逆)을 버리고 순(順)을 따라서 지금은 갑옷을 벗고 투항할 수밖에 없습니다. 만약 조조에게 대항하여 전쟁을 벌인다면 자신을 모르는 사람이었다고 후세까지 웃음거리가 되고 말 것입니다."

바른말은 쓴 법이다.

"항복하란 말이냐? 전쟁을 앞에 두고 불길한 소리를 다 하는구나. 게다가 자기 실력을 모른다니, 이런 무례한 놈을 봤나!"

당장 가후를 베라 명하고 진영 밖으로 내쳤지만, 가후의 동료가 불쌍히 여겨 목숨만은 살려달라는 간청을 해왔다.

"목숨만은 살려주겠다. 허나 앞으로 무례하게 입을 놀린다면 용서치 않겠다."

그러고 나서 가후를 가두고 근신을 명했다. 그날 밤 가후는 군막을 입으로 찢고 어디론가 도망쳐 그대로 행방을 감추었다.

이튿날 아침 도적군은 두 장군의 뜻대로 조조 군과 맞서기 위해 전진하기 시작했다. 이각의 조카로 이섬(李暹)과 이별(李別)이라는 자가 있었다. 강철 같은 완력을 항상 자랑하는 사내들이다. 이 두 사람이 나란히 말을 걸터타고 나가 조조의 전위부대를 쳐부쉈다.

"허저, 허저!"

조조가 중군에서 가리켰다.

"가거라. 보이느냐?"

"예!"

허저는 주인의 손목을 떠나 날아가는 매처럼 바람을 일으키며 말을 달려 나아갔다. 그러고는 노리던 적들에게 다가가기가 무섭게 이섬을 단칼에 베어 쓰러뜨리자 이별이 혼비백산하여 도망갔다.

"게 섰거라!"

허저는 뒤에서 바싹 쫓아 붙어 그 목을 비틀어 죽이고는 조용히 말 머리를 돌려 돌아왔다. 그 강철 같은 담력과 침착한 모습에 압도당해 눈앞에 있는 적들도 허저를 쫓을 생각을 하지 않았다.

"이것이옵니까?"

허저는 마치 뜰에 떨어진 감이라도 주워 왔다는 듯 조조 앞에 두 적장의 목을 떡하니 내려놓았다.

조조는 허저의 등을 두드리며 칭찬을 아끼지 않았다.

"그래, 바로 이것이다. 그대야말로 이 시대의 번쾌(樊噲, 한고조 때 공신으로, 기원전 206년에 홍문鴻門 회합에서 위급한 처지에 놓였던 유방을 구하여 후에 유방이 왕위에 오르자 장군이 된 인물 – 옮긴이)로구나. 번쾌의 화신을 보는 듯하다."

"아…, 아니옵니다."

원래 밭을 가는 농부였다가 신분이 바뀐 지 얼마 되지 않은 허저는 너무나 영광스러운 나머지 얼굴을 붉히며 장수들 사이로 숨어버렸다. 그 모습이 우스웠던지 조조는 지금이 한창 전쟁 중이라는 사실도 잊은 채 큰 소리로 웃었다.

"아하하. 귀여운 데가 있구나."

그 광경을 지켜본 여러 장수 역시 생에 한 번이라도 조조의 손이 자기 등을 두드려주었으면 좋겠다는 생각을 하게끔 만들었다.

2

전쟁을 치른 결과는 당연히 조조 군의 대승이었다. 이각과 곽사 연합군은 도저히 조조의 적수가 되지 못했다. 혼란에 혼란이 거듭되고, 짓밟히고 또 짓밟혀, 그물에 걸린 물고기처럼 집을 잃은 개처럼 망망히 쫓기어 서쪽으로 도망쳤다.

조조라는 영예로운 이름은 동시에 사방으로 울려 퍼졌다. 조조는 도적군을 모조리 퇴치하자 적들의 머리를 거리거리에 매달게 하고 민심을 안심시키면서 군율을 엄격히 하여 성 밖에 주둔하도록 명했다.

"무슨 일이란 말인가? 이리되면 우리는 그저 조조를 위한 발판이 된 꼴이 아닌가."

나날이 세력이 커져만 가는 조조를 지켜보던 양봉이 어느 날 한섬에게 속에 품은 불만을 털어놓았다. 한섬도 지금이야 궁문을 지키는 몸이지만, 원래는 이락 등과 함께 녹림에서 패거리를 이끌었던 도적 떼의 두목 출신인 만큼 벌컥 본성을 드러냈다.

"귀공도 그리 생각하시오?"

조조를 생각하니 그 역시 질시하는 마음이 생겨 거칠게 내뱉었다.

"지금까지 황제를 지켜온 우리의 크나큰 충성과 노고도 조조가 날개를 펴기 시작하니 어찌 될지 알 수 없는 노릇 아니겠소. 조조는 자기 무리가 세운 공훈을 으뜸으로 세우고 우리 존재 따위는 인정하지 않을지도 모르오."

"당연하오."

양봉은 한섬에게 무어라 귓속말을 하더니 안색을 살폈다.

"그럽시다!"

한섬의 눈이 유달리 반짝거렸다.

그로부터 네댓새쯤 지나자 무슨 일인지 두 사람이 몰래 일을 꾸미는 듯하더니 어느 날 밤 홀연히 궁문을 지키는 병사 대부분을 어루꾀어서 어디론가 사라져버렸다. 궁정에서 깜짝 놀라 그 무리를 찾으니 도망간 도적군을 쫓는다며 양봉과 한섬이 병사를 이끌고 대량(大梁, 하남성) 쪽을 향해 떠났다는 사실을 알게 되었다.

"조조와 상의한 일인가?"

황제는 조신들과 회의를 하기에 앞서 신하 하나를 칙사로 조조 진영으로 보냈다. 칙사는 황제의 서신을 몸에 지니고 조조가 있는 곳으로 향했다. 조조는 칙사가 왔다는 말을 듣고 정중히 맞아들여 예를 갖추어 인사했다. 문득 칙사의 얼굴을 본 조조는 무어라 형용할 수 없는 기를 느꼈다.

"아…."

고매한 인품이다. 고상한 인격을 느낄 수 있는 빛이 얼굴에 감돌았다.

"이 사람은?"

조조는 칙사를 찬찬히 살펴보더니 황홀한 듯이 넋이 빠져버렸다.

세상이 흉흉해서인지 요즘은 인간의 품위가 땅에 떨어졌다. 연이은 기근에 인심이 황폐해지니 자연히 그 영향이 사람들의 얼굴에도 드러나 누구를 보더라도 눈은 날카롭고 귀는 얇으며 입술은 썩은 빛을 띠고 살결에는 윤기가 없었다. 어떤 자는 승냥이 같고 어떤 자는 생선 뼈에 사람 가죽을 입힌 듯했으며, 또 어떤 자는 까마귀와 비슷했다. 그런데 지금 조조 눈앞에 선 이 사람은 인간의 얼굴을 한 게 아닌가.

"이 사람은…."

조조는 상대방 얼굴이 뚫어져라 쳐다보았다. 용모는 깨끗하고 준수했으며 입술은 붉고 살결은 희었지만 시들시들한 그늘의 아름다움이 아니다. 어딘지 모르게 청아하고도 어렴풋한 느낌이 들며 마음 깊은 곳에서 상쾌한 향이 났다.

"아…, 바로 아름다운 인품을 말하는 것이로구나. 오랜만에 사람다운 사람을 보았구나."

조조는 마음속으로 경탄하면서도 몹시 얄미운 생각이 들었다. 아니, 두려운 마음이 들었다. 시원시원한 칙사의 눈빛을 보니 마치 조조의 마음 깊은 곳까지 꿰뚫는 듯한 느낌이 들었다. 이런 사람이 내 편이 아니라는 사실은, 비록 칙사가 적이 아니라 할지라도 방해가 될 것만 같은 생각이 들어서 견딜 수가 없었다.

"여기까지 대체 무슨 일로 칙사로 뽑혀서 오셨소? 고향은 어디시오?"

자리를 옮기며 비로소 조조가 슬그머니 물었다.

3

"질문을 받으니 부끄럽사옵니다."

칙사 동소(董昭)는 조조가 묻는 말에 짧게 답했다.

"30년 동안 황제가 내리는 녹봉을 헛되이 받기만 하고 아무런 공도 세우지 못한 사람입니다."

"지금 관직은 무엇이오?"

"정의랑(正議郞)으로 일합니다."

"고향은?"

"제음(濟陰) 정도(定陶, 산동성) 출생으로 동소라 하며, 자는 공인(公仁)입니다."

"역시 산동 출신이구려."

"예전에는 원소(袁紹)의 종사였습니다만, 천자께서 환행하셨다는 소식을 듣고 낙양으로 달려와 재능은 없어도 조정에 몸을 바치기로 하였습니다."

"이거 실례가 많았소. 나도 그만 이것저것 캐물었나 보구려. 용서하시오."

조조는 주연을 베풀고 그 자리에 순욱을 불러 함께 시국을 논했다. 그런데 어젯밤부터 조정의 친위군이라 칭하는 병사가 관문 밖을 벗어나 남쪽 지방으로 줄줄이 내려가는 중이라는 소식이 들어왔다.

조조가 미간을 잔뜩 찌푸리고 물었다.

"누가 함부로 궁문의 병사들을 바깥으로 빼내 간단 말이냐? 지금 당장 그 지휘자를 생포해 오너라."

조조가 병사를 보내려고 하자 동소가 말렸다.

"그 사람들은 평소 불평을 일삼던 무리로 양봉과 백파수에 살던 산적 출신 한섬이라는 자입니다. 두 사람이 결탁하여 대량으로 떠난 것입니다. 장군의 위엄과 덕망을 시기하는 쥐새끼같이 하찮은 무리가 하는 경망한 행동입니다. 무슨 큰일이야 저지르겠습니까? 신경 쓰실 만한 일은 아닐 것입니다."

"이각이나 곽사 연합군도 지방으로 도망치지 않았소?"

조조가 거듭 말하자 동소는 입가에 미소를 지으며 이야기하였다.

"그 역시 염려치 않으셔도 됩니다. 나뭇가지를 흔들어 떨어진 낙엽 하나하나를 기회를 보아서 쓸어 모아 한꺼번에 불태워 버리시는 게 좋을 듯합니다. 그보다는 장군께서 하셔야 할 다른 급한 일이 있습니다."

"그거야말로 내가 묻고 싶은 거요. 부탁이니 충언을 들려주시오."

"장군이 이루신 큰 공은 천자께서도 아시고 백성들 역시 잘 압니다만, 조묘의 옛 껍데기에는 여전히 전통이나 문벌이 남아 있어 소심한 관료들이 제각각 다른 눈과 다른 마음으로 장군을 주시합니다. 게다가 낙양 땅도 정사를 새로 다스리기에는 적합지 않습니다. 부디 천자의 부(府)를 허창(許昌, 하남성 허주許州)으로 천도하시어 모든 분야에서 새로이 혁신을 단행해야 한다고 생각합니다.”

귀를 기울이며 듣던 조조는 눈이 번쩍 뜨였다.

“근래 들어 의미 있는 가르침을 얻었소. 앞으로도 무슨 일이든 지시를 내려주시오. 과업을 이루고 나면 내 반드시 그 은혜에 깊이 보답하겠소.”

아쉽게도 그날은 그렇게 헤어졌다.

그날 밤 또 한 손님이 들어 조조에게 전하는 말이 있었다.

“이번에 시중 태사령(太史令) 왕립(王立)이라는 자가 천문을 관찰하다가 작년부터 태백성(太白星, 저녁 무렵 서쪽 하늘에 보이는 ‘금성金星’을 이르는 말 – 옮긴이)이 은하를 가로지르고 형성(熒星, 화성 – 옮긴이) 역시 태백성을 향해 날아가는 것으로 보아 두 별이 마주칠 것 같다고 합니다. 이런 일은 1000년에 한두 번 일어나는 현상으로 금성과 화성이 만나면 새로운 천자가 출현한다고 합니다. 보아하니 대한(大漢)의 황실도 그 기운이 끝나려는 게 아닌가 하고 왕립이 예언했다고 합니다.”

조조는 그 손님이 돌아가자 순욱을 데리고 누대 위로 올라갔다.

“순욱, 하늘을 바라보아도 난 천문을 알 수가 없지만 조금 전 손님이 와서 한 말은 무슨 뜻이란 말인가.”

“하늘의 소리인지도 모릅니다. 한 왕실은 원래 화성의 집입니다. 장군께서는 토명(土命)이십니다. 허창 쪽이면 바로 토성 땅이니 허창을 도읍으로 정하신다면 조가(曹家)는 왕성하게 번

영할 것입니다."

"그런가…. 순욱, 왕립이라는 자에게 서둘러 사자를 보내 천문에 관한 말은 남들에게 발설하지 말라고 해두게. 알겠나?"

4

미신이라고는 생각지 않는다. 철학이며 삶의 과학을 추구하는 일이다. 적어도 그 시대에는 지식층부터 서민들까지 누구나가 천문의 역수(曆數)나 《주역》에서 말하는 오행설을 믿었다. 숭고한 운명학의 정설로 사람들의 운명관 속에는 별의 운행이 있고 월식이 있었으며 천지가 돌아가는 변화와 《주역》이 주는 암시가 있었다. 이를 보편화하는 예언자의 참언에 커다란 관심을 기울이는 습성이 있었다.

아득히 펼쳐진 황토 대지 위에서는 한나라 황실의 천자라 한들, 조조나 원소, 동탁, 여포(呂布), 유현덕, 손견(孫堅)이나 그 밖의 영웅호걸이라 해도 한없이 연약하고 덧없는 '나'로 변한다는 사실을 잘 안다. 광막하고 끝없는 대자연이 펼쳐 보이는 위력 앞에서는 그토록 대단한 영웅호걸들 역시 보잘것없는 인간이라는 사실은 대대로 내려오면서 깨달은 바다.

이를테면 황하나 장강의 범람, 메뚜기가 뒤덮었던 기근, 몽골에서 불어오는 누런 흙바람, 큰비, 폭설, 폭풍우 그리고 다른 모든 자연의 힘 앞에서 어찌해야 할지 모르는 문명 속의 영웅이며 호걸들이다. 그래서 영웅호걸은 그 두려움을 알지 못할 때는 황토 대지 위에 인간의 지혜와 능력이 미치는 한 건설도 하고, 그러다가 느닷없이 모조리 파괴해버리기도 했다. 색에 빠지고 한없이 탐욕을 부리며 스스로 부패를 드러내며 싸우기도 하고 화해하기도 했다. 기뻐서 우쭐대기도 하고 참혹하고 쓰라린 처지로 떠돌아다니기도 하고 한결같은 질서가 있어 보이지만, 무질서의 자유를 누리며 떠도는 사람처럼 오랜 역사 속에서 흥망치란(興亡治亂)을 거친 인간의 삶을 그리고 있었다. 그렇게 기나긴 경험에서 자연히 뿌리 깊은 두려움을 느끼면서도 믿어온 것이 있다면, 바로 인간은 운명 아래에 있다는 것이다.

운명은 인간의 지혜로 알 수 없지만 하늘은 안다. 자연은 예언한다. 천문이나 역리는 그러하기에 최고의 학문이다. 아니, 모든 학문, 곧 정치, 병법, 윤리까지도 음양의 이원과 천문지상의 학리를 기본으로 한다.

조조는 정중하게 천자에게 아뢰었다.

"신이 깊이 생각해보니 낙양 땅은 지금 이처럼 폐허로 변해 부흥하기가 쉽지 않사옵니다. 장래에 문화를 부흥시키려 한다 해도 교통과 운수가 불편하고 지력이 나쁘며 민심도 이 땅을 떠나 다시 이곳을 그리워하지는 않사옵니다."

조조는 또다시 말을 이었다.

"그에 비하면 하남 허창은 땅이 풍요롭습니다. 물자도 풍부하고 민심도 거칠지 않습니다. 그 땅에는 성곽도 있고 궁도 갖추어져 있습니다. 이미 천도하시기에 필요한 의장도 어가도 다 준비되어 있사옵니다."

"…"

황제는 고개만 주억거릴 뿐이다. 군신들은 어이가 없었지만, 그 누구도 반대하는 뜻을 쉽사리 비치지 못했다. 조조가 두려웠던 것이다. 조조는 황제에게 주청하는 데 노련했고 솜씨도 좋았다.

또다시 천도가 결행되었다. 호위병과 의기 대열이 천자를 보호하면서 낙양을 떠나 수십 리 앞 언덕에 다다랐을 때였다. 광막한 벌판을 한 무리 기병대가 무어라 외치면서 맹렬히 달려오는 길이다.

"기다려라! 조조!"

"천자를 어디로 빼돌리려는 것이냐!"

양봉과 한섬을 따르는 병사들이다. 그중에는 양봉의 신하 서황도 끼어 있었다.

"나무토막 같은 무사에게 볼일은 없다. 조조를 보러…."

큰 도끼를 휘두르며 서황이 말에 거품을 물린 채 거칠게 돌진해 왔다.

"허저, 허저 있느냐! 저 먹이는 그대에게 주겠다. 무찌르고 오너라."

조조가 몸을 피하며 명하자 허저는 그 옆에서 독수리처럼 일어나 서황이 걸터탄 말을 향해 내달렸다.

5

서황도 뛰어난 용사다. '당대의 번쾌'로 불리는 허저 또한 장부 만 명이 덤벼도 당해내지 못할 정도다.

"호적수로구나!"

창을 휘두르며 허저가 덤벼들자 서황도 큰 도끼를 획획 휘저으며 큰소리쳤다.

"바라던 곳에서 만났구나. 도중에 등이나 보이지 마라!"

두 영웅은 오직 둘이서 50여 합을 싸웠다. 말은 마치 젖은 종잇장처럼 땀으로 뒤범벅이 되었지만 둘은 지칠 줄도 모르고 싸웠다.

"누가 이길까?"

한동안 양쪽 군사들은 모두 숨을 죽이고 지켜보았다. 뛰어난 생명력과 생명력이 맞서 싸우는 모습은 마왕과 수왕(獸王)이 서로 포효하는 모습과도 흡사했다. 또 이 세상 그 어느 생명체의 아름다움에도 미치지 못하는 장렬한 '아름다움'이기도 했다. 멀리서 지켜보던 조조는 무슨 생각을 했는지 별안간 명을 내렸다.

"고수! 징을 울려라."

또다시 조급하게 덧붙였다.

"퇴각하라는 징 말이다."

"예!"

고수는 일제히 퇴각을 알리는 징 소리를 울렸다. 무슨 일인가 하고 전군은 진을 물렸고, 물론 허저도 적을 버리고 돌아왔다.

조조는 허저를 비롯해 막료들을 불러놓고 설명했다.

"제군들은 이상하게 생각할지 모르지만, 갑자기 징을 울린 이유는 사실 서황이라는 자를 죽일 수가 없어서 그랬소. 오늘 서황을 지켜보니 세상에서 보기 드문 용사요, 대장으로서도 뛰어난 사람이었소. 적이기는 하나, 저러한 영재를 쓸데없는 싸움으로 죽인다면 참 슬픈 일이오. 내가 바라는 건 서황을 불러들여 우리 편으로 만들고 싶은데 누가 서황을 설득해서 항복시킬 사람이 있겠소?"

"제게 분부를 내려주십시오."

누군가가 그 임무를 맡겠다며 앞으로 나섰다. 산양(山陽) 출신 만총(滿寵)으로 자는 백녕(伯寧)이라 했다.

"만총인가, 좋다."

조조는 즉시 허락했다.

만총은 그날 밤, 홀로 적지로 숨어들어 서황이 친 진을 몰래 살폈다. 나뭇가지 사이로 새어나오는 달빛 아래 서황은 갑옷도 벗지 않은 채, 장막을 펼치고 우두커니 앉아 있었다.

"누구냐…? 누가 거기서 엿보느냐?"

"오랜만입니다, 장군. 무탈하셨습니까?"

"오오, 만총 아니오. 여긴 어찌 오셨소?"

"왠지 그리운 마음이 들어서…."

"적군과 아군으로 나뉜 마당에 옛 친구가 무슨 의미가 있겠소."

"아닙니다. 그런 까닭으로 내가 특별히 뽑혀서 대장 조조가 보내는 밀지를 받아온 것입니다."

"아니, 조조가 보냈단 말이오?"

"오늘 싸움에서 조조의 제일 무사인 허저를 상대로 장군이 기막히게 활약하는 모습을 보고 조 장군이 진정으로 장군의 실력을 아끼는 마음이 들어 급히 퇴각을 알리는 징을 울렸던 것입니다."

"그랬던…."

"어찌하여 장군 같은 용사가 양봉처럼 우둔한 인물을 주군으로 받든단 말입니까? 인생은 백수를 누리기 어렵고 오명은 천 년이 지나도 씻을 수 없는 법. 좋은 새는 나무를 가려 둥지를 튼다고 하지 않습니까?"

"음…, 나 역시 양봉의 무능함은 아네만, 주종의 연을 이제 와 어찌할 수는 없는 노릇이오."

"그렇지도 않습니다."

만총은 가까이 다가가 귀에다 속닥였다.

"조 장군이 영리하고 비범하다는 건 일찍이 들어 아오. 하지만 단 하루라도 주군으로 섬긴 사람의 목을 쳐서 항복할 생각은 없소."

서황은 길게 탄식하며 고개를 절절 저었다.

이호경식지계(二虎競食之計)

1

"서황이 지금 적진에서 온 자를 막사에 끌어들여 밀담을 나누고 있습니다."

양봉의 부하가 다가와 밀고했다.

"서황을 잡아들여서 문초하라."

금세 서황을 의심하여 기병 수십 기를 이끌고 그 막사를 포위했다. 그러나 조조가 풀어둔 복병이 나타나 양봉 군을 쫓아버렸다. 만총은 서황을 힘들이지 않고 구출하여 함께 조조 진영으로 도망쳤다.

원하던 대로 서황을 아군으로 얻은 조조는 들떴다.

"근래에 가장 기쁜 일이다."

무사를 사랑하기를 여자를 사랑하기보다 더했던 조조가 서황을 얼마나 극진히 대했는지는 더 말해 무엇하리.

양봉과 한섬은 기습을 꾀했지만, 서황이 적의 편으로 돌아선데다 어차피 이길 가망이 없어 남양(하남성)으로 도망쳐서는 그곳에 있는 원술(袁術)을 찾아갔다.

이리하여 천자를 태운 어가와 조조의 군사는 마침내 허창 도읍 문에 도착했다. 이곳에는 옛 궁문과 전각이 있고 성 아래에는 마을들도 들어선 모습이다. 조조는 천자가 지낼 곳을 정하고 종묘를 짓고 관아를 증축하여 허도(許都)의 면목을 새로이 세웠다.

그러면서 옛 신하 13명을 제후에 봉하고 자신은 대장군무평후(大將軍武平侯)라는 중직에 앉았다. 일전에 황제 칙사로 와서 조조에게 인품을 인정받은 동소는 이 무렵 일약 낙양의 영(令)으로 등용되었다. 허도의 영에는 공을 세운 만총이 발탁되었다. 순욱은 시중상서령(侍中尙書令)에 올랐으며, 순유(荀攸)는 군사(軍師), 곽가(郭嘉)는 사마제주(司馬祭酒), 유엽(劉曄)은 사공조연(司空曹掾), 최독(催督)은 전료사(錢料使)로 각각 봉해졌다. 하후돈, 하후연(夏侯淵), 조인, 조홍 등 강직한 신하들은 각각 장군에 올랐으며 악진, 이전, 서황 등의 용장도 교위직을 얻었고, 허저와 전위는 도위(都尉)로 올랐다.

훌륭한 무사를 많이 거느린 조조의 권위는 저절로 방방곡곡으로 뻗어갔다. 조조가 드나들 때마다 언제나 철갑 정병 300명이 활과 극을 번뜩이며 따랐다.

그에 비하면 늙은 조신들은 이름만 대신이니 원로니 하고 불렸을 뿐 날이 갈수록 영향력은 약해져만 갔다. 조신들도 지금은 조조의 위세에 눌려 어떠한 정사도 조조에게 먼저 고한 다음에야 천자에게 아뢰는 게 관례처럼 굳어졌다.

"아아, 한 사람을 제거하면 또 한 사람이 일어나는구나. 한실의 운도 이제 서쪽으로 저무는 해인가…."

탄식하는 이가 있어도 입 밖에 내어 말하지 않았다. 그저 무력하고 흐릿한 눈에 눈물을 흘리며 목각 인형처럼 황제 곁에 잠시간 서 있을 뿐이다.

군사와 모사 그리고 쟁쟁한 막료 장군들이 모여 거나하게 연회를 벌였다. 그 한가운데에 조조가 있었다. 형형색색 기개와 도량이 넘치는 얼굴로 부지런히 천하를 논하는데 별안간 유비에 관한 소문이 날아들었다.

조조가 입을 무겁게 열었다.

"그자도 어느새 서주 태수가 되었는데, 들리는 바로는 여포를 소패(小沛)에 두고 같이 힘을 합친 모양이다. 여포의 용맹과 현덕의 기량이 합쳐진다면 후환이 되지 않을까 염려스럽다. 만약 두 사람이 힘을 합쳐 이쪽으로 집중해 다가온다면 지금도 골치 아픈 일이 되리라. 미연에 방지할 방책이 없겠는가?"

"간단합니다. 정병 5만을 내 주십시오. 여포와 현덕의 목을 말안장 양쪽에 매달고 돌아오겠습니다."

허저가 양양하게 말했다.

그러자 누군가가 웃는 소리가 들려왔다.

"하하하. 술병은 아니지 않나…."

순욱이다. 웃음 띤 입가에 술잔을 갖다 대면서 모사답게 가늘게 뜬 눈으로 허저를 바라보았다.

2

순욱이 비웃는 바람에 허저는 입을 꾹 다물어버렸다. 허저는 지혜로운 자들과 함께 있을 때면 아직도 스스로가 일개 야인에 지나지 않는다는 걸 알았다.

"무리입니까? 제 계획이?"

"자네 말은 책략도 아무것도 아닐세. 그저 용기를 입 밖으로 드러냈을 뿐. 현덕과 여포 같은 적은 얄팍한 생각으로 맞서서는 대단히 위험하네."

조조는 고개를 돌려 물었다.

"순욱, 그대 생각을 들려주게. 명안이라도 있는가?"

"계략이 없지도 않습니다."

순욱은 자세를 가다듬었다.

"당분간은 전쟁을 멈추어야 합니다. 천도 이후로 궁문을 비롯하여 여러 곳을 정비하는 바람에 막대한 건축과 군사 시설에 적지 않은 비용이 들었잖습니까?"

"음…, 그래서?"

"그러니 현덕과 여포를 대하려면 어디까지나 외교적인 수완을 발휘하여 그 둘을 자멸로 이끄는 게 상책입니다."

"그 생각에는 동감이다. 거짓으로 그 둘과 교우를 맺자는 말인가?"

"상투적인 수단으로는 오히려 현덕에게 이용당할 염려가 있습니다. 이호경식지계(二虎競食之計)를 쓸 생각입니다."

"이호경식지계라니?"

"이를테면 여기 사나운 호랑이 두 마리가 산 위에 뜬 달을 보고 으르렁거리며 기다린다고 가정해보십시오. 호랑이는 둘 다 굶주린 상태입니다. 그곳에 먹음직스러운 냄새가 솔솔 풍기는 먹이를 던져주는 겁니다. 두 호랑이는 사나운 본성을 드러내며 물어뜯고 싸우겠지요. 틀림없이 한쪽이 쓰러질 테고 또 한 마리는 이긴다 해도 온몸이 상처투성이가 될 터. 그리되면 호랑이 두 마리 가죽을 얻기란 무척 간단해집니다."

"과연."

"해서, 유현덕이 지금 서주를 다스리지만 정식으로 칙서가 내려지지는 않았습니다. 이를 빌미 삼아 현덕에게 칙서를 내리십시오. 그때 여포를 죽이라는 장군의 밀지를 덧붙여 보내는 것입니다."

"옳거니!"

"현덕이 자기 손으로 해결한다면 스스로 한쪽 팔을 자르는 셈이 될 터이고, 만에 하나 실패하더라도 분노한 여포가 반드시 그 포악한 성격으로 현덕을 그냥 살려두지는 않을 겁니다."

"음!"

조조는 고개를 주억거릴 뿐, 그 의견에 대해서는 토를 달지 않았다. 조조는 이미 마음을 굳혔다.

그로부터 며칠이 지나지 않아 황제의 조칙을 청한 다음 칙사를 서주로 보냈다. 그 사신이 조조가 보내는 밀서를 품고 떠났다는 건 상상하기 어렵지 않다. 유현덕은 서주성에서 칙사를 맞이하여 예를 갖추어 인사를 하고 사신을 별실로 모시게 한 다음 여느 때처럼 조용히 전각으로 돌아왔다.

"무슨 일이지?"

자못 궁금했는지 현덕은 사신이 몰래 건네준 조조의 밀서를 재빨리 펼쳐보았다.

"여포를…?"

현덕의 눈이 휘둥그레졌다. 몇 번이나 읽고 또 읽는데 뒤에 서 있던 장비와 관우가 물었다.

"조조가 무슨 말을 했습니까?"

"이걸 읽어보게나."

"여포를 죽이라는 밀명이군요."

"그렇다…."

"여포는 포악하기만 할 뿐 애초에 의리라고는 없는 인간이니 조조의 지시를 기회로 삼아 이참에 죽여버리는 게 좋겠습니다."

"아니다. 여포는 의지할 데가 없어 우리 품으로 날아든 궁지에 몰린 새가 아니더냐. 여포를 죽인다면 기르던 새의 목을 비틀어 죽이는 것과 다를 바가 없다. 현덕이야말로 의를 모르는 인간이라 할 것이다."

"그렇다고 불의한 자를 살려두어 좋을 게 없습니다. 나라에 미치는 해악은 누가 책임을 진단 말입니까?"

"차차 의가 넘치는 인간이 되도록 온정으로 이끌고 가세."

"사람이 그렇게 쉽사리 선하게 변한답니까?"

장비는 끝까지 여포를 없애야 한다고 주장했지만, 현덕은 따를 기색도 없었다.

우연하게도 이튿날 여포가 소패를 떠나 성으로 올라왔다.

3

여포는 아무것도 모르는 눈치다. 여포는 단지 그날 유비에게 칙사가 내려와 정식으로 서주목(徐州牧) 인수(印綬)를 받았다는 소식을 듣고 축하하기 위해 현덕을 만나러 왔다.

잠시간 현덕과 이야기를 나눈 후, 인사를 마친 여포가 긴 복도를 유유히 걸어 나올 때였다.

"기다려라! 여포."

그늘 아래 숨어서 기다리던 장비가 불쑥 뛰쳐나왔다.

"목숨을 내놓아라!"

장비는 외치자마자 대검을 뽑아 들고 장신의 여포를 두 동강이를 내려는 기세로 내리쳤다.

"앗!"

여포의 신발이 복도 바닥에 깔린 기와 마루를 퍽 찼다. 역시 방심하지 않았다. 7척(尺) 가까이 되는 거대한 체구도 가볍게 뒤로 펄쩍 뛰어올랐다.

"네놈은 장비가 아니냐!"

"보면 모르나."

"왜 날 죽이려는 게냐?"

"세상의 해악을 없애려는 것이다."

"어째서 내가 세상의 해악이란 말이냐?"

"의리도 절개도 없고 하물며 배신이나 일삼는 주제에 무력은 어설프기만 한 놈. 앞으로 나라에 도움이 되지도 않을 테니 죽여달라고 조조가 큰형님께 밀서를 보냈다. 안 그래도 평소부터 네놈의 오만불손한 꼴이 내 마음에 들지 않던 참이다. 각오해라!"

"까불지 마라! 네놈 따위에게 내 머리를 바칠까."

"네놈이 버티겠다는 말이구나."

"기다려라, 장비!"

"닥쳐라!"

두 번째 내리친 검이 쨍하고 허공에서 울렸다.

아뿔싸, 칼은 빗나갔다. 누군가 뒤에서 장비의 팔꿈치를 누르며 끌어안고 막은 자가 있었던 것이다.

"에잇! 누구냐! 방해하지 마라."

"진정하지 못할까!"

"아니, 큰형님."

현덕은 큰소리로 꾸짖었다.

"누가 언제 자네에게 여포 공을 죽이라고 말했느냐. 공은 내 귀한 손님이시다. 우리 집을 찾은 손님에게 검을 쓴다는 건 내게 극을 들이대는 것과 다름없다."

"흥, 근성이 나쁜 식객을 대체 형님은 무슨 약점을 잡혀서 이렇게까지 대해주는지 알 수가 없소."

"그 입 다물라! 무례하구나."

"누구에게 말입니까?"

"여포 공에게 말이다."

"뭐라고요?"

장비는 옆에다 침을 찌익 뱉었다. 그 순간에도 장비는 자신이 현덕의 아우며 손아랫사람인 걸 절대 잊지 않았다. 가만히

큰형을 쏘아보더니 불평을 지껄이며 결국 발소리를 쿵쾅쿵쾅
울리며 사라졌다.

"용서하십시오. 보신 대로 응석부리는 녀석입니다. 마치 아
이처럼 단순한 사내입니다."

장비가 저지른 난폭한 행동을 진심으로 사과하면서 현덕은
다시 한번 방으로 여포를 맞아들였다.

"지금 장비가 한 말 중에 조조가 공을 처치하라는 밀명을 보
냈다는 것만은 사실입니다. 허나 제게는 그럴 생각이 없는데다
쓸데없는 말이 공의 귀에 들어가는 것도 마뜩잖아서 잠자코 있
었습니다. 말이 나왔으니 명백히 밝혀야겠습니다."

조조가 보내온 밀서를 여포에게 보여주며 의심을 풀 수 있도
록 했다. 여포 역시 현덕이 보여주는 진심에 감동한 듯했다.

"잘 알겠소. 짐작건대 조조가 우리를 갈라놓으려는 책략을
쓴 듯하오."

"맞습니다."

"이 여포를 믿어주시오. 맹세컨대 난 불의를 하지 않소."

여포는 되려 감격하며 돌아갔다.

그 모습을 몰래 지켜보던 조조의 사자는 씁쓸하게 중얼거릴
수밖에 없었다.

"실패다. 이래서는 이호경식지계도 아무 의미가 없다."

잔을 깨고 금주를 맹세하다

1

장비는 불만에 차서 견딜 수가 없었다. 여포가 돌아갈 때 현덕이 직접 성문 밖까지 나가서 배웅하는 모습을 보고는 더더욱 그러했다.

"쳇, 정중한 것도 정도가 있지."

장비는 부아가 치밀어 올랐다.

"형님, 사람 좋은 것도 도가 지나치시면 바보 소리를 듣는 겁니다."

돌아오는 유비를 붙들고 장비는 조금 전 지청구를 들어 흥분한 마음을 간신히 억누르고 말했다.

"장비냐. 뭘 그리 아직도 화를 내느냐."

"뭐라니요? 답답하고 어이가 없어 화도 나지 않소."

"그래, 저쪽에서 원하는 대로 여포를 죽인다고 무슨 득이 있겠느냐?"

"후환을 제거하는 게 아니겠소."

"눈앞의 일만 생각하면 그렇다. 조조가 바라는 건 여포와 내가 서로 피투성이가 되도록 싸우는 일이다. 두 영웅은 나란히 서지 않는다, 이런 진부한 계략을 꾸민 게 아니겠느냐?"

"아아, 지혜로운 생각이십니다."

옆에 있던 관우가 손뼉을 치며 칭찬하는 바람에 장비는 또다시 말문이 막혀버렸다.

이튿날, 현덕은 답례를 하러 칙사가 머무는 역관으로 갔다.

"여포에 관해 몰래 내리신 명은 지금 당장은 받들기 어렵습니다. 언젠가 기회를 보아 임무를 완수할 날도 있겠지만, 지금은 무리입니다."

그렇게 말하더니 자세한 내용은 편지에 써서 감사하는 마음을 담은 표와 함께 사자에게 맡겼다.

사자는 허도로 돌아갔다. 그리고 결과를 그대로 보고했다.

조조는 순욱을 불렀다.

"어찌하면 좋을꼬? 과연 유현덕은 보기 좋게 빠져나가 자네 계략에 말리지 않는군."

"두 번째 계략을 써보시죠."

"무슨 계략인가?"

"원술에게 사자를 보내서 이렇게 전하십시오. 현덕이 얼마 전 천자에게 주청하여 남양을 공격하겠다는 뜻을 밝혔다고 말입니다."

"음."

"현덕 쪽에도 다시 칙사를 보내 원술이 조정에서 보낸 천자의 칙명을 거스른 죄를 범했으니 칙서를 받으면 조속히 군사를 보내 남양을 치라고 명하십시오. 현덕은 성품이 꼿꼿하니 천자의 명이라 하면 거스르지 못할 것입니다."

"그러고 나서는?"

"표범을 잡으라고 호랑이를 부추겨 호랑이가 굴을 비우게 하는 것입니다. 먹이를 노리는 이리가 누구인지는 바로 아시겠지요?"

"여포인가! 그렇지. 여포에게는 이리 같은 성향이 있지."

"구호탄랑지계(驅虎吞狼之計)입니다."

"이 계략은 틀림없으렷다."

"십중팔구 문제없습니다. 현덕의 성품이 지닌 약점을 이용하는 거니까요."

"음…, 천자의 어명이라면 꼼짝달싹 못하는 위인이다. 당장 실행하라."

남양으로 부리나케 사자가 날아갔다. 그보다 더 빨리 두 번째 칙사가 서주성으로 칙령을 들고 달려갔다. 현덕은 성 밖으로 나가 사자를 맞이하여 예를 올린 후 여러 신하에게 자문을 구했다.

"이 또한 조조의 계략입니다. 절대 그 손에 걸려들어서는 아니 됩니다."

미축(糜竺)이 충고를 올렸다. 현덕은 생각에 잠기더니 마침내 고개를 들었다.

"아니다. 비록 계략이라 하더라도 칙명인 이상 거역할 수는 없소. 지금 당장 남양으로 진군합시다."

약점일까? 그렇지 않으면 장점일까? 과연 유비는 적이 간파

한 대로 칙명 한마디에 옴짝달싹하지 못했다.

2

현덕의 결의는 꿋꿋했다. 미축을 비롯한 여러 신하는 그 점을 누구보다 잘 아니 입을 다물었다.

손건(孫乾)이 말을 시작했다.

"무슨 일이 있어도 칙명을 받들어 남양으로 쳐들어가셔야겠다면, 먼저 뒤탈이 없도록 하는 게 중요합니다. 누구에게 서주를 지키게 하시렵니까?"

"맞는 말이오."

현덕 역시 깊이 고민했다.

"관우나 장비 두 아우 중 한쪽이 남아주어야 할 것 같다."

"제게 분부를 내려주십시오. 문제없이 잘 지키겠습니다."

관우가 스스로 나섰다.

"아니오. 자네하고는 조석으로 일을 의논해야 할 테고, 또 무슨 일이 있을 때 내 옆에 있어야 하오. 그렇다면, 누구에게 명한단 말인가…"

현덕이 곰곰이 생각하는데 장비가 한 걸음 앞으로 나서더니 여느 때처럼 쾌활하게 말했다.

"형님, 이 서주성에 그렇게 사람이 없답니까? 뭘 그리 생각하시오? 장비도 여겼지 않소. 제가 남아서 사수할 테니 염려 마시고 출진하십시오."

"아니다, 자네에게 맡기기는 어렵네."

"왜 그러십니까?"

"자네 성격은 진격하여 무찌르기에는 좋지만, 수비에는 적합지 않네."

"그럴 리 없소. 제 어디가 나쁘다는 말씀이시오?"

"타고날 때부터 술을 좋아하고 술에 취하면 함부로 사졸을 때리고 모든 일에 경솔하다. 무엇보다 나쁜 건 그리되면 남이 말하는 충고도 듣지 않는다는 거다. 자네에게 맡긴다면 난 되려 걱정이 되어 견딜 수가 없을 걸세. 이 일은 다른 사람에게 맡기겠네."

"아니, 형님. 그 일은 깊이 명심하고 있어 저도 평소에 반성하는 중입니다. 때마침 좋은 기회가 아닙니까? 이번에 형님이 출진하시는 걸 계기로 기필코 술을 끊겠습니다. 술잔을 깨뜨리고 금주하겠습니다!"

장비는 항상 지니고 다니던 백옥 잔을 모두가 보는 앞에서 바닥에 던져 깨버렸다.

그 잔은 한 전장에서 장비가 빼앗은 물건이다. 적의 대장이라도 되는 자가 떨어뜨리고 간 물건이었는지 야광의 명옥을 갈아 만든 듯한 마상배(馬上杯, 전장에 나가기 전에 말 위에서 건승을 바라는 의식을 행할 때 쓰임 – 옮긴이)다. '이 잔은 하늘이 내게 내려준 선물로 성 1채보다 더 값진 은상'이라며 언제나 몸에 지니고 다니면서 술자리가 있을 때마다 애용했다.

술을 모르는 사람에게는 하나의 그릇에 지나지 않겠지만, 장비에게는 친자식처럼 애착이 가는 물건이었으리라. 그뿐 아니라 금주까지 맹세한 것이다. 장비가 확고한 결심을 내보이자 마음이 움직인 현덕은 이내 허락했다.

"잘 결심해주었다. 자네가 잘못을 깨닫고 고친다는데 근심할 이유가 없지. 서주를 지키는 일은 자네에게 일임하겠네."

"감사합니다. 앞으로는 술을 끊고 사졸들도 불쌍히 여기며 남이 해주는 충고도 새겨듣겠습니다. 난폭하게 구는 일도 없을 겁니다."

정에 쉽사리 마음이 움직이는 장비는 현덕의 은혜에 고맙게 여기며 진심을 담아 답했다.

그 모습을 보고 미축이 비아냥거렸다.

"그렇긴 하지만 장비의 술주정은 개의 귀처럼 타고날 때부터 지닌 성질이니 조금 위험하겠군."

화가 난 장비가 싸울 듯이 달려들었다.

"무슨 말이냐! 내가 형님의 신의를 저버린 적이라도 있다는 말이냐!"

현덕이 장비를 달래며 자리를 비우는 동안 어떤 일이 있어도 참아야 한다고 타이른 후, 진등(陳登)을 군사(軍師)로 명하고 부탁했다.

"모든 일은 진등과 의논하여 대처하라."

그러고 나서 3만여 기를 이끌고 남양으로 진격했다.

3

　지금 하남 땅 남양에서 나날이 세력이 커가는 원술은 일찍이 이 지방에 황건적이 대란을 일으켰을 때 군사령관이던 원소의 아우다. 명문가인 원 씨 가문 일족 중에는 가장 호방하고 거친 성격 탓에 벌족(閥族) 사이에서도 두려워하는 인물이다.

　"허도의 조조로부터 사자가 도착했습니다."

　"서면인가?"

　"그렇습니다."

　"사자를 정중히 대접하라."

　"분부 받들겠습니다."

　"서면을 가져와라."

　원술은 편지를 펼쳐 죽 읽더니 신하를 찾았다.

　"게 누구 있느냐?"

　"예."

　"즉시 장군들에게 성안 자수각으로 모이라고 전해라."

　원술의 안색이 확연히 달라져 있었다.

　"무슨 일이지?"

　성안의 무신들은 서둘러 자수각으로 모였다. 원술은 조조가 보내온 서면을 신하에게 읽게 했다.

　유현덕이 천자에게 아뢰어 오래전부터 품은 야망을 이루고자 남양 침략을 윤허하도록 조정에 청했소.
　자네와 난 오래된 마음의 친구.

가만히 보고 있을 수 없어 몰래 위급함을 알리니 부디 방심하지 마시오.

"들었는가? 다들."

원술은 벌겋게 얼굴이 달아올라 큰 소리로 욕지거리를 했다.

"현덕이란 놈이 누구요? 불과 몇 년 전만 해도 짚신이나 삼고 돗자리나 팔던 필부가 아니오. 얼마 전에 함부로 서주를 점령하더니 슬그머니 태수라 칭하고 제후와 열을 같이하는 모습이 괴이하기 짝이 없다 생각하였소. 어찌 지금은 제 분수도 모르고 이 남양을 치려고 꾀한단 말이오? 천하의 본보기로 보여줄 테니 즉시 군사를 보내 짓밟아버리시오."

명령이 떨어졌다.

"가거라. 서주로!"

10만여 기가 그날 당장 남양 땅을 향해 떠났다. 대장은 기령 (紀靈) 장군이다.

한편, 남쪽으로 향하던 현덕의 군사도 서둘러 달려온지라 양쪽 군사는 임회군(臨淮郡) 우이(盱眙, 안휘성安徽省 봉양현鳳陽縣 동쪽)라는 곳에서 충돌했다. 기령은 산동 사람으로 힘이 장사인데다 끝이 세 갈래로 갈라진 큰 칼을 잘 쓰기로 이름난 장수다.

"현덕 이 미천한 놈! 어찌하여 우리 대국을 침략하러 왔는가! 네 분수를 알라!"

진두로 나와 호령을 하자 현덕이 응했다.

"칙명이 내게 있다. 네놈들이 기꺼이 역적이란 이름을 원하는 것이냐!"

기령 부하 중에 순정(荀正)이라는 부장이 있었다. 순정이 말을 몰아 달려나가며 고함쳤다.

"현덕의 목은 내 손안에 있다!"

옆에서 관우가 82근짜리 청룡도를 휘두르며 가로막았다.

"네 이놈! 우리 주군께 가까이 다가갔다가는 눈이 멀게 해주겠다!"

"아랫놈들은 비켜라!"

"네놈 따위를 상대하실 우리 주군이 아니시다. 덤벼라!"

"뭐라고! 괘씸한 놈!"

순정은 관우에게 걸려들어 그만 현덕을 놓쳐버렸다. 뿐만 아니라 맹렬히 싸워 땀으로 범벅이 되었지만, 끝끝내 관우에게 아주 작은 상처 하나 남기지 못했다. 싸우고 싸우다 얕은 강 한가운데까지 말을 탄 두 장수가 얽혀가며 싸울 지경에 이르렀다.

"이얏!"

귀찮아진 관우는 사자가 포효하듯 고함을 치더니 청룡도를 높이 내리쳐 물과 피로 범벅이 된 강에서 순정을 두 동강 내버렸다.

순정이 죽고 기령도 쫓기게 되면서 남양의 전군은 뿔뿔이 흩어져 도망쳤다. 회음(淮陰) 근방까지 물러나 진을 재정비했지만, 현덕을 우습게 볼 수 없다고 판단했는지 그때부터는 화살만 쏘면서 날을 보내더니 당장 쳐들어올 기색도 보이지 않았다.

4

한편 유비가 성을 비운 사이 장비가 지키는 서주에서는 무슨 일이 있었을까?

"자네들, 경비를 게을리해서는 안 된다."

장비는 잔뜩 힘이 들어간 목소리로 낮이고 밤이고 망루에 서서 전장에서 고생하는 큰형 유비를 생각하며 군복을 벗지 않은 채 자리에 몸을 뻗고 자는 일도 없었다.

"역시 장 장군이군."

성을 지키는 장병들도 장비를 순순히 따랐다.

장비의 일거수일투족은 군율을 엄정하게 지켰다. 오늘도 장비는 성안 보루를 유심히 둘러보았다. 모두 맡은 바를 다하는 모습이다. 성안이었지만 사졸들도 부장들도 야영할 때처럼 흙바닥 위에 누워서 거친 음식을 달갑게 받았다.

"정말 기특하구나."

장비는 사졸들 사이를 일일이 격려하며 걸어갔다. 문득 장비는 인사치레하듯 말로만 노고를 알아주는 게 왠지 모르게 석연치 않았다.

"화살도 활시위에 걸어두기만 하면 느슨해지는 법. 가끔은 시위를 늦추는 것도 좋다. 대신 위급한 상황이 닥치면 즉시 팽팽하게 당겨야 하느니라."

장비는 사졸을 시켜 막아두었던 술 창고에서 큰 술병 하나를 가져오게 한 다음, 모두가 모여 있는 한가운데에 떡하니 놓았다.

"자, 마셔라. 매일 노고가 많구나. 이 술은 자네들이 충실히 근무해서 내리는 상이다. 사이좋게 오늘은 한잔씩 마셔라."

"장군, 괜찮겠습니까?"

부장은 의심스럽기도 하고 두렵기도 했다.

"괜찮다, 괜찮아. 내 허락하마. 자, 자네들도 모두 이리로 와서 마셔라."

말할 것도 없이 사졸들은 기뻐 날뛰며 하나둘 몰려들었다. 그 모습을 넋이 빠진 듯 바라보는 장비의 얼굴을 보자 왠지 짠한 마음이 들어 물었다.

"장군은 안 마십니까?"

장비는 고개를 절레절레 저으며 일어섰다.

"난 안 마신다. 잔을 깨뜨렸느니라."

밖을 나가 다른 진영으로 가보니 그곳 역시 잠도 못 자고 쉬지도 못한 사졸들이 여러 성벽을 지키는 상황이다.

"이쪽으로도 한 병 가져오너라."

또다시 술 창고에서 술을 내오도록 명령했다. 장비는 저쪽 병사도 이쪽 병사도 똑같이 마시게 해주고 싶은 마음이다.

"벌써 17병이나 가져갔으니 이제는 멈췄으면 좋겠습니다."

술 창고를 지키는 관리가 드디어 문을 막아버렸다.

성안은 술 냄새와 사졸들이 떠드는 함성으로 떠들썩했다. 어디를 가도 술 냄새가 진동했다. 장비는 어디로 가야 할지 알 수가 없었다.

"한잔쯤은 괜찮습니다."

사졸이 권한 술 한잔에 그만 손을 내밀어 입안으로 털어 넣자 더는 참을 수가 없었다.

"어이 어이, 그 국자로 한잔 가져오너라."

마른 목구멍에 물이라도 흘려 넣듯이 벌컥벌컥 연거푸 두세 잔을 마셔버렸다.

"뭐라고? 술 창고지기가 더는 못 준다고? 발칙하구나. 장비의 명이라 전하고 가져와! 가져오란 말이다. 만약 싫다고 한다면 소대 하나로 밀어붙여 술 창고를 점령해버릴 테니. 으하하…."

술병을 몇 개나 넘어뜨리고 장비의 배도 술통처럼 변했다.

"으하하. 기분 좋구나, 기분 좋아. 누가 힘차게 노래라도 불러보아라. 자네들이 부르면 나도 부르겠다. 음…, 좋구나."

술 창고지기가 급히 전갈을 보내자 조표(曹豹)가 깜짝 놀라 한달음에 달려왔다. 가서 보니 그 꼴이다. 어이가 없는 얼굴을 하니 장비가 국자에 술을 퍼 들이댔다.

"이야, 조표 아닌가. 어때? 자네도 한잔하지 않겠나?"

조표는 어질러진 술자리를 치우면서 잔소리했다.

"이보게! 귀공은 벌써 잊었단 말인가. 그렇게 만방에다 대고 맹세한 말을…."

"뭐 그렇게 불만이 가득한가? 어서 한잔 받게."

"바보 같으니라고."

"뭐라고? 바보 같다고! 이 벌레 같은 놈이!"

장비는 술 국자로 느닷없이 조표의 얼굴을 내리치더니 조표가 놀란 틈을 타 발로 차서 넘어뜨렸다.

5

조표는 불같이 화를 내며 일어서서 다가갔다.

"네 이놈! 어째서 날 모욕하는 게냐. 사람들 앞에서 잘도 나를 찼겠다. 어디 두고 보자."

장비는 그 얼굴을 향해 무지개 같은 술 냄새가 풍기는 입김을 뿜어댔다.

"발로 찬 게 나쁘냐! 네놈은 문관이 아니냐. 문관 주제에 대장인 내게 시건방진 소리를 하니 따끔한 맛을 보여준 것이다."

"친구의 충언을…."

"너 같은 놈은 내 친구가 아니다. 술도 못 마시는 주제에…."

장비는 또 무쇠 같은 주먹으로 조표의 얼굴을 후려갈겼다. 더 보고 있을 수 없던 병졸들이 장비의 팔을 부여잡고 허리를 끌어안으며 말리려는 순간.

"에잇! 귀찮다."

장비가 몸을 크게 흔드니 모두 내동댕이쳐졌다.

"와하하! 도망갔구나! 봐라. 조표란 놈, 나한테 얻어맞은 얼굴을 감싸 쥐고 도망가는 꼴이라니…. 으하하, 기분 좋구나. 저놈 얼굴을 보아하니 술통처럼 부풀어 올라 오늘 밤 내내 끙끙거릴 것이다."

장비는 아이처럼 손뼉을 쳤다. 그러더니 병사들에게 씨름을 함께하자고 권했지만, 감히 아무도 다가오려고 하지 않았다.

"이놈들…, 내가 싫은 게냐!"

장비는 큰 손을 벌려 도망가는 병사들을 하나둘 쫓으며 정신없이 돌아다녔다. 마치 귀신이 아이를 쫓아다니며 장난치는 그림이라도 보는 듯했다.

한편, 조표는 열이 오른 얼굴을 감싸 쥐고 어디론가 자취를 감추어버렸다.

"으윽…, 원통하다."

얼굴이 쿡쿡 쑤셔올 때마다 장비를 향한 원한이 골수까지 스며들었다.

"어찌하면 좋을까…."

문득 조표에게 무서운 생각 하나가 떠올랐다. 그 즉시 밀서를 쓰더니 몰래 소패의 현성으로 황급히 전하라고 부하에게 시켰다. 소패까지는 얼마 되지 않는 거리다. 뛰어가면 이각(二刻, 1시간을 넷으로 나눈 둘째 시각. 약 30분 – 옮긴이)이면 닿을 거리로 말을 달리면 일각도 걸리지 않는다. 대략 45리(里)쯤 되는 거리다.

마침 여포가 잠이 들려던 참이다. 심복 진궁(陳宮)이 조표 부하가 전한 사정을 듣고 나서 밀서를 들고 들어왔다.

"장군, 일어나십시오. 장군, 장군. 하늘이 내린 길보입니다."

"누구냐…, 졸린다. 흔들지 마라."

"자고 있을 때가 아닙니다. 당장 일어나셔야 합니다."

"진궁인가."

"여기 서신을 읽어보십시오."

"어디…."

간신히 몸을 일으킨 여포가 조표의 밀서를 읽어보니, 지금 서주성을 장비가 홀로 지키는데 오늘 그 장비가 술을 진탕 마서 몹시 취해 있는데다가 성안 병사들도 술에 취해 아수라장인 모양이다. 내일을 기다리지 말고 군사를 일으켜 하늘이 내리신 선물을 받으라는 말이다. 조표가 성안에서 문을 활짝 열어 맞이하겠다고 했다.

"하늘이 내린 기회란 이런 겁니다. 장군, 바로 준비하십시오."

진궁이 그 어느 때보다 재촉했다.

"기다려라, 기다려. 의심스럽지 않은가. 장비는 이 여포를 눈엣가시처럼 여기는 놈이다. 내가 있는데 방심할 리 없지 않나."

"뭘 망설이십니까? 이런 기회를 놓치면 두 번 다시 호기는 찾아오지 않습니다."

"괜찮을까?"

"장군, 여느 때 같지 않으십니다. 장비의 용맹함은 두려워할 만하지만, 그 타고난 술주정은 이용해야 할 약점입니다. 이 기회를 잡지 않는 대장이라면 저는 눈물을 흘리며 장군 곁을 떠날 것입니다."

여포도 마음을 굳혔다. 적토마는 오랜만에 갑옷을 입고 대검을 찬 주인을 태우고 달빛 아래 45리 길을 꼬리를 휘날리며 달렸다. 여포 뒤를 이어 군사 800~900명이 제각각 무기를 손에 쥐고 말을 달리기도 하고 뛰기도 하면서 서주성을 향해 달려갔다.

6

"문을 열어라! 문을!"

여포는 성문 아래 도착해 큰 소리로 고함치며 문을 두드렸다.

"전장에 나가신 주군 현덕께서 급한 일이 있어 내게 사신을 보내셨다. 그 일로 장 장군과 상의할 일이 있다. 문을 열어라."

망루에서 엿보던 성문 안의 병사들은 아무래도 수상한 느낌이 들었다.

"일단 장 장군께 아뢴 다음 열어드릴 테니 잠시 거기서 기다리시오."

병사 대여섯이 안으로 들어가 장비를 찾았지만, 장비의 모습은 온데간데없었다.

그사이에 성 안 한쪽에서 뜻밖의 함성이 들려왔다. 조표가 배신한 것이다. 성문이 안쪽에서 열려버렸다.

"와아!"

여포 쪽 군사들이 물밀 듯이 밀려 들어왔다.

장비는 그 후로도 꽤나 술을 마셔 성곽 서쪽 정원에서 고주망태가 되어 곯아떨어진 모양인데, 마침 초저녁달도 맑게 비쳤다. 아아, 달이 멋지구나! 혼잣말을 한마디 허공에 내던지고는 세상 모르고 잠이 들어버린 것이다. 그러니 아무리 장비를 찾으러 망루 위를 돌아봐도, 장비 침상이 놓인 전각으로 가봐도 보일 리가 만무했다.

그러던 중, 고함치는 소리에 장비가 눈을 떴다.

"으음…?"

칼 소리와 극이 울리는 소리에 벌떡 일어났다.

"큰일 났다!"

장비는 성안으로 쏜살같이 달려갔다.

이미 때는 늦었다. 성안은 벌컥 뒤집혀 혼란에 빠진 상태였다. 발에 턱턱 걸리는 시체를 내려다보니 모두가 성안 병사들이다.

"에잇! 여포로구나!"

사태를 파악한 장비가 말에 걸터타 장팔사모를 들고 광장으로 나가보니 그곳에는 조표를 따르는 배신자가 여포 군과 협력하며 마풍처럼 움직였다.

"본때를 보여주마!"

장비는 사방으로 피를 튀기며 창을 휘두르고 돌아다녔지만, 유감스럽게도 아직 술이 깨지 않았다. 땅 위에 누워 있는 병사가 공중에 붕 떠 있는 듯했고 하늘의 달이 서너 개로도 보였다. 군사를 지휘할 수 없는 건 말할 필요도 없었다.

성안 병사들은 지리멸렬했다. 칼을 맞아 쓰러진 자보다 맞기도 전에 손을 들고 적에게 항복하는 자가 더 수두룩했다.

"도망치십시오!"

"지금 당장은 여기서 도망치셔야 합니다."

장비를 둘러싼 아군 부장 18기가 억지로 장비를 혼란 속에서 빼내 동쪽 문 한 모퉁이를 부수고 성 밖으로 도망쳤다.

"어디로 가는 거냐! 날 어디로 데리고 가느냐."

장비는 고래고래 고함을 쳐댔다. 아직도 술기운이 남아 있어 꿈이라도 꾸는 듯 보였다.

그때 뒤에서 100여 기를 이끌고 쫓아오는 장수가 나타났다.

"야아! 비겁하구나, 장비. 돌아와, 돌아와라!"

조금 전에 품었던 원한을 풀겠다고 기량이 뛰어난 병사만 뽑아서 뒤쫓아온 조표다.

"무엇이냐!"

장비는 뒤돌아서자마자 그 100여 기에 달하는 병사들을 낙엽처럼 베어 쓰러뜨리고 도망치는 조표를 쫓아가서 두 동강을 내버렸다. 푸른 피가 7자나 치솟고 달은 검은 안개 속에서 흐려졌다. 온몸이 땀으로 범벅이 되고 나니 한 말이나 되는 술도 증발해 사라져버린 듯한 모습으로 장비는 문득 자신의 모습을 둘러보았다.

"아아!"

장비는 갑자기 곤혹스런 표정을 지었다.

어머니와 아내와 친구

1

여포는 여포다운 발톱과 어금니를 드러냈다. 맹수는 마침내 길러준 주인의 손을 물었던 것이다. 하지만 여포는 원래 깊이 생각하고 먼 미래에 일어날 일까지 계획을 세워 목표를 이루는 치밀한 인간형은 아니다. 그저 맹수가 발작하듯이 단순하게 행동하는 인간이다. 욕망을 채우고 나면 은근히 마음 한구석에서 약간은 양심의 가책까지도 받는 듯해 보였다. 그래서인지 여포는 서주성을 점령하고 난 그날 바로 성문을 지나다니는 길과 고을 네거리에 높이 방을 붙여 자신의 마음에 변명했다.

포고문
난 오랫동안 현덕의 은혜를 입었다. 지금 이렇게 되었다고는 해도 은혜를 모르는 무정한 행동에서가 아니라 성안의 사사로운 다툼을 진압하고 이적 행위를 한 무리를 쫓아 향후에 벌어질 화근을 제거했을 뿐이다. 군사와 백성들은 모두 각자 속히 평상시와 다름없이 제 할 일을 하며 내 치하에서 안심하라.

여포는 다시 직접 성의 후각으로 가서 병사들에게 경고했다.
"부녀자 포로를 거칠게 대하지 마라."

후각에는 현덕 가족들이 살고 있었다. 성이 함락되고 하녀를 제외하고 남은 이들 모두가 도망갔으리라 여겼는데, 뜻밖에도 안쪽 어두침침한 방 안에 어딘지 기품이 흐르는 노모와 젊고 아름다운 부인과 어린아이가 한데 모여 숨죽이고 있는 게 아닌가.

"그… 그대들은 유현덕 가족인가?"

여포는 바로 알아차렸다.

한 사람은 현덕의 어머니다. 그 옆에는 부인이 오도카니 앉아 있었다. 손을 잡아당기고 있는 어린아이는 현덕의 자식이리라.

"…."

노모는 아무 말도 없었다. 부인 역시 넋이 나간 듯한 눈이다. 그저 하얀 눈물 줄기가 그 뺨을 흐를 뿐이다. 어찌 될 것일까? 두려워하듯이 아무 말도 없이 창백한 얼굴과 머리카락과 입술을 희미하게 떨다니….

"하하하, 아하하."

여포는 별안간 웃음을 터뜨렸다. 일부러 보여주기 위한 너털웃음을 지었다.

"부인, 그리고 자당, 안심하시오. 이 여포는 그대들 같은 부녀자를 죽이는 무자비한 사람은 아니오. 아무리 그래도 주군의 가족을 버리고 도망간 불충한 놈들은 무슨 낯으로 현덕을 본단 말이오? 아무리 당황했다고는 하지만 괘씸한 놈들이오."

여포는 거만하게 중얼거리면서 부장을 불러 엄한 명을 직접 내렸다.

"현덕의 노모와 처자를 사졸 100명을 시켜 지켜라. 함부로 이 방에 사람이 들락날락해서도 안 된다. 호위병들 또한 무자비한 행동을 하지 않도록!"

여포는 신신당부하고 나서 부인과 노모의 모습을 다시 한번 살폈다. 이제는 안심했을 거라 생각했다. 현덕의 어머니도 부인도 여전히 돌처럼 구슬처럼 핏기 하나 없는 얼굴로 아무 표정도 드러내지 않았다. 눈물 줄기는 하염없이 두 뺨을 흘러내렸다. 그러고는 할 말을 잊은 사람처럼 입을 굳게 다물었다.

"안심하시오."

여포는 마치 은혜를 강요하기라도 하듯이 말했지만, 부인도 노모도 고개를 숙이지 않았다. 기쁨이나 감사의 마음과는 전혀 거리가 먼 원한 맺힌 눈빛이 눈물 밑에서 바늘처럼 여포의 얼굴을 가만히 쏘아보는 모습이다.

"난 이제 바쁜 몸이오. 여봐라, 파수병. 단단히 지켜라."

여포는 자신을 속이듯이 내뱉고는 가버렸다.

2

한편, 현덕은 자리를 비운 후 서주에서 어떤 이변이 일어났는지도 모르는 채, 기령을 쫓아 그날 회음 강가에 진을 치던 상황이다. 해 질 무렵 관우는 부하를 이끌고 전선의 진지를 휘 돌아보고 왔다. 그런데 보초병들이 손을 이마 위에 대고 들판 끝을 쳐다보며 웅성거리는 게 아닌가.

"적인가?"

"그런 것 같은데…."

과연 저녁 해가 지려는 광야 저 멀리서 석양을 등지고 한 무리의 말을 탄 사람들이 이쪽을 향해 터벅터벅 걸어오는 모습이 보였다. 관우도 수상쩍은 듯이 지켜보는데, 그사이에 이쪽에서 알아보려고 달려간 병사가 큰 소리로 전해왔다.

"장 대장이다. 장비 대장님과 우리 병사 18기가 이쪽으로 오는 길이다."

"뭐라고? 장비가 왔다고?"

관우는 더더욱 의심스러웠다. 이곳으로 올 리가 없는 장비가 왔다니 좋은 일이 아닌 건 분명하다.

"무슨 일이지?"

어두운 표정으로 기다렸다. 머지않아 장비와 18기 병사들이 패주한 무사의 모습으로 비참하게 다가와 말에서 내렸다. 관우는 그 모습을 보자마자 가슴이 덜컹 내려앉으며 불길한 느낌이 들었다. 여느 때의 장비와는 전혀 다른 모습이다. 웃지도 않았다. 그토록 호방하고 활달한 사내가 풀이 죽어 자신 앞에서 고개를 숙이고 있지 않은가.

"아니, 어찌 된 일인가?"

어깨를 두드리자 장비가 힘없이 말했다.

"면목이 없습니다. 살아서 두 형님 얼굴을 뵐 면목이 없지만…, 죗값을 받기 위해 수치를 무릅쓰고 여기까지 왔습니다. 부디 큰형님을 만나게 해주시오."

관우는 장비를 데리고 현덕이 지내는 막사로 갔다. 현덕도 적이 놀란 눈으로 장비를 맞이했다.

"뭐라고? 장비가?"

"죄송합니다…."

장비는 납거미처럼 바닥에 엎드려 자기 불찰로 서주성을 뺏긴 자초지종을 보고했다. 굳게 맹세한 금주 약속을 깨고 만취한 일도 솔직하게 고하면서 고개도 들지 않은 채 깊이 사죄했다.

"…."

현덕은 잠자코 듣더니 이윽고 물었다.

"어쩔 수 없는 일이다. 우리 어머니는 어떠하신가? 처자는 무사한가? 어머니와 처자만 무사하다면 성 한채를 잃고 나라를 뺏긴다 해도 시운(時運)과 무운(武運)만 있다면 우리가 되찾을 날도 있을 것이다."

"…."

"장비야, 왜 묵묵부답이냐?"

"예…."

장비답지 않게 모기가 우는 듯한 목소리였다. 장비는 코를 훌쩍거리며 털어놓았다.

"부끄러운 마음에 죽어도 성에 차지 않습니다. 거나하게 취한 나머지 그만… 후각으로 달려가 성 밖으로 모시고 나올 겨를도 없이…."

그 말을 듣자마자 관우가 흥분해서 화를 벌컥 냈다.

"자당과 형수님, 아이도 여포 손에 넘긴 채 너 혼자 도망쳐 왔단 말이냐!"

"아아, 이놈은 어찌하여 이렇게 어리석은 인간으로 태어났는지…. 형님 용서해주십시오. 관우 형님, 절 비웃어주시오."

장비는 울면서 그렇게 외치고는 두세 번 자기 머리를 주먹으로 쳤지만, 그래도 여전히 '미련한 자신'에 대한 화가 풀리지 않았는지 갑자기 칼을 빼 들어 스스로 목을 베려고 했다.

3

느닷없이 칼을 뽑아 자결하려는 모습에 현덕이 깜짝 놀라서 외쳤다.

"말려라!"

순식간에 관우는 장비가 빼어 든 칼을 빼앗으며 꾸짖었다.

"무슨 짓이냐!"

장비는 몸부림을 치며 통곡했다.

"무사의 자비를 베풀어 부디 그 칼로 이 목을 베어주시오. 앞으로 무슨 면목으로 살아갈 수 있겠소."

현덕은 장비 곁으로 다가가 병자를 어루만지는 듯 달랬다.

"장비야, 진정해라. 언제까지 쓸데없는 푸념을 늘어놓을 수는 없잖느냐."

부드럽게 달래는 말을 들으니 장비는 더더욱 괴로웠다. 차라리 매를 맞고 또 맞고만 싶었다.

현덕은 무릎을 구부리고 장비 손을 힘주어 꽉 쥐었다.

"옛사람이 이런 말을 했다. 형제는 손발과 같고, 처자는 의복과 같다. 의복은 헤어지면 기워서 다시 입을 수 있지만, 손발이 잘려 몸에서 떨어져 나간다면 언제 다시 한 몸이 될 수 있겠느냐. 잊었느냐. 우리 셋이 도원에서 의를 맺고 형제의 술잔을 들어 같은 해 같은 날에 태어나지는 않았지만, 같은 해 같은 날 죽자고 맹세한 사이가 아니더냐."

"예…, 예….."

장비는 큰 소리로 오열하며 주억거렸다.

"우리 삼 형제는 너나 나나 부족한 인간이다. 그 결점과 부족함을 서로 메워주어야 비로소 진정한 손발이 되고 한 몸을 이룬 형제라고 할 수 있잖겠느냐. 너도 신이 아니다. 나 역시 범부다. 범부인 내가 어찌 네게 신과 같은 완벽함을 바라겠느냐. 여포 때문에 성을 뺏긴 것도 옳고 그르고의 문제가 아니다. 아무리 여포라 해도 아무 힘도 없는 내 어머니나 처자까지 죽이는 끔찍한 짓은 하지 않을 것이다. 한탄하지 말고 나와 함께 앞으로도 계획을 도모하여 내 힘이 되어주어라. 장비야…, 잘 알아들었느냐?"

"예…. 예…. 예….."

장비는 콧등에서 눈물을 뚝뚝 떨어뜨리며 언제까지고 땅바닥에 양손을 짚고 꿇어앉아 있었다. 현덕이 장비에게 하는 말에 관우도 눈물을 흘리고 다른 장수들 역시 감동해 마지않았다.

그날 밤, 장비는 홀로 회음 강가로 나가더니 아직도 슬픔이 남은 듯이 달을 바라보았다.

"바보! 멍충이! 난 언제까지나 미련한 인간이리라. 죽으려고 한 것도 미련한 짓이다. 죽으면 죗값을 치를 수 있다는 생각도 참 어리석다. 좋다. 반드시 살 것이다. 형님을 위해서 분골쇄신 하겠다. 그것만이 오늘의 죄를 용서받고 치욕을 씻는 길이다."

큰 목소리로 혼잣말을 중얼거렸다.

옆에 있던 말이 이상하다는 듯이 주인을 바라보았다. 말은 달과 함께 노는 중이다. 강물 속에서 장난을 치기도 하고 풀을 뜯어 먹으며 내일을 위한 힘을 기르는 것처럼 보였다.

그날 밤, 전쟁은 없었다. 다음 날도 이렇다 할 만한 싸움은 없었다. 적도 아군도 움직임이 없었다. 이따금 화살과 화살만이 오갔을 뿐, 며칠 동안을 그저 대진만 하였다. 그사이에 이미 원술 쪽에서는 손을 써서 서주의 여포에게 외교적으로 움직임을 드러냈다.

"만약 그대가 현덕의 뒤를 쳐서 우리 남양 군에게 득이 되게 해준다면 전쟁이 끝난 후 양곡 5만 섬, 준마 500필, 금은 1만 냥쭝, 비단 4000끗을 드리겠소."

솔깃한 미끼를 던져서 여포를 포섭하려 노력 중이다.

4

물론 여포는 원술이 제안한 비밀스러운 동맹에 흔쾌히 응했다. 즉시 부하 고순(高順)에게 3만 병사를 주어 우이로 향하도록 지시했다.

"현덕의 뒤를 공격하라."

우이에 진을 친 현덕은 이미 정보를 듣고 막료와 의논했다.

"어떻게 된 일이냐?"

"비록 앞뒤에 적을 두고 불리한 위치에 섰다 해도, 기령이나 고순 따위의 무리에게 당하기야 하겠습니까."

장비와 관우가 입을 모아 비장한 결심을 하고 건곤일척(乾坤 一擲, 주사위를 던져 승패를 건다는 뜻으로, 운명을 걸고 단판걸이로 승부를 겨룸을 이르는 말 – 옮긴이)의 대결을 촉구했다. 그럴수록 현덕은 아우들을 타일러 자중하도록 권했다.

"아니다, 아니다. 지금은 심사숙고해야 할 중대한 시점이다. 아무래도 이번 출진은 어찌 된 영문인지 일이 잘 풀리지 않았다. 운명의 파도가 자꾸만 거꾸로 밀려와 부딪히는구나. 생각해보면 지금 내 운명은 순풍의 도움을 받지 못하고 거슬러 불어닥치는 파도에 어찌할 바를 모르는 상황이다. 천명에 순응해야 할 것이다. 무리하게 난파선으로 풍랑을 향해 나아가 자멸을 재촉한다면 어리석은 일이리라."

"주군께서 싸울 의지가 없다면 어쩔 수 없는 일이오."

다른 휘하 장군들이 장비와 관우를 설득하여 도망가기로 결론을 지었다.

큰비가 내리는 밤이다. 회음 강가는 홍수로 넘쳐나서 기령 군도 더는 추격할 수가 없었다. 그 폭풍우가 치는 어둠을 틈타 현덕은 우이에 친 진을 철수하고 광릉(廣陵, 강소성江蘇省 양주楊 州) 지방으로 도망쳤다.

고순이 이끄는 3만 기가 우이에 도착한 건 다음 날이다. 둘러

보니 풀은 남김없이 비바람에 쓰러지고 나무는 부러져 볼썽사나웠다. 강물은 넘쳐났고 사람도 말도 그 모습은커녕 진을 쳤던 자리에는 말똥 하나 남아 있지 않았다.

"내 이름만 듣고도 적들이 도망을 쳤구나. 음하하…. 참으로 가소롭구나."

고순은 쏜살같이 기령의 진으로 달려가 직접 기령을 만나서 요구했다.

"약속대로 현덕 군을 물리쳤으니 말씀하신 조건으로 금은 양곡과 말, 비단을 받았으면 하오."

그러자 기령이 주뼛주뼛 답했다.

"그건 우리 주군 원술과 그쪽 주군 여포 사이에 맺어진 조건인 모양인데 난 아직 들은 바가 없소. 들었다 한들 그 많은 재물을 나 혼자 어떻게 감당할 수는 없는 노릇이오. 돌아가는 대로 주군 원술에게 전할 터이니 귀공도 일단 회답을 기다리시는 게 좋지 않겠소."

듣자 하니 맞는 말인지라 고순은 서주로 돌아가 그대로 여포에게 보고했다. 그러고 나서 얼마 지나지 않아 원술이 서신을 보내왔다.

유현덕이 지금 광릉에 숨어 있다. 속히 그 목을 바치고 약속한 재물을 구하라. 대가를 지불하지도 않고 어찌 요구만 하는가.

"이 무슨 무례한 놈이냐. 내가 자기 신하라도 되는 줄 아는 건가. 제 놈이 먼저 제안한 조건이면서 원한다면 현덕의 목을 대가로 가져오라니, 사람을 낚는 것 같은 이 글은 대체 뭐란 말이냐!"

여포는 길길이 뛰었다. 자기를 속인 죄를 따져 군사를 보내 원술을 쳐부수자는 말까지 했다. 언제나 그렇듯이 여포의 분노를 달래주는 역할은 진궁이다.

"원 씨 일가에 원소라는 거물이 있다는 사실을 잊으시면 안 됩니다. 수춘성(壽春城)에 웅거하는 원술은 지금 하남의 으뜸 세력입니다. 그보다는 도망친 현덕을 불러 교묘한 방법으로 현덕을 소패의 현성에 머물게 하십시오. 그러고 나서 기회를 엿봐도 늦지 않습니다. 때가 오면 군사를 일으켜 현덕을 선두에 내세워 원술을 치고 그다음에 원 씨 일가의 장자인 원소도 없애버리는 겁니다. 그리되면 천하의 반은 이미 주군 손안에 들어오는 게 아니겠습니까?"

5

이튿날, 여포가 보낸 사자가 광릉으로 떠났다. 현덕은 그 이후, 심복 몇몇과 함께 광릉에 있는 어느 산사에 숨어 지냈다.

난세의 관례라고는 하지만, 한 걸음만 잘못 내디뎌도 굴러떨어지는 건 빠르다. '사흘 제후, 하룻밤 거지'라는 말은 당시 흥망성쇠 속에 떠돌던 무수한 영웅의 문벌 제후들에게 그대로 들어맞는 말이다.

현덕 역시 그 풍운을 벗어날 수는 없었다. 그때부터 원 씨 일문에게 번갈아 기습을 받아 패망 또 패망을 거듭하는 비운이 이어졌다. 식량과 재물이 떨어지면 병사들은 가망이 없다며 다들 말이나 무기를 훔쳐 진영을 탈출해 달아나는 일도 흔한 때가 그네들이 살았던 난세다.

깊은 산속, 폐허가 된 절에 몰래 몸을 숨긴 현덕이 주위를 둘러보았을 때는 관우와 장비 그리고 강직한 신하 몇과 병사 수십 기만이 덩그러니 남아 있었다. 그곳으로 여포의 사자가 찾아왔다.

"또 무언가 계략을 꾸미고 온 것일 테지."

관우는 그 내용이 무엇인지 묻지도 않고 반대했다. 장비도 마찬가지로 말렸다.

"형님, 가시면 안 됩니다."

"아니다."

현덕은 아우들을 진정시키고 여포의 부름에 응하기로 결정했다.

"이미 여포도 선한 마음으로 내게 인정을 보내왔다. 사람의 미덕을 모욕하는 건 인간의 양심에 침을 뱉는 일이다. 이 암담하고 탁한 세상에도 인간 사회가 짐승으로 타락하지 않는 건 천성이 어떠한 인간이라도 한 조각의 양심은 지니고 태어나기 때문이니라. 그러니 사람의 양심과 미덕은 존중해야 할 것이다."

장비는 뒤에서 혀를 끌끌 찼다.

"형님은 공자(孔子)의 영향을 좀 받은 것 같소. 무장과 공자는 천직이 다르오. 관우 형님도 잘못이 있소."

"내가 무슨 잘못을 했단 말이냐?"

"틈만 나면 형님은 자기가 취미로 즐기는 학문을 큰형님한테 이야기도 하고 책도 권하니까 안 되는 거요. 형님도 근본은 동학초사의 선생이 아니오."

"허튼소리 마라. 무(武)만 갖춘 채 문(文)이 없으면 어떤 인물이 되겠느냐. 여기 이 사람 같은 인간이 나오지 않겠느냐."

관우는 손가락으로 장비 코를 살짝 찔렀다. 웃기게도 장비 코가 꽉 막혀버렸다.

날이 바뀌어 현덕은 서주 경계 지역까지 찾아갔다. 여포는 현덕의 의심을 풀어주려고 도중에서 어머니와 부인 등 가족을 먼저 만나게 해주었다. 현덕은 어머니와 아내를 양팔 벌려 맞이하고 자식에게 둘러싸인 채 모두가 무사함을 하늘에 감사했다.

"오오, 감사합니다."

부인 감(甘) 씨와 미(糜) 씨는 이구동성으로 이야기했다.

"여포가 우리를 지켜주고 가끔 물자도 보내주며 잘 돌봐주었습니다."

이윽고 여포가 직접 성문 밖으로 나와 현덕을 맞이하며 변명 아닌 변명을 했다.

"내가 결코 이 나라를 빼앗은 게 아니오. 성안에서 사사로운 싸움이 벌어져 자멸의 징조가 보여 미리 방지해 잠시간 수비 임무를 다했을 뿐이오."

"아닙니다. 전 처음부터 이 서주는 장군께 넘기려고 생각하던 참이었으니 되려 적당한 성주를 얻어서 기쁩니다. 부디 나라를 융성하게 하시고 백성을 어여삐 여겨주십시오."

여포는 마음과 달리 두세 번 거절했지만, 현덕은 여포가 품

은 야망을 만족시켜야 했으므로 물러나서 소패의 시골 성에 은
둔해버렸다. 그러고는 끊임없이 분개하는 주위 사람들을 달래
야 했다.

"몸을 굽히고 분수를 지키며 하늘의 때를 기다린다. 교룡이
연못에 숨은 건 승천하기 위해서니라."

장강의 물고기

1

큰 강줄기는 대륙의 동맥이다. 중국 대륙을 살리는 대동맥 둘은 말할 필요도 없이 북방의 황하와 남방의 양자강이다. 오나라는 장강의 흐름에 따라 '강동(江東)의 땅'이라 불렀다. 여기 오나라 장사(長沙)에 태수 손견이 남긴 아들 손책(孫策)도 어느새 성인이 되어 올해 21살의 어엿한 청년이 되었다.

"아들이 아버지보다 낫구나. 강동의 기린아란 바로 손책일 것이다."

세상 사람들도 아버지 손견의 신하들도 손책의 성장을 기대하는 사람이 많았건만, 애석하게도 아버지 손견의 시신을 곡아(曲阿) 벌판에 묻고 참담히 패한 군사를 이끌고 돌아왔을 때 손책의 나이는 불과 17살이었다. 그 일 이후로, 지혜로운 사람을 모으고 병사를 훈련시키며 은밀히 가문을 다시 부흥시키려고 꾀했지만, 역경이 이어지니 어찌할 수 없어 결국 장사 땅을 지키지 못하는 비운을 맞이했다.

"때가 되면 모시러 올 터이니, 잠시만 시골에 숨어 계십시오."

손책은 노모와 가족을 곡아 친척에게 부탁하고 17살 무렵부터 여러 나라를 떠돌았다. 속으로 다짐했던 큰 뜻을 젊은 가슴에 품고 여러 나라의 인정과 지리, 군비 등을 살펴보며 돌아다녔다. 말하자면 무사 수행의 온갖 쓰라림을 맛보고 경험했던 것이다. 2년쯤 전부터는 회남(淮南)에 머물며 수춘성에 있는 원술 집에서 식객으로 머무르는 중이다.

원술과 죽은 아버지 손견은 교분을 나누던 사이였을 뿐 아니라 손견이 유표와 전쟁을 치르던 중에 곡아 땅에서 죽었을 때도 사실 원술이 부추긴 탓에 그 전쟁이 발발한 것이어서 원술도 손책을 동정했다.

"내 밑에 있어도 좋다."

원술은 손책을 보내지 않고 자기 자식처럼 사랑했다. 그러는 동안, 경현(涇縣, 안휘성安徽省 무호蕪湖 남쪽)에서 벌어진 싸움에 나가 큰 공을 세우고, 여강(廬江, 안휘성)의 육강(陸康, 동오의 4대 가문으로 불리던 세력 있는 육가陸家의 사람으로서 처형당해서는 안 될 인물이었으나, 이전에 손책에게 홀대했던 적이 있었다는 이유로 처형당했다고 전해진다. 후일 한마음으로 뭉친 동오의 4대 가문을 비롯한 토착 세력과의 마찰을 우려한 손권이 이를 무마하려고 손책의 딸과 육손을 결혼시켜 화해하게 됨 – 옮긴이)을 토벌하러 가서는 비할 데 없는 전적을 올렸다. 평소에는 글을 읽었으며 몸가짐이 차분하고 남을 사랑하는 마음이 있어 이곳에서도 사람들의 주목을 받았다.

"손책은 장강의 농어다."

그 손책이 올해 21살이 되었다. 틈만 나면 무술을 연마하고 산과 들에서 사냥을 하면서 심신을 단련하던 손책은 그날도 시종 몇몇을 데리고 복우산(伏牛山)에서 종일 사냥을 즐겼다.

"아아, 지쳤다."

손책은 산 중턱께 바위에 걸터앉아 장엄한 석양의 붉은 구름을 바라보았다. 원술의 주부(州府)인 수춘성에서 회남 일대로 보이는 마을과 부락들이 눈 아래 시원스레 펼쳐졌다. 굽이굽이 흐르는 한 줄기 강물은 회하(淮河)의 강물이다. 회하는 좁다. 장강 유역에 비한다면 비교가 되지 않을 정도다. 하지만 손책은 어느새 강동의 하늘로 생각을 옮겼다.

'언제쯤 장강의 강물을 타고 내 뜻을 펼칠 때가 올까….'

생각에 잠겼다가 혼잣말로 탄식했다.

'곡아에 계신 어머니께는 언제 부끄럽지 않은 아들이 되어 아버님 무덤에 자란 풀을 벨 수 있단 말인가.'

그늘에서 쉬던 시종 하나가 버석버석 발소리를 내며 손책에게 다가왔다.

"공자, 무얼 그리 쓸데없이 한탄하십니까? 공자께서는 전도가 유망한 청년이 아닙니까. 이 해가 진다고 내일이 없는 게 아닙니다."

누군가 하고 놀라서 보니, 예전에 아버지 손견의 가신 중 하나인 주치(朱治)로 자는 군리(君理)라고 하는 사람이다.

"군리가 아니오? 오늘도 날이 저물어버렸소. 산야에서 사냥이나 하면서 무엇이 될지…. 덧없이 하루하루를 보내는 게 하늘과 땅에 죄스러운 생각이 드오. 하루라도 마음속으로 사죄하

지 않는 날이 없소. 그저 고향이 그립다고 계집애처럼 우는 게
아니란 말이오."

손책은 진지하게 말했다.

2

군리는 손책의 속마음을 꿰뚫어보고 함께 슬퍼했다.

"역시 그런 마음이셨습니까? 소년은 하루하루가 빠르군요.
혈기왕성한 탄식은 어쩌면 당연할 것입니다."

"아마도 알 테지, 군리. 내 이 괴로운 마음을⋯."

"항상 헤아려 살펴보고자 합니다. 저도 오나라에서 태어난
사람이 아닙니까."

"선조가 일군 땅을 잃고 타국의 식객으로 스물하나 청춘에
덧없이 산야에서 사냥이나 하다니⋯. 내가 생각해도 어찌 이런
처지를 견딜 수 있단 말인가."

"공자⋯. 손책 공자⋯. 그렇게까지 생각하신다면 왜 대장부
가 되어 과감하게 돌아가신 아버님이 남기신 유업을 이으려 하
지 않으십니까?"

"난 일개 식객일 뿐, 아무리 원술이 날 아낀다 한들 내게 짐
승을 잡을 활은 줄지언정 대사를 일으킬 만한 병마와 화살을
주진 않을 것이오."

"그러니 그 온상에 의지하고만 있으면 안 됩니다. 공자를 의
지하게 하는 것, 어루만져주는 것, 좋은 옷과 좋은 음식, 사치스

러운 생활. 이 모두가 공자의 청춘을 약하게 만드는 적입니다."

"그렇다고 원술이 베푼 정을 배신할 수는 없소."

"그런 우유부단함은 발로 차 없애버리지 않으면 평생 아무 일도 못 하고 끝날 수밖에 없습니다. 솟구쳐 오르는 세상의 풍운을 보십시오. 이 시대에 태어나 하염없이 불평에만 얽매여 있으면 어떻게 합니까?"

"그렇소. 그 점을 통감하오. 군리, 어찌하면 아무 불편함이 없는 지금의 이 온상에서 벗어나 살아가는 보람을 느끼고 고난과 싸우는 이 시대의 사내가 될 수 있겠소?"

"공자의 숙부님 중, 불운한 분이 계시지요? 아마, 단양(丹陽)의 태수…."

"외가 쪽 숙부이신 오경(吳景) 말이오?"

"그렇습니다. 오경께서 지금 단양 땅을 잃고 영락(零落)하였다 들었습니다만…. 그 힘든 외숙부를 구해야 한다고 원술에게 시간을 청하는 동시에 군사를 빌리십시오."

"옳거니!"

손책은 눈을 크게 뜨고 저녁 하늘을 가로지르는 새 무리를 올려다보면서 곰곰이 생각에 잠겼다.

아뿔싸! 조금 전부터 나무 그늘 아래서 두 사람이 하는 말을 엿듣는 사람이 있는 게 아닌가. 두 사람의 목소리가 끊기자 서슴없이 다가가 느닷없이 말을 꺼냈다.

"보시오. 강동의 기린아가 무얼 망설이십니까? 선친의 유업을 이어 일어나십시오. 불초지만 가장 먼저 제가 거느리는 병사 100명을 보태드리겠습니다."

두 사람이 휘둥그레져서는 그 사람을 망연히 바라보았다.

"누구시오?"

바로 원술의 부하인 이 근방의 관리로 여범(呂範), 자는 자형(子衡)이라는 사람이다. 자형은 뛰어난 책사로 신하 중에서도 그 재능은 인정받는 편이다.

손책은 이 지인을 얻어 무척 기뻤다.

"그대 또한 내 마음을 내심 가엽게 여기는 사람인가."

자형이 손책을 바라보며 맹세했다.

"공자가 장강을 건너신다면…."

손책은 불같은 눈으로 답했다.

"건너겠소, 건너다마다. 장강을 거슬러 또 거슬러 올라가겠소. 1000리에 달하는 강물을…. 이 청춘을 어찌 객원(客園)의 작은 연못에 사는 개구리나 물고기, 진흙 속 조개 무리처럼 게을리 잠만 자겠소."

그렇게 외치고 벌떡 일어서더니 한쪽 주먹을 하늘을 향해 휘둘렀다.

자형이 그 기세를 조용히 눌렀다.

"손책 공자, 추측건대 원술은 결코 군사를 빌려주지 않을 겁니다. 아무리 부탁해도 군사만큼은 내주지 않을 거라는 얘깁니다. 그러면 어찌하시겠습니까?"

"걱정 마시오. 각오한 이상, 이 손책에게 다 생각이 있소."

약관의 나이지만 이미 손책은 이 말 한마디에 미래의 큰 그릇이 될 모습을 드러냈다.

3

"어떻게 원술에게서 군사를 빌린다는 말입니까?"

자형과 군리는 손책의 심중을 헤아리기가 어려워 그리 물었다. 그러자 손책은 자신 있다는 듯이 웃어 보였다.

"원술이 평소부터 갖고 싶어 하는 물건을 담보로 내준다면 반드시 군사를 빌려줄 것이오."

원술이 갖고 싶어 하는 물건? 두 사람은 고개를 갸우뚱했지만 짐작할 수 없었다. 그게 무엇이냐 물으니 손책은 자기 몸을 감싸 안으며 힘차게 말했다.

"전국옥새(傳國玉璽)요!"

"예…? 옥새라고요?"

두 사람은 의아한 표정이다. 옥새라 하면 천자가 쓰는 인장이다. 국토를 전하고 대통을 이으려면 없어서는 안 될 조정의 보물이다. 허나 그 옥새는 낙양에 대란이 일어났을 때 분실되었다는 소문이 자자했다.

"아니, 그러면… 전국옥새를 지금 공자께서 가지고 계시다는 말입니까?"

자형이 신음하듯이 물었다.

낙양에 대란이 일어났을 때, 손책 아버지 손견이 궁궐 안에 있는 오래된 우물 안에서 발견한 뒤 그 옥새를 가지고 고향으로 도망쳤다는 소문은 당시 공공연한 비밀이었다. 자형은 문득 그 무렵 떠돌던 풍문을 떠올렸다.

"음…. 이 안에 있소."

손책은 주변을 둘러보더니 다시 한번 가슴을 꼭 감싸 안았다.

"돌아가신 아버님이 물려주셔서 늘 품 안에 지니고 다녔지만, 언젠가 이 사실을 알게 된 원술이 옥새가 탐이 나서 견딜 수가 없는 모양이오. 원래 원술은 제 분수도 모르고 제위(帝位)에 오르려는 야심이 있었소. 그러려면 옥새를 자기 것으로 해야 한다고 생각한 듯하오."

"과연, 이제야 알겠습니다. 원술이 공자를 친자식처럼 아끼는 이유를 말입니다."

"원술의 야심을 알면서도 모르는 척한 덕분에 나도 오늘까지 무사히 원술의 보호를 받을 수 있었던 거요. 말하자면 이 몸을 지킨 건 옥새 덕이오."

"그 중요한 옥새를 원술 손에 넘기겠다는 생각이십니까?"

"아무리 중요한 물건이라 해도 작은 상자 안에 내 크나큰 뜻을 담지는 않을 것이오. 내 대망은 하늘과 땅에 있소."

손책의 기개를 보고 두 사람은 진정으로 감복했다.

그날 세 사람은 서로 단단히 약속을 맺었다. 며칠 뒤, 손책은 수춘성 안쪽에서 원술에게 간청했다.

"어느새 3년 동안 큰 은혜를 입었습니다. 그 은혜에 보답도 하지 못하고 간청을 드리게 되어 마음이 괴롭습니다. 얼마 전, 고향에서 온 친구가 들려주는 말을 들으니 숙부 오경이 양주 유요(劉繇)로부터 공격을 받아 몸 둘 데도 없이 곤경에 빠졌다고 합니다. 곡아에 남겨둔 어머니와 숙모, 어린아이들도 일가일족(一家一族) 비운의 바닥에서 떨고 있고…."

손책은 더욱 깊이 고개를 숙이고 눈물 섞인 목소리로 말을 이어갔다.

"덕분에 이제 21살이 되었지만, 아직 아버님의 무덤도 제대로 보살피지 못했습니다. 하루하루 편안히 지내는 게 죄스럽기도 하고 한심스럽다는 마음이 듭니다. 부디 졸병 한 무리를 빌려주시겠습니까? 강을 건너 숙부를 구해 조금이나마 돌아가신 아버지의 혼을 위로하고 적어도 어머니와 여동생들이 무사한 모습을 보고 되돌아오겠습니다."

손책은 말을 마치고 가만히 생각에 잠긴 원술 눈앞에 전국옥새가 들어 있는 작은 상자를 공손히 바쳤다.

눈은 마음의 창이라고 한다. 그 물건을 보자마자 원술의 얼어붙은 얼굴이 일순간 달아올랐다. 숨길 수 없는 기쁨과 야망을 담은 불길이 눈동자 깊은 곳부터 이글이글 타올랐다.

4

"이 옥새를 담보로 맡길 테니 부탁드린 제 청을 제발 들어주십시오."

"뭐라고? 옥새를 나한테 맡기겠다고?"

손책이 건네는 말에 원술은 기다렸다는 듯 흔쾌히 승낙했다.

"좋고말고. 군사 3000명에다 말 500필을 빌려주마. 음…, 군사를 지휘할 때 관직의 직권이 없으면 위엄이 없다."

원술은 오랫동안 바라던 야망이 이루어져서인지 손책에게

교위직을 내리고, 진구장군(殄寇將軍)이라는 칭호를 허락한 후, 무기와 마구 등 모든 걸 제대로 갖추어주었다.

손책은 용맹스러운 기세로 그날 바로 군사를 이끌고 떠났다. 따르는 면면을 보면 얼마 전의 군리와 자형을 비롯하여 선친 때부터 섬기며 유랑 중에도 그 곁을 떠나지 않았던 정보(程普), 황개(黃蓋), 한당(韓當) 등 믿음직스러운 사람들도 함께였다.

역양(歷陽, 강서성江西省) 근처까지 다다르자 저쪽에서 젊은 무사 하나가 오더니 말에서 내리며 말을 걸어왔다.

"오오, 손책."

외모가 수려하고 얼굴은 아름다운 구슬 같으며 나이도 손책과 비슷한 또래의 청년이다.

"이야, 주유(周瑜) 아닌가. 어떻게 여기로 왔는가?"

반가운 마음에 손책도 말에서 내려 손을 덥석 잡았다.

주유는 여강 출신으로, 자는 공근(公瑾)이며, 손책과는 어릴 때부터 알던 죽마고우로 이 쾌거를 듣고 함께 돕겠다는 마음에 한달음에 달려왔다고 했다.

"가져야 할 건 벗이로구나. 잘 왔네. 부디 내 한쪽 팔이 되어주게."

"자네를 위해서라면 견마지로라도 마다하지 않겠네."

두 사람은 말을 걸터타고 나란히 전진하면서 오순도순 밀린 이야기를 나누었다.

"자넨 강동의 두 현인이라고 들어보았는가?"

주유가 궁금한지 물었다.

"강동의 두 현인?"

"초야에 숨어 사는 현인일세. 한 명은 장소(張昭)고, 또 한 명은 장굉(張紘)이라 하지."

"그런 인물이 있는가?"

"꼭 그 두 현인을 불러 막료로 삼게. 장소는 다독하여 천문지리 학문에 밝고, 장굉은 재주와 지혜를 자유자재로 부리는데다 온갖 경서(經書)에 통하여 주장을 펼치면 강동과 강남의 백가(百家)라 한들 장굉을 당해낼 자가 없네."

"어찌하면 그런 현인을 불러올 수 있을까?"

"권력을 써서 불러도 재물을 산처럼 보내도 움직이지 않지만, '인생의 의기(意氣)에는 감동한다' 이런 말이 있지 않은가. 직접 찾아가서 예를 다하고 공경하는 마음으로 자네가 품은 진심을 말해보게나. 그리하면 마음이 움직일지도 모르네."

손책은 크게 기뻐하였다.

이윽고 그 지방에 다다르자 몸소 장소가 사는 시골로 찾아가 은둔하는 곳을 방문했다. 손책의 열정은 마침내 장소의 마음을 움직였다

"부디 젊은 저를 꾸짖어 아버지 원수를 갚을 수 있도록 도와주십시오."

손책의 말 한마디가 쉬이 밖으로 나오지 않고 은둔해 있는 무사 장소를 움직인 것이다. 더불어 그 장소와 주유를 사자로 보내 장굉을 설득하게 했다.

손책 진영 안에는 원하던 대로 두 현인이 양옆에서 날개가 되었다. 장소를 장사중랑장(長史中郞將)으로 공경했으며, 장굉을 참모정의교위(參謀正義校尉)로 칭하여 점점 더 일군의 위용

을 갖추었다.

그런데 거기에서 손책이 제일의 적으로 노리던 사람은 숙부 오경을 괴롭혔던 양주 자사 유요다. 유요는 양자강 기슭에 사는 호족이며 명문가 사람이다. 혈통은 한나라 황실을 이어받았으며 연주 자사 유대(劉岱)가 형이고, 태위 유총(劉寵)이 숙부다. 지금은 장강 강변에 면해 있는 수춘(壽春, 강서성 구강)에 있으며 그 부하에는 영웅이 허다했다. 유요를 정면에서 적으로 맞겠다는 손책의 계획 또한 어렵다고 하지 않을 수 없으리라.

신정산 사당

1

우저(牛渚, 안휘성)는 양자강에 접하고 뒤로는 산악을 등진 형국이라 '장강의 철문'이라 불리는 요새의 땅이다.

"손견의 아들 손책이 온다! 남쪽으로 공격해온다!"

이러한 소문이 퍼지자 유요는 회의를 열어 즉시 우저의 요새로 군량 수십만 섬을 보내는 동시에 장영(張英)이라는 장군에게 대군을 내려 방비를 맡기려고 채비했다.

그때, 회의장 끝자리에 있던 태사자(太史慈)가 앞으로 나서며 희망했다.

"부디 저를 선봉에 세워주십시오. 불초하지만 적을 격파해 보이겠습니다."

유요는 흘끔 쳐다보았을 뿐, 한마디로 무시했다.

"자넨 아직 자격이 없다."

태사자는 얼굴을 붉히며 입을 꾹 다물었다. 태사자는 이제 막 30살이 된 젊은이였고, 유요를 섬긴 지는 몇 개월밖에 되지 않은 신참이기도 했다.

"주제넘은 녀석."

다들 이렇게 말하는 듯한 눈으로 쳐다보니 절로 낯이 뜨거워졌다.

장영은 우저에 있는 요새로 들어가 저각(邸閣)이라는 곳에 군량을 비축한 뒤 유유히 손책의 군사를 기다리는 참이다. 그보다 앞서 손책은 병선(兵船) 수십 척을 마련하여 장강에 띄워 이물과 고물을 나란히 하여 강을 거슬러 오는 길이다.

"오오, 우저다."

"적의 경비가 삼엄하군."

"화살 바람에 겁낼 것 없다. 저쪽 기슭을 일제히 공격하라!"

손책을 비롯한 자형과 주유 등의 장수는 제각기 선루 위에 올라가 지휘하기 시작했다. 육지에서 날아오는 화살은 태양도 흐리게 할 지경이었다. 뱃전을 때리는 흰 파도와 강기슭으로 밀려드는 함성….

"나를 따르라!"

손책은 뱃전에서 육지로 뛰어내려 우르르 몰려드는 적들을 베면서 저돌적으로 돌격했다.

"공자를 지켜라!"

다른 배에서도 속속 장병들이 뛰어내렸다. 그러고 나서 말들이 육지로 하나둘 올라왔다. 아군의 시체를 넘어 1척의 땅을 점령하고, 또다시 시체를 밟고 넘어 10간(間, 1간은 6척으로, 1.81818미터에 해당 – 옮긴이)의 땅을 차지하며 점점 전군은 상륙해 나아갔다.

손책 군사 중에서도 그날 눈부신 활약을 보인 건 황개(黃蓋) 다. 황개는 적장 장영을 보자마자 힘차게 말을 달려 베기 위해 돌진했다.

"덤벼라!"

장영 역시 호걸이다.

"뭐라고!"

장영은 고함을 치며 온 힘을 다해 싸웠지만, 황개를 당해낼 수는 없었다. 말 머리를 돌려 급박하게 아군 진영으로 도망치 자 전군이 마치 둑이 무너지는 것처럼 도망치기 시작했다.

그때다. 우저의 요새로 도망쳐 들어오자 성문 안이며 군량 창고 부근이며 온통 검은 연기가 피어오르는 게 아닌가.

"아니, 무슨 일이냐?"

장영이 허둥지둥하자 요새 안에서 아군 병사가 외쳤다.

"배신자다!"

"배신자가 불을 질렀다!"

너도나도 소릴 지르며 연기와 함께 우르르 쏟아져 나왔다. 불길은 이제 성벽 높이까지 치솟았다. 장영은 도망치느라 우왕 좌왕하는 병사들을 이끌고 할 수 없이 산악 쪽으로 내달렸다. 뒤돌아보니 기세등등한 손책 군사들이 무시무시한 속력으로 추격해오는 게 아닌가.

"대체 누가 배신을 했단 말이냐? 언제 손책의 부하가 아군 속 에 숨어 돌아다닌 게냐?"

산속 깊이 도망친 장영은 병사들을 모아놓고 한숨 돌렸다. 그러곤 어쩐지 귀신에 홀린 것 같은 기분이 들면서 패전 원인을 곰곰이 되새겨보았다.

2

손책 군은 대승을 거두었지만, 그날 올린 대승은 손책이 생각지도 못한 기묘한 승리였다.

"대체 성안에서 불을 지르고 우리와 내통한 자가 누구란 말인가."

의아해하는데, 성 뒤쪽 산길에서 300명쯤 되는 부하를 이끌고 징과 북을 울리며 깃발을 든 한 무리의 군사들이 고함을 지르며 내려오는 게 보였다.

"어이! 화살을 쏘지 마라. 우리는 손 장군의 아군이다. 유요부하로 착각하면 곤란하다."

이윽고 그중에서 대장으로 보이는 사람 둘이 앞으로 뚜벅뚜벅 나섰다.

"손 장군을 만나게 해주시오."

손책이 가까이 다가가 두 사람을 보아하니, 한 사람은 옻칠을 한 듯한 검은 얼굴에 두툼하고 멋진 콧대를 가졌으며 수염은 노랗고 날카로운 송곳니 하나가 큰 입술을 물고 있었다. 보기만 해도 용맹한 기운이 넘치는 사나이다. 다른 한 사람은 눈동자가 맑고 눈썹은 짙으며 큰 키에 팔다리가 쭉 뻗은 대장부였는데, 두 사람 다 손책 앞에 떡하니 서서 입을 뗐다.

"처음 뵙소."

"당신이 손책 장군이오?"

예의 없고 분별력도 없는 야인임을 그대로 드러내는 태도로 인사했다.

"당신들은 대체 누구시오?"

손책이 묻자 코가 큰 검은 얼굴의 남자가 먼저 대답했다.

"우리 둘은 구강(九江) 심양호(潯陽湖)에 사는 호적(湖賊) 두목인데, 난 공혁(公奕)이라 하고, 여기 이 사람은 아우뻘 되는 유평(幼平)이라 하는 놈입니다."

"호, 호적?"

"호수에 배를 띄워놓고 사는데, 양자강을 왕래하는 여객선을 덮치기도 하고 강이나 호수를 왔다 갔다 하면서 그 벌이로 연명하오."

"우린 양민 편으로 양민을 괴롭히는 도적은 곧 우리의 적이오. 벌건 대낮에 버젓이 우리 앞에 나타난 이유가 무엇이오?"

"이번에 당신이 이 지방으로 온다는 소식을 듣고 아우 유평과 의논을 했소. 우리도 언제까지 호적으로 있을 수는 없다고 말이오. 손견 장군의 아들이라면 분명 뛰어난 사람일 거라고. 그렇지만 우리가 정벌당하는 건 참을 수 없으니 그보다 먼저 손을 씻고 진정한 인간으로 돌아가지 않겠는가, 하고 말했던 것이오."

"흠."

손책은 쓴웃음을 지었다. 그래도 그 정직함이 참 마음에 들었다.

"그렇다 해도 맨손으로 찾아가 부하로 삼아달라고 하는 것도 지혜롭지 못한 일이라 판단하였소. 무언가 공을 하나 세운 뒤 가신으로 삼아달라고 한다면 대우도 좋지 않을까 생각했소. 그 래서 좋다, 그렇게 하자고 그저께 밤부터 우저 요새 뒤 험한 산을 기어 올라가 숨어 있다가 오늘 싸움에서 성안 군사가 전부 나간 틈을 타서 불을 지르고 남아 있던 놈들을 모조리 처치했던 것이오. 어떻습니까, 장군. 우리를 휘하에 넣어 써보시지 않겠습니까?"

"하하하."

손책은 손뼉을 치며 옆에 있는 주유와 책사를 돌아보면서 물었다.

"어떻소. 유쾌한 자들이 아닙니까. 지나치게 들떠 있는 듯하니 귀공들이 조금씩 무사답게 훈련을 시키는 게 좋겠습니다."

가신으로 허락받은 두 사람은 만면에 희색을 띠면서 근엄한 얼굴로 나란히 서 있는 여러 장수를 향해 의례적인 첫인사를 건넸다.

"앞으로 친하게 잘 지내길 바라겠소."

모두가 한바탕 웃음을 터뜨렸다. 정작 본인들은 무척 진지했다. 뿐만 아니라 적의 군량 창고에서 군량을 빼앗아 오기도 하고, 부근에 서성이는 좀도둑이나 무뢰한들을 불러 모아온 덕에 손책 군은 삽시간에 4000명이 넘는 병력이 되었다.

3

철벽이라고 믿었던 방어선 요새가 불과 반나절 만에 무너졌다는 소식을 전해 들은 유요는 아연실색했다.

"대체 아군에게 싸울 기세가 있는 것이냐 없는 것이냐!"

장영이 패주한 군사들과 함께 영릉성(靈陵城)으로 도망쳐오니 유요는 더더욱 분노가 치밀었다.

"무슨 낯짝으로 뻔뻔스럽게 살아 돌아왔느냐? 내 직접 처단하여 사람들 앞에 본보기로 삼겠다."

서슬이 퍼래서 날뛰었지만 여러 신하가 달랜 덕에 장영은 간신히 목숨을 부지할 수 있었다.

유요 군 내부에 일어난 동요는 대단했다. 해서 황급히 영릉성 수비를 튼튼히 재정비하고 유요가 직접 진중으로 들어가 신정산(神亭山) 남쪽에 사령부를 두었다.

손책이 이끄는 병사 4000여 명도 그 전날 신정산 북쪽으로 이동하는 길이다. 신정산에 주둔하고 나서 며칠이 지났을 때다. 손책은 그 마을 백성 가운데 연장자를 불러 물었다.

"이 산에 후한 광무제의 영묘가 있다는 말을 일찍이 들었소만, 지금도 그 사당이 있소?"

"예. 영묘는 남아 있습니다만 제사를 지내는 사람이 없어서 황폐해졌습니다."

"산봉우리 위인가?"

"산꼭대기보다 조금 아래 중턱인데, 거기 올라가면 파양호(鄱陽湖)에서 양자강이 눈 아래에서 흘러가고 강남과 강북도

한눈에 내려다보입니다."

"내일 날 그곳으로 안내해주시겠소? 직접 가서 사당을 쓸고 조금이나마 마음으로 제사를 모실 것이오."

"알겠습니다."

마을 촌로가 돌아간 후, 장소는 손책에게 충고했다.

"사당에 제사를 지내는 것도 좋습니다만, 싸움이 끝난 후에 하셔도 좋지 않을까 합니다."

"아니오. 왠지 갑자기 참배하고 싶어졌소. 가지 않으면 안 될 듯하오."

"왜입니까?"

"어젯밤 꿈을 꾸었소."

"꿈을요?"

"광무제가 내 머리맡에 서서 부르는가 싶더니 솔바람이 횡하고 불며 신정산 봉우리로 무지개 같은 빛을 끌고 사라졌소."

"음…, 그래도 지금 산 남쪽에는 유요가 본진을 쳤습니다. 도중에 혹시 복병이라도 마주치게 된다면…."

"아니, 아니오. 내겐 신명이 주신 가호가 있소. 신의 부름에 따라 신의 제사에 참배를 하는 것이오. 두려워할 건 아무것도 없소."

다음 날이 밝아왔다. 약속대로 마을 촌로의 안내를 받아가며 손책은 말을 걸터타고 산길로 향했다. 그 뒤를 정보, 황개, 한당, 장흠(蔣欽), 주태(周泰) 등 부하 장수 13명이 따랐다. 제각기 창을 들고 극을 옆에 찬 채로 줄줄이 산을 오르는데 사방으로 시야가 넓어지더니 구름에서 구름까지 이어지는 대륙이, 끝도 없이 이어지는 천 리 장강이 구불구불 유구히 흘러가는 모습이 보이는 게 아닌가.

그 길은 연안 곳곳에 있는 수많은 호수와 늪으로 이어졌다. 황토 대륙의 10분의 1은 거대한 물웅덩이일 뿐이다. 그 흙의 몇억 분의 1쯤 되는 비율로 마치 새똥을 흩뿌려놓은 듯한 모양을 한 부락이 보였다. 그 부락이 어느 정도 모이면 마을이 된다. 바로 성안이다.

"오오, 여긴가."

사당을 바라보며 사람들은 말에서 줄줄이 내려 주변에 널린 낙엽을 쓸고 제물을 정성스레 바쳤다.

손책은 공들여 향을 피우고 사당 앞에서 공손히 절을 올린 뒤, 글을 지어 이렇게 빌었다.

"존엄하신 신이시여. 바라옵건대, 제가 돌아가신 선친의 유업을 제대로 잇게 해주십시오. 머지않아 강동 땅을 평정하는 날이 오면 반드시 사당을 다시 세우고 제사를 게을리하지 않겠습니다."

그 사당을 떠날 때가 되자 손책이 산봉우리 길을 원래 오던 길로 돌아가지 않고 남쪽으로 내려가려는 걸 보고 여러 장수가 놀라서 당황하며 주의를 주었다.

"아닙니다. 길이 다릅니다. 그리로 내려가시면 적지입니다."

호적수

1

"그렇지 않다, 그렇지 않아."

손책은 뒤도 돌아보지 않았다.

따르던 장수들은 의아해하며 거듭 강조했다.

"아군 진지는 북쪽 길로 내려가야 합니다."

"그러니까 남쪽으로 내려가는 것이다. 예까지 와서 허무하게 북쪽으로 내려간다면 유감천만이지 않은가…. 내친김에 이 골짜기로 내려가서 저쪽 산봉우리를 넘어 적의 동정을 살피고 돌아가겠다."

손책이 이유를 말하자 대담한 장수들도 적잖이 놀랐다.

"이 13기로 말입니까?"

"몰래 다가가기엔 오히려 병사가 적은 편이 좋을 것이다. 두렵고 위험하다고 생각하는 사람은 돌아가도 좋다."

그리 말을 하니 돌아가는 사람도 충고하는 사람도 있을 리가 만무하다. 산골짜기 계곡에 다다라 말에게 목을 축이고, 또다시 봉우리 하나를 돌아 남쪽 평야를 휘 내려다보았다.

일찍이 그 부근까지 나와 있던 유요의 척후병이 중군, 즉 사령부로 득달같이 달려가 보고했다.

"손책으로 보이는 대장이 겨우 10여 기만 이끌고 바로 저 산까지 와 있습니다."

"그럴 리가 없다."

유요는 믿지 않았다.

"분명 손책입니다."

또 다른 파수병이 와서 보고하자 점점 더 의심스러웠다.

"계략이다. 적의 모략에 말려 경솔하게 움직이지 마라."

막료 장군들 중에도 하급에 속하는 젊은 장교가 있었다. 이 장교는 조금 전부터 척후병이 하는 잇따른 보고를 듣고 혼자 몸이 근질근질한 것 같더니 마침내 여러 장수 뒤에서 뛰쳐나오며 외쳤다.

"하늘이 주신 기회입니다. 이 기회를 놓치면 안 됩니다. 부디 제게 손책을 생포해 오라고 명해주십시오."

유요는 그 장교를 보고 소리쳤다.

"태사자, 또 호언장담을 하는 것이냐?"

"호언장담이 아닙니다. 이런 때를 헛되이 보내고 팔짱만 끼고 있다면 전장에 나가지 않는 편이 낫습니다."

"가거라. 그렇게까지 말한다면….."

"감사합니다."

태사자는 예를 올리고 용맹스럽게 뛰쳐나갔다.

"허락이 떨어졌다! 자신 있는 자들은 날 따르라!"

오직 태사자만이 말에 뛰어올라 달려나갔다. 그때 좌중에서 또 다른 젊은 무장이 일어서더니 말에 걸터타고 따라갔다.

"손책은 진정한 용장이다. 그냥 보고 있을 순 없다!"

모두가 한바탕 큰 소리로 웃었다.

한편, 적의 포진을 대충 살펴본 손책은 말 머리를 돌려 돌아가려던 참이다.

"돌아갈까…."

때마침 산기슭 쪽에서 누군가가 외쳤다.

"멈춰라! 손책, 거기 서라!"

"누구냐?"

휙 하고 뒤돌아보니 말을 달려 거기까지 올라온 태사자가 창을 옆에 꼬나들고 물었다.

"거기 손책은 없는가?"

"여깄다."

"오, 네가 손책이냐?"

"그렇다. 누구냐?"

"내가 바로 동래(東萊) 태사자다. 손책을 생포하려고 여기까지 왔다."

"하하하. 유별난 놈이로군."

"뒤에 따르는 13기 병사들이 함께 달려들어도 상관없다. 손책, 준비됐나!"

"뭘 말이냐!"

창과 창이, 말과 말이 불꽃을 튀기며 싸우기를 50여 합, 지켜보는 일행이 취한 듯이 마른침을 꼴깍 삼키는데, 태사자가 부러 말을 채찍질하더니 숲속으로 달려가 숨었다. 손책은 뒤쫓아 가면서 태사자 등을 향해 휙 창을 던졌다.

2

손책이 던진 창이 태사자의 몸을 스쳐 푹 하고 땅에 꽂혔다. 태사자는 간담이 서늘해졌다. 더 깊이 숲속으로 말을 몰아가면 서 태사자는 속으로 생각했다.

'손책의 됨됨이는 일찍이 들어왔지만, 소문을 능가하는 용감 한 무사의 자질을 가졌구나. 자칫하면 큰일 나겠다.'

손책 역시 마찬가지다. 태사자를 뒤에서 쫓으면서 마음속으 로 생각했다.

'대단한 맹수다. 생포해서 내 우리에서 키워야겠다. 어찌하 여 이런 훌륭한 무사가 유요 따위를 섬길까?'

해서 손책은 일부러 욕을 퍼부었다.

"기다려라! 이름도 아깝지 않은 잡병이라면 몰라도 동래의 태사자라 자칭한 자가 비겁하게 도망을 치다니 부끄럽지 않은 가. 돌아와라, 돌아와! 그렇지 않으면 평생 웃음거리로 만들어 천하에 퍼뜨릴 테다."

태사자는 들리지도 않는다는 듯 달렸지만, 이윽고 산봉우리 를 돌아 뒷산 기슭까지 오자 말 머리를 돌려 응했다.

"어이, 손책. 용케 쫓아왔구나. 기특하게도 이렇게 달려와주 었으니 상대해주마. 내게 다시 맞서 싸울 용기는 있는가?"

손책이 달려들면서 큰 칼을 빼 휘둘렀다.

"네놈은 입만 나불대는 천한 놈이로구나. 진정한 용사일 리가 없다. 그렇게 말만 하고 또 도망치지나 마라!"

"이래도 입만 나불댄단 말이냐!"

태사자는 갑자기 창을 뻗어 손책의 미간을 겨누며 한껏 위협해 왔다.

"앗!"

손책은 재빨리 말갈기에 얼굴을 묻었지만, 창은 쨍하고 소리를 내며 투구 꼭지를 아슬아슬하게 스쳐갔다.

"네 이놈!"

기마전의 어려움은 말고삐를 끊임없이 능수능란하게 움직여 적의 배후를 따라 돌고 돌면서 따라붙는 호흡에 있다. 헌데 태사자는 희대의 기마 명수였다! 꼬리 쪽을 노릴 때면 빙그르르 말 머리를 돌려 이쪽의 뒤편을 향해 달려왔다. 마치 파도 위에 흔들리는 작은 배와 작은 배 위에서 칼을 맞부딪치면서 싸우는 모습 같았다. 그러니 팔 힘뿐만 아니라 말 다루는 솜씨도 허허실실(虛虛實實)을 다하니 좀처럼 승부가 나지 않았다. 무려 100여 합을 맞서 싸웠지만 둘 다 땀을 뚝뚝 흘리고 가쁜 숨을 몰아쉴 뿐이다.

"에잇!"

"이야앗!"

내지르는 고함이 주변 숲에서 메아리쳐 짐승들도 숨어버린 듯 떨어지는 건 오직 낙엽뿐이다. 손책은 더더욱 용맹무쌍해지고 태사자 역시 점점 날카롭고 사나워졌다. 양쪽 다 젊은 체력을 자랑하는 소유자다. 손책이 21살이요, 태사자는 30살이다. 때를 만난 것 같은 호적수다!

'바싹 붙어야 한다.'

손책이 이리 생각할 때, 태사자도 맘속으로 승부를 재촉했다.

'질질 끄는 사이에 손책의 장수 13기가 쫓아오면 낭패다.'

양쪽 말에 달린 등자와 등자가 부딪히니 마치 두 사람의 생각이 우연히 일치한 것처럼 보였다.

"이얏!"

달려드는 창을 피하면서 창 자루를 단단히 붙잡은 손책이 상대를 두 동강이 내려고 칼을 내리쳤지만 보기 좋게 태사자에게 손목을 잡혔다.

"얏!"

서로 밀고 당기는 바람에 두 사람의 몸이 날뛰는 말 등에서 땅 위로 떨어졌다. 주인을 잃고 날뛰는 말은 순식간에 어디론가 달아나버렸다. 붙었다 떨어졌다 하며 서로 뒤얽혀 싸우다가 손책이 비틀거리며 태사자 등에 꽂혀 있던 단검을 빼 들고 찌르려던 찰나.

"그렇겐 안 되지!"

태사자도 손책의 투구를 끌어당기고 놓아주지 않았다.

3

"태사자가 지금 저쪽에서 손책과 맞서 싸우는데 언제 승부가 날지 알 수가 없습니다."

말 탄 병사가 유요의 진으로 달려들어 와서 황급히 전했다.

"그것이!"

유요는 전갈을 듣자마자 1000여 기를 이끌고 침통한 표정으로 달려나갔다. 징 소리와 북소리가 땅을 흔들고 눈 깜짝할 사이에 산기슭에 있는 숲이 가까워졌다. 태사자와 손책은 그때까지도 맞붙어 싸우며 불꽃 같은 숨을 몰아쉬는 중이다.

"낭패다!"

손책은 다가오는 적의 말발굽 소리를 듣자 단숨에 상대방을 처치해버리려는 마음에 안달이 났지만, 태사자 손이 투구를 잡고 놓아주지 않자 사자처럼 머리를 흔들었다.

"에, 엣!"

손책 역시 태사자 어깨너머에 걸려 있는 단검 자루를 손에 쥐고 놓지 않았다. 그러다가 투구가 벗겨지는 바람에 두 사람은 동시에 뒤로 벌러덩 굴러 넘어졌다. 손책이 쓴 투구는 태사자 손에 있었다. 또 태사자 단검은 손책 손에 쥐어 있었다.

그 순간 유요가 이끄는 기병들이 일제히 몰려왔다. 동시에 손책의 부하 장수들도 싸움터로 손책을 찾으러 왔다.

"주군의 안위는 어떤가?"

당연히 난전이 벌어졌다. 중과부적(衆寡不敵)으로 손책의 부하 13기도 점점 공격을 받아 좁은 골짜기까지 쫓기게 되었는데, 돌연 신정산 영묘 부근에서 함성이 들려오더니 한 무리의 정병이 구름 속에서 달려왔다.

"구하라!"

내겐 신의 가호가 있다…. 손책의 말대로 광무제 신령이 벌써 상서로운 조짐을 나타내며 도와주는 것인가 했더니, 휘하 장군 주유가 손책이 늦어지자 걱정이 된지라 부하 500명을 이끌고 찾으러왔던 것이다.

이미 해도 서산으로 뉘엿뉘엿 저물 무렵, 갑자기 검은 구름과 흰 구름이 자욱이 끼더니 큰비가 억수같이 퍼부었다. 이 폭우야말로 신이 내린 비였는지도 모른다. 양쪽 군사가 퇴각해 병사들의 함성도 말 울음소리도 사라지자 산골짜기 하늘에는 오색의 저녁 무지개가 내걸렸다.

날이 밝았다.

"오늘은 반드시 유요의 목을 베고 태사자를 생포한 연후에 돌아오겠다."

손책은 아침 일찍부터 산을 넘어 적진 앞으로 쳐들어가 큰 소리로 불렀다.

"태사자, 보아라!"

어제 벌인 대결에서 태사자 손에서 빼앗은 단검을 깃대에 묶어 휘두르라고 사졸에게 시켰다.

"무인이라는 자가 소중한 검을 떨어뜨린 채 목숨만 건지려고 도망을 치다니, 부끄럽지도 않은가. 적군도 아군도 다들 보아라! 이것이 태사자 단검이다."

껄껄 웃으며 창피를 주었다.

그러자 유요 병사들 사이에서도 깃대 하나가 높이 세워졌다. 그 끝에는 투구 하나가 대롱대롱 매달려 있었다.

"어이, 손책은 무사한가?"

진두로 말을 몰고 온 태사자는 호탕한 목소리로 답했다.

"보아라, 손책. 이건 네 머리가 아닌가. 무사라는 자가 자기 머리를 적에게 내주어 깃대에 매달리게 하다니, 이제 건방진 소리는 못하겠구나. 으하하. 와하하."

소패왕

1

넓은 진두에서 보기 좋게 태사자의 웃음거리가 된 나이 어린 손책은 말을 박차고 내달렸다.

"오늘은 기필코 어제 못다 한 승패를 가리고야 말겠다."

"기다리시오."

심복 정보가 당황하여 손책이 걸터탄 말 앞으로 가서 막으며 말렸다.

"적의 말재간에 넘어가 경솔하게 행동하시면 안 됩니다. 주군의 사명은 더 큰일이 아닙니까."

그러더니 흥분한 손책의 말고삐를 다른 장수에게 맡기고 정보는 직접 태사자를 향해 다가갔다.

태사자는 정보를 보자 상대도 하지 않고 내뱉었다.

"동래의 태사자에게 너 같은 하찮은 놈을 벨 칼은 없다. 내 말에 밟혀 죽기 전에 얼른 도망가고 손책을 보내라."

"잘도 큰소리치는구나, 애송이 놈이."

화가 난 정보가 쏜살같이 덤벼들었다. 싸움이 아직 한창인데 유요가 갑자기 북을 치고 종을 울려 퇴각하라는 명령을 내렸다.

"무슨 일이지?"

태사자도 극을 내리고 급히 퇴각했지만, 불만스러워 견딜 수가 없었다.

유요의 얼굴을 보자 따지지 않을 수가 없었다.

"아쉽습니다. 오늘이야말로 손책을 유인할 계략을 세웠는데 말입니다. 대체 무슨 일이십니까?"

유요는 괴로운 듯 목소리를 떨었다.

"이러고 있을 때가 아니다. 본성이 공격당했다. 네놈들이 앞에 있는 적들에게만 정신이 팔려 있어서다!"

"예? 본성이?"

태사자도 적잖이 놀랐다.

상황을 들어보니 적들이 어느새 일부 병력을 분리하여 곡아로 쳐들어가 곡아 쪽에서 유요의 본성인 영릉성 뒤를 습격했던 것이다.

그뿐만이 아니다. 여강 송자(松滋, 안휘성 안경安慶) 출신으로 진무(陳武), 자는 자열(子烈)이라는 사람이 있었다. 진무와 주유는 동향 사람으로 미리 내통하였는지 '지금이 때다!' 하며 강을 건너 손책 군과 합류하여 유요가 없는 틈을 노려 성을 공격해 순식간에 함락시켰다. 중요한 본거지를 잃었으니 유요가 크게 당황하는 것도 무리가 아니다.

"이렇게 된 이상, 말릉(秣陵, 강소성 남경의 남쪽 봉황산鳳凰山)까지 퇴각하고 전군이 하나가 되어 막을 수밖에 없다."

전군은 하룻밤 사이에 벌판을 떠나 가을바람처럼 도망쳤다. 하지만 도망하다 지쳐 야영을 하던 그날 밤, 손책 군에게 또 기습을 당하는 바람에 사분오열된 잔병들마저 말릉에서 잃고 말았다.

패주병 일부는 설례성(薛禮城)으로 도망쳐 숨어 들어갔다. 설례성을 포위하는 동안, 적장 유요가 건방지게도 우저의 수비가 허술하다는 사실을 눈치채고 공격해왔다. 이 소식을 들은 손책은 즉시 말 머리를 돌려 측면을 찔렀다.

"옳지, 독 안에 든 쥐다."

그때 적의 맹장 간미(干糜)가 자포자기한 듯 무작정 달려들었다. 손책은 간미를 생포하여 안장 옆에 매달아 끌고 유유히 돌아왔다.

이 광경을 지켜본 유요 휘하에 있던 번능(樊能)이라는 호걸이 말을 타고 냅다 쫓아왔다.

"손책, 게 섰거라!"

손책은 뒤돌아보았다.

"이걸 원하는가!"

간미 몸을 끌어안고 세차게 조이자 눈알이 튀어나와 버렸다. 그러고 나서 그 시체를 번능에게 던지니 번능 또한 말에서 떨어져 데굴데굴 굴렀다.

"사이좋게 저승으로 가거라."

손책은 달리는 말 위에서 창을 던져 번능을 찔러 죽이고, 간미 가슴에도 최후의 일격을 가한 다음 쏜살같이 아군 진지로 돌아갔다.

2

최후 방책으로 시도했던 기습도 참패로 끝났을 뿐 아니라 믿었던 간미와 번능 두 장수마저 손책 손에 목숨을 잃었다.

"아…. 이 이상은 무리다."

힘이 빠진 유요는 얼마 남지 않은 잔병과 함께 형주(荊州, 호북성湖北省 강릉江陵 양자강 유역)로 도망쳤다. 형주에는 영웅 유표(劉表)가 여전히 건재했다. 유요는 처음엔 말릉으로 후퇴하여 진용을 정비할 생각이었지만, 패전에 패전을 거듭한 전군은 지리멸렬해졌으며 자신부터 항전할 기력을 잃어 목숨만 간신히 건진 채 도망쳤던 것이다.

"일이 이리되었으니 유표에게 붙어야겠다."

이쪽저쪽 황야에 버려진 시체가 만여 구를 넘었다.

"유요는 이제 믿을 수가 없다."

이렇게 포기하고 손책 진영으로 투항해오는 적병도 한 무리 또 한 무리 얼마인지 세기가 힘들 정도다. 역시 대주군 유요 부하 중에는 여전히 항복을 떳떳하지 않은 일로 여겨 명예롭게 죽겠다고 맹세한 무리도 있었다.

"장렬히 한판 싸우자!"

장영과 진횡(陳橫)이 바로 그들이다.

강기슭에 남아 있는 패잔병을 소탕하면서 손책은 마침내 말릉까지 바싹 추격했다. 장영이 성안 망루에서 적의 동태를 살피는데, 해자 근처까지 다가온 적군 중에 유난히 젊은 장군이 용맹스럽게 지휘하는 모습이 눈에 띄었다.

"앗! 손책이다."

장영은 허둥지둥 활시위를 잡아당겼다. 그 화살이 빗나가지 않고 젊은 장군의 왼쪽 허벅지에 꽂히자마자 장군은 말에서 쿵하고 떨어졌다.

앗! 근처에 있던 병사는 깜짝 놀라서 장군 쪽으로 한달음에 달려갔다. 정말 손책이다! 손책은 일어서지 못했다. 병사 여럿이 손책을 겨우 부축해서 아군 속으로 숨었다.

그날 밤, 공격군은 급히 진을 5리 정도 뒤로 뺐다. 진중은 찬물을 끼얹은 듯 고요했으며 먹물 같은 밤안개가 끼어 뿌옜다. 도처에 조기(弔旗)가 내걸렸다.

"급소에 맞은 화살로 상처가 심해 손 장군이 어이없게 숨을 거두었다."

사졸들까지 통곡하며 슬퍼했다. 아직 상을 당한 사실은 극비에 부쳤으나 며칠 내로 관을 들고 돌아가거나 매장할 땅을 정해 전장의 언덕에 임시 장례를 치를 것이라고 다들 수군거렸다.

성안에서 살피러 나왔던 세작(細作)은 즉시 돌아가 장영에게 보고했다.

"손책이 죽었습니다."

장영은 무릎을 탁 치며 사람들에게 자랑했다.

"옳거니! 여지껏 내 화살을 맞고 살아난 사람은 없다."

그래도 혹시나 하는 마음에 진횡이 다시 척후병을 보내 살펴보게 하니, 그날 아침 부근에 사는 부락민 여럿이 무서우리만치 튼튼한 관을 끙끙대며 진영 안으로 짊어지고 가는 모습을 똑똑히 보았다고 전했다.

"손책은 분명히 죽었습니다. 조만간 장례도 임시로 치를 모양인지 조용히 준비하는 눈치입니다."

척후병은 한 점의 의심도 품지 않고 있는 그대로를 보고했다.

장영과 진횡은 서로 마주 보며 빙긋이 웃었다.

"거, 잘됐군."

3

별이 조용한 밤이다. 일군의 병마가 소리도 없이 강물이 흘러가듯 들판을 누비며 나아갔다. 구리 나발을 애절하게 불고 갈고(羯鼓, 크기와 모양이 장구와 비슷하나 양면을 말가죽으로 메워 대臺 위에 올려놓고 2개의 채로 치며, 소리를 조절하는 조이개가 양쪽에 있음 - 옮긴이)를 치고 징을 두드리며 전진하였다. 장송곡이 구슬프게 어둠 속을 흘렀다. 병마는 침묵하고 바람도 고요히 벌판에서 슬피 울었다. 한 덩어리의 횃불이 새로 짠 관을 곁에서 지켰다. 펄럭이는 오색 조기도 모두 검게 보였다. 관의 앞뒤를 따르는 여러 장수도 이따금 하늘을 바라볼 뿐이다.

"아아….."

이제 정말 죽은 손책의 장례를 몰래 치른다 생각했을까? 그날 장례 절차를 미리 탐지한 장영과 진횡은 갑자기 봉화를 피워 올리고 그 행렬을 불시에 기습했다. 그때까지 풀처럼 보이던 것, 돌이나 나무로 보이던 것 모두가 함성과 함께 새까맣게 덮쳐왔다. 이미 큰 기둥을 잃은 손책 군은 당황할 거라고 예상했지만, 뜻밖의 일이 벌어졌다.

"왔다!"

장례 행렬이 삽시간에 5열로 나뉘어 질서정연하게 진용을 갖추더니 호령 소리가 크게 울렸다.

"장영, 진횡을 놓치지 마라."

"앗! 적이 대비하였던 모양이다. 당황치 않는 걸 보니 계략이다!"

놀란 장영은 아군의 경솔함을 탓하며 맞서 싸웠지만 애초에 말릉성 안을 거의 비우다시피 하고 나온 상황이다. 갑작스럽게 공격을 받자 앞다투어 후퇴했다.

"퇴각하라, 퇴각!"

어디선가 숲속에서 외치는 소리가 났다.

"손책이 여기 있다. 말릉성은 이미 우리 손에 넘어왔는데 네 놈들은 어디로 돌아갈 거냐?"

기마 무사 네댓이 새카맣게 몰려와 장영의 앞길을 가로막았다. 장영은 귀를 의심하면서도 변변찮은 적일 게 뻔하니 치고 나아가라 명하고 벌써부터 혈전이 벌어진 한복판으로 내달리는 순간.

"네놈이 장영이냐!"

정면에서 무사 하나가 씩씩하게 말을 걸터타고 달려왔다. 가만히 보니 얼마 전 성의 망루에서 쏜 화살에 정확하게 맞았다고 믿었던 손책이다.

"이럴 수가! 죽었다는 건 거짓이었나."

장영은 기겁을 하고 줄행랑을 놓았다.

"경솔한 놈!"

손책이 큰소리로 꾸짖으며 장영이 타고 가는 말의 뒤를 덮쳤다. 순간 장영의 몸뚱이가 검은 피를 세 장(丈) 가까이 뿜어내더니 목은 어디론가 날아가 흔적을 찾을 수 없었다. 진횡도 안타까운 목숨을 잃은 건 말해 무엇하랴!

처음부터 충분히 계획한 대로 손책이 말릉성으로 진군하자, 먼저 성안으로 진입했던 아군이 문을 활짝 열어 손책을 맞이했다. 모두 하나 되어 승리의 함성을 지르고 만세 삼창을 할 때, 장강 물이 하얗게 변하며 희붐히 날이 밝아오고 봉황산과 자금산 봉우리마다 아침 햇살이 눈부시게 비쳤다.

손책은 그날 바로 법령을 공포하고 백성을 안심시켰으며 말릉에는 아군 일부를 남기고 즉시 경현으로 쳐들어갔다. 이때부터 손책의 용맹한 명성은 일시에 높아졌으며 모든 이가 손책을 '강동의 손랑(孫郎)'이라 부르며 칭송했다. '소패왕'이라 부르며 존경하면서 두려워하기도 했다.

해시계

1

이리하여 소패왕 손랑의 이름은 떠오르는 해와 같은 세력이 되어 강동 일대의 땅은 손책의 무위에 굴복해버렸지만, 이곳에는 튼튼한 이가 잇몸을 보호하듯 옛 영토를 굳건히 지키며 쉽게 뽑히지 않는 한 세력이 남아 있었다.

태사자, 자는 자의(子義). 바로 그다. 태사자에게 기둥이었던 유요가 어디론가 도망친 후에도, 태사자는 변절하지 않고 뿔뿔이 흩어진 병사들을 모아 경현성에 숨어 여전히 항전 중이다.

어제는 구강을 거슬러 올라갔다가 오늘은 말릉으로 내려가고, 날이 밝으면 또 경현으로 군사를 이끌고 가는 손책은 말 그대로 남선북마(南船北馬, 늘 쉬지 않고 여기저기 여행하거나 돌아다님 – 옮긴이)의 전투를 계속했다.

"작은 성이긴 하지만 북방 일대가 늪지대인데다 뒤로는 산을 등진 형국이다. 게다가 성안에 있는 병사들은 불과 2000명이라고 들었는데 이렇게 끝까지 버티는 병사라면 아마 죽음을 각오하고 싸우는 것이리라."

손책은 경현에 도착했지만, 결코 아군의 우세를 자만하지 않았다.

"함부로 다가가지 마라."

오히려 경계하면서 공격군을 멀리 배치해 포위하며 서서히 성안 동태를 살폈다.

"주유."

"예."

"자네가 군을 지휘한다면, 이 성을 어떻게 함락하겠는가?"

"아주 어려운 일입니다. 우리 쪽에서도 상당한 희생을 각오해야 할 것입니다."

"자네도 그리 어렵다 생각하는가."

"어느 정도 가능할 것 같은 계획이 있긴 있습니다. 목숨을 아끼지 않는 장수 하나가 죽을 각오를 한 장정 10명과 함께 불타기 쉬운 나뭇진이나 기름을 묻힌 천을 어깨에 메고 바람 부는 밤에 성안으로 잠입해 곳곳에 불을 지르는 것입니다."

"잠입할 수 있을까?"

"수가 많으면 발각되겠지요."

"저렇게 성벽이 높은데?"

"방법을 강구하면 오르지 못할 것도 없습니다."

"누구를 보낸단 말인가?"

"진무가 적임입니다."

"진무는 부하로 맞아들인 지 얼마 되지 않은데다 앞으로 여러 도움을 받을 만한 대장이다. 사지로 내보내기엔 아까운 인물이다. 더 아까운 건 적이긴 하지만 태사자라는 인물이다. 그 자는 생포해서 꼭 우리 편으로 만들고 싶은데⋯."

"이 방법은 어떻겠습니까? 안에서 불꽃이 보이면 동시에 세 방향에서 순식간에 쳐들어가고 북문 한쪽만 부러 허술하게 방비하는 것입니다. 그러면 태사자가 그곳에서 빠져나올 테지요. 그때 태사자를 집중해서 쫓으며 그 앞에는 복병을 숨겨두는 겁니다."

"명안이로구나!"

손책은 손뼉을 치며 기뻐했다.

진무 밑으로 결사대 10명이 모였다. 만약 임무를 다하고 살아 돌아온다면 일약 100명을 거느리는 부대장으로 승진하며 막대한 은상도 받을 것이라는 말에 지원자가 속출했다. 가려 뽑은 장정 10명이 바람이 부는 밤을 기다렸다.

이윽고 달이 뜨지 않은 흑풍이 부는 밤이 찾아왔다. 기름을 묻힌 천과 나뭇가지 따위를 장정들에게 짊어지게 하고 진무도 몸을 가볍게 한 뒤, 땅바닥을 기고 풀을 헤쳐가며 적이 주둔하는 성벽 아래까지 살금살금 다가갔다.

성벽은 돌담이 아니다. 고온으로 흙을 구워 만든 일종의 기와 같은 벽돌로, 두께는 1장이 조금 넘고 높이는 수십 장이 될 만큼 쌓아 올린 벽으로 둘러쳐졌다. 허나 몇백 년이나 비바람을 맞은 탓에 벽돌과 벽돌 사이에는 풀이 자라고 흙은 무너져 작은 새가 둥지를 틀었으며 그 벽면은 몹시 거칠었다.

"들어라. 내가 먼저 올라가서 밧줄을 내려줄 테니 거기서 몸을 숙인 채 망을 보아라. 알겠나? 아무 소리 내지도 말고 적에게 아주 작은 움직임을 들켜서도 안 된다."

진무는 경고하고 나서 홀로 기어 올라갔다. 벽돌과 벽돌 사이에 단검을 꽂은 다음 발판으로 삼아 한 발 한 발 단검으로 사다리를 만들어가며 성벽을 탔다.

2

"불이야!"

"불이 났다!"

"수상한 불이다!"

군량 창고에서 불이 나더니 다음은 망루 아래와 서책을 보관하는 다락마루 아래에서, 동시에 마구간에서도 문을 지키던 파수병이 한꺼번에 외치며 뛰쳐나왔다.

"소란 피우지 마라. 적의 계략이다. 허둥대지 말고 빨리 불을 꺼라."

성의 장수 태사자는 장군대(將軍臺) 위에 올라가 꾸짖으며 불을 끄도록 지시를 내렸지만 성안은 정신없이 혼란스러웠다.

휘잉! 휘익! 화살이 태사자 몸을 가까스로 스쳐 지나갔다. 전각 위에 서 있을 수 없을 정도로 바람도 강한 깊은 밤이다. 곳곳에 붙은 불길은 막을 수가 없었다. 한쪽 불을 끄면 또 다른 쪽에서 불길이 타올랐다. 강한 바람을 타고 붉은 화마는 삽시간에 걷잡을 수 없이 퍼져갔다.

뿐만 아니라 성의 세 방향에서 거센 바람을 타고 함성과 북소리가 들리는 동시에 갑자기 공격을 알리는 징 소리가 한꺼번에 닥쳐오자 성안의 병사들은 불을 끄기는커녕 가마솥 안에서 끓는 콩처럼 펄펄 뛰며 어쩔 줄을 몰랐다.

"북문을 열고 돌진하라."

태사자는 장군대에서 뛰어 내려오면서 부장에게 명령했다.

"성 밖으로 나가 단번에 손책과 자웅을 가리겠다! 성을 포위하느라 적군이 세 방향에 전군을 배치했으니 다행히 북쪽은 방비가 허술하다."

태사자는 선두에서 강한 바람을 맞으며 성 밖으로 냅다 달려나갔다. 시뻘건 불길에 쫓기기도 하고 태사자가 내린 명령도 있어서 당연히 가마솥 안의 콩들도 쏟아져 나왔다. 헌데 허술하다고 생각한 성 북쪽의 적들은 어쩐 일인지 뜻밖에도 수가 상당했다.

"저기, 태사자가 나왔다!"

신호를 보내자 이편저편 어둠 속에서 화살이 빗발치듯 날아왔다. 태사자 군은 보이지 않는 적들의 공격에 크나큰 타격을 입었다. 그래도 기가 꺾이지 않은 태사자는 혼자서 분투했지만, 태사자를 따르는 장병은 몇몇 되지 않았다.

"덤벼라, 덤벼! 적의 한복판을 돌파하라!"

그 몇 안 되는 장병들도 모조리 쓰러졌는지, 도망쳐 흩어졌는지 주위를 둘러보니 어느새 태사자만이 덩그러니 남아 있는 게 아닌가.

"어쩔 수 없다. 이 이상은 무리다."

불길에 휩싸인 경현성을 뒤돌아보고 태사자는 입술을 잘근

잘근 깨물었다. 이렇게 된 이상, 고향 황현(黃縣) 동래에 숨어 있다가 다시 때를 기다리자. 그렇게 결심했던 것인가. 그치지 않는 세찬 바람과 빗발치듯 화살이 날아드는 어둠 속을 달려 강기슭 쪽으로 황급히 달려갔다.

그때 뒤에서 어둠이 외쳤다.

"태사자를 놓치지 마라!"

"태사자, 게 섰거라!"

고함 섞인 거친 바람이 쫓아왔다. 10리, 20리, 달리고 또 달려도 쫓아왔다.

이 지방에는 늪과 호수, 작은 물웅덩이가 수두룩하다. 장강의 흐름이 무호로 흘러들고 그 무호의 강물은 또 광야의 무수한 물웅덩이로 갈라진다. 그 호수와 늪, 들판 한쪽에는 갈대가 쓸쓸히 무성하게 자라 숲을 이룰 지경이다. 그 특성 탓에 태사자는 몇 번인가 길을 잃었다.

"낭패다!"

그러다 결국 말 다리가 늪 진흙에 빠지는 바람에 태사자 몸은 갈대 속으로 내동댕이쳐졌다. 그 순간 사방으로 난 갈대숲에서 갑자기 갈퀴 하나가 튀어나왔다. 저울추며 갈고리가 달린 쇠사슬 따위가 태사자 몸을 칭칭 감아 들었다.

"분하다!"

태사자는 생포되었다. 등 뒤로 두 손이 묶인 채 손책 본진으로 끌려가는 도중에도 태사자는 몇 번이나 구름이 흘러가는 하늘을 바라보며 눈꼬리에 슬픈 눈물을 머금었다.

"안타깝도다."

3

마침내 태사자가 손책 본진으로 끌려왔다.

"이제 다 글렀다."

체념한 태사자는 침착한 모습으로 목이 베이기를 기다리며 눈을 감았다.

"오랜만이군."

누군가가 장막을 걷고 나와 마치 벗이라도 맞이하듯 다정하게 말을 걸어왔다. 태사자가 반쯤 눈을 뜨고 보니 그 사람은 다름 아닌 적의 총수 손책이다.

태사자는 의연하게 말했다.

"손랑인가. 어서 내 목을 쳐라."

손책은 성큼성큼 다가갔다.

"죽기는 쉽고 살기는 어렵다. 자네는 어찌하여 그렇게 죽음을 서두르는가."

"죽음을 서두르진 않지만, 이렇게 된 바 잠시라도 치욕을 면하고 싶다."

"그대에게 치욕은 없을 것이다."

"패군의 장수로 쓸데없는 말은 하지 않겠다. 그대도 쓸데없는 질문은 그만하고 그 검을 빼서 단칼에 내 피를 보아라."

"아니다, 아니다. 내 그대의 충절을 잘 알지만, 그대의 피가 솟구치는 걸 보고 즐겁게 웃고 싶은 생각은 없다. 그대는 자신을 패군의 장수라 비하하지만, 그 패인은 그대가 초래한 게 아니다. 유요가 어리석었던 탓이다."

"…."

"안타깝게도 그대는 영민한 자질을 가졌으면서도 훌륭한 주군을 만나지 못했다. 구더기들 틈에서는 누에도 고치를 만들지 못하고 실도 뽑을 수 없는 법."

"…."

태사자가 잠자코 고개를 숙이고 있자, 손책은 무릎을 굽혀 태사자를 풀어주며 다시 말을 이어 나갔다.

"어떤가. 그 목숨을 의로운 싸움과 뜻있는 인생을 위해 바치지 않겠는가. 다시 말해 내 막료가 되어 따를 생각은 없는가?"

태사자는 깔끔하게 받아들였다.

"항복하겠소. 이 둔재를 휘하에 두어 필요할 때 요긴하게 쓰시기 바라오."

"진정으로 시원시원한 사나이다. 묘하게 체면을 따지지도 않고 미련 없이 깨끗하게 인정하는 태도가 마음에 든다."

손책은 손을 잡으며 태사자를 자기 진영으로 맞이해 우스갯소리를 했다.

"얼마 전 신정산 싸움 때 서로 잘 싸웠지 않나. 그때 조금만 더 오래 싸웠다면 그대가 이 손책을 이겼을 것이네."

태사자도 함께 웃으며 말했다.

"아아, 진짜 어찌 되었을까요? 승패만큼은 알 수 없습니다."

"이것만은 확실하오. 내가 졌다면 그대에게 결박을 당했을 것이오."

"물론입니다."

"그렇다면 내가 그랬듯이 날 살려주었겠소?"

"아니, 그땐 아마 주군의 머리가 무사하지 못했을 겁니다. 내게 그럴 마음이 있었다 해도 유요가 주군을 살려두지 않았을 테니까요."

"하하하. 맞는 말이다."

손책은 호탕하게 웃었다.

주연을 열고 두 사람은 도란도란 이야기를 나누었다. 손책은 태사자에게 부탁했다.

"앞으로 전투에 대한 계획을 짤 때도 여러모로 그대 의견을 물을 테니 좋은 생각이 있거든 한 수 가르쳐주시오."

태사자는 겸손하게 답했다.

"패군의 장수는 병(兵)을 말하지 않습니다."

손책은 추궁하듯 말했다.

"그렇지 않소. 옛날 한신(韓信)을 보시오. 한신도 항복한 장수 광무군(廣武君)에게 계략을 묻지 않았소."

"그렇다면 대단찮은 책략이긴 하지만, 주군 진영의 일원이 된 증표로 어리석은 의견을 하나 말씀드리겠습니다. 제 의견이 장군 마음엔 안 들지도 모릅니다."

태사자는 손책의 얼굴을 쳐다보면서 씨익 미소를 지었다.

4

손책도 빙긋이 웃었다.

"하하하. 그대가 진언을 한다 해도 이 손책에게 받아들일 만한 아량이 없다는 말인가?"

"그렇습니다."

태사자는 고개를 주억거렸다.

"그것이 두렵습니다. 한번 말씀드려보겠습니다."

"음…. 그러지."

"다름이 아니라 유요를 따르는 장수들은 그 뒤로 주군을 잃고 사방으로 뿔뿔이 흩어졌습니다."

"아아, 패잔병 말인가?"

"한마디로 패잔병이라 하면 이미 세력이 약해져 무능해진 무리라 무시하는 경향이 있지만, 때가 오지 않았을 뿐 그중엔 아까운 대장이나 병졸들도 섞여 있습니다."

"음. 그 병사들을 어찌하라는 말인가?"

"지금부터 이 태사자를 사흘 동안만 자유롭게 해주십시오. 제가 그 잔군을 설득하여 나쁜 자는 버리고 좋은 군사들만 뽑은 뒤 반드시 장래에 주군의 방패가 될 정병 3000명을 모아 돌아오겠습니다. 그러고 나서 주군께 충성을 맹세해 보이겠습니다."

"좋소. 다녀오시오."

손책은 아량을 베풀며 그 자리에서 바로 허락했다.

"오늘부터 사흘째 되는 날 오시(午時)까지는 반드시 돌아와야 하오."

손책은 다시 한번 다짐을 받고 준마 1필을 주어 밤사이에 태사자를 진중에서 풀어주었다.

이튿날 아침이 밝았다. 진영의 여러 장수는 태사자 모습이 보이지 않자 수상히 여겨 손책에게 물었더니, 어젯밤 태사자

의 진언에 따라 사흘 동안 풀어주었다는 청천벽력 같은 말을
들었다.

"예? 태사자를요?"

장수들은 다들 힘들여 생포한 우리 안의 호랑이를 벌판에 풀
어주기라도 했다는 듯 기가 막힌 표정이다.

"아마도 태사자가 올린 진언은 거짓일 겁니다. 두 번 다시 돌
아오지 않을 것입니다."

그렇게 말하는 사람들을 보고 웃으면서 손책은 고개를 가로
저었다.

"아니오, 돌아올 것이오. 태사자는 신의의 장수요. 그렇게 보
고 내가 태사자의 목숨을 살려준 것이니, 만일 신의를 저버리고
돌아오지 않을 인간이라면 다시 보지 않아도 아까울 게 없소."

"아아, 어찌 될까…."

장수들은 여전히 믿지 않는 듯했다.

사흘째 되는 날, 손책은 진영 밖에 해시계를 설치하라 지시
하고 병사 둘에게 그림자를 지켜보게 했다.

"진시(辰時)입니다."

보초병은 일각마다 손책에게 보고했다. 잠시 후 또다시 보고
를 하러 왔다.

"사시(巳時)가 되었습니다."

해시계는 진시황제가 진영 안에서 이용했던 게 시초였다고
한다. 송(宋)나라 역사에는 하승천(何承天)이 표후일영(表候日
影)을 담당했다고 한다. 명나라 때는 구영대(晷影臺)라는 게 있
었다. 해시계가 진보한 것이다.

후한 시대의 해시계는 물론 원시적인 형태로 수직 봉을 모래 위에 세우고 그 투영과 음영의 길이로 시각을 계산하는 것이다. 모래 대신 마룻바닥을 깔고 벽에 비치는 해그림자를 기록하는 방법도 있었다.

"오시입니다!"

진영 막사 안쪽으로 시각을 알리는 보초병이 큰 소리로 고하자 손책은 여러 장수를 불러서 손가락으로 가리켰다.

"남쪽을 보아라."

아니나 다를까 태사자가 약속 시간을 어기지 않고 정확한 시각에 나타났다. 3000명에 달하는 아군을 이끌고 저 멀리 들판 끝에서 한바탕 풀 먼지를 일으키며 돌아오는 길이다. 처음에 의심을 품었던 장수들도 손책의 형안과 태사자의 신의에 감복해 자기도 모르게 양손을 흔들며 환호로 맞이했다.

명의 화타

1

일단 강동도 평정했다. 군사 세력은 날이 갈수록 강해지고 위풍은 가까이서도 멀리서도 휘날리며 손책의 국가 통치는 한층 상승했다고 보아도 좋다.

"지금이 중요하다. 이제 무엇을 해야 하는가…."

손책은 자문하며 답을 내렸다.

"그렇다. 어머니를 부르자."

손책의 노모와 가족들은 주군으로 의지하던 손견이 죽은 후, 오랫동안 곡아의 시골 한구석에 숨어 살면서 온갖 박해를 받았다. 손책은 주렴을 늘어뜨리고 비단 덮개를 덮은 아름다운 가마뿐 아니라 많은 대장과 호위병을 곡아 땅으로 보내 노모와 가족들을 융숭히 맞이하러 갔다.

손책은 오랜만에 어머니 손을 잡고 선성(宣城)으로 모시며 말했다.

"이제 안심하시고 여생을 여기서 편히 지내십시오. 저도 이제 어른이 되었습니다."

그사이 백발이 된 노모는 그저 바들바들 떨고만 있었다. 기쁨에 찬 나머지 오히려 눈물만 흘렸다.

"네 아버지가 살아 계셨다면…."

"네게 대장 주태(周泰)를 붙여줄 테니 선성을 지키고 날 대신하여 어머니께 효도하고 잘 모셔야 한다."

손책은 아우 손권에게 이리 전하고 다시 남쪽을 제패하러 길을 떠났다.

손책은 전쟁에 승리해 땅을 점령하면 즉시 치안을 펼쳐 민심을 얻는 일을 가장 중요시했다. 법을 바로 하고 빈민을 구제했으며 산업을 돕는 한편, 악질적인 위반자들은 추호도 용서치 않고 엄벌을 가했다.

"손랑이 왔다!"

이 소리만 들려도 양민들은 허둥지둥 길을 비켜 길가에서 절을 올리고, 죄 지은 자들은 간담이 서늘해 자취를 감추었다. 그때까지 주(州)나 현(縣)의 관아나 성을 버리고 산과 들로 도망친 관리들이 수두룩했다.

"손랑은 백성을 사랑하고 신의 있는 선비를 잘 쓰는 장군이라는군."

이런 소문이 돌자 사람들이 줄줄이 고향으로 돌아와 벼슬을 청하는 일이 끊이지 않았다.

손책은 문관들도 채용하면서 그 재능을 십분 활용해 평화 부흥에 힘썼다. 그렇게 더더욱 향후의 치안에 힘쓰는 한편, 자신은 정복을 위해 말을 걸터타고 남쪽으로 향했다.

그 무렵의 오군(吳郡, 절강성浙江省)에는 '동오(東吳)의 덕왕(德王)'이라 자칭하는 엄백호(嚴白虎)가 위세를 떨치는 중이었는데, 손책이 쳐들어와 남쪽 진로를 차지했다는 말을 들었다.

"에잇!"

버럭 소리를 지르며 일어선 엄여(嚴輿)는 풍교(楓橋, 강소성 소주蘇州 부근)까지 병사를 보내서 진지하게 방어했다. 엄여는 엄백호 아우다.

"대수롭지 않은 작은 성이다."

손책이 선두에 서서 가볍게 돌파하려고 마음먹었지만, 장굉이 주의를 주었다.

"대장의 한 몸은 삼군(三軍)의 목숨입니다. 대장은 중군에 계시면서 하늘이 내리신 몸을 귀하게 여기셔야 합니다."

"그런가."

손책은 충고를 받아들이고 대장 한당에게 선봉에 서서 지휘하도록 분부했다.

진무와 장흠 두 장수가 작은 배를 타고 풍교 뒤를 돌아 적을 협공하는 바람에 엄여는 버티지 못하고 오성(吳城)으로 후퇴하고 말았다. 숨 돌릴 틈도 주지 않은 채 오성으로 쳐들어간 손책은 해자 옆에 말을 세워두고 공격하려는 아군을 지휘했다.

그때 오성 높은 망루 위에 있는 창에서 대장으로 보이는 한 사내가 반쯤 몸을 내밀고 왼손은 들보 위에 걸친 채 오른손으로 손책을 가리키며 무슨 말인가 거칠게 욕을 하였다.

"보기 싫은 놈이군."

손책이 뒤를 돌아보니 아군 태사자도 그 사내를 지켜보면서 이미 활시위를 당기는 중이다. 태사자의 손가락이 시위를 놓자 획 하고 화살이 날아가 정확히 망루 높은 곳 들보에 꽂혔다. 게다가 적의 대장으로 보이는 사내의 손까지 들보에 한꺼번에 박아버렸다.

"훌륭하구나!"

손책이 말안장을 치며 칭찬하자 전군이 태사자 솜씨에 감탄하며 쾌재를 부르니 그 함성에 이미 오성은 함락되었다.

2

태사자가 쏜 선명한 화살에 망루 들보에 손등이 박힌 대장은 비명을 질렀다.

"누구 없느냐! 어서 이 화살을 뽑아라, 어서."

대장이 몸부림을 치는 사이에 달려온 병사가 화살을 뽑은 뒤 어디론가 데리고 갔다. 그 대장은 좋은 웃음거리가 되었다.

근래 '명사수'로 태사자라는 이름은 널리 퍼졌다. 오랜 세월을 절강(浙江) 어느 지방에서 '동오의 덕왕'이라 칭하던 엄백호도 '우습게 봐서는 안 될 놈'이라며 오랫동안 지켜오던 자부심에 얼마간의 동요를 느꼈다.

공격수를 보니 총대장 손책을 비롯한 휘하의 장성들 모두 놀랄 만큼 나이가 젊었다. 새로운 시대가 낳은 신진 영웅군이 왕성한 투지로 말 머리를 나란히 하는 모습은 그야말로 장관이었다.

"엄여, 이것 하나는 생각해야 할 것이다."

엄백호는 아우를 돌아보며 크게 팔짱을 꼈다.

"어떤 생각입니까?"

"음…. 한때의 수치는 참고 깊은 상처가 되기 전에, 화친(和親)하는 것이다."

"항복하라는 말입니까?"

"손책에게 이름만 넘기고 실권을 잡으면 된다. 손책 군은 젊으니 전쟁에는 강하겠지만, 깊이 생각하고 먼 장래를 위한 계략을 꾸밀 수는 없을 것이다. 화친하고 나면 우리에게 방법이 있다."

형을 대신해 엄여는 즉시 사자의 몸으로 화친을 제의하러 손책 진영으로 찾아갔다. 손책은 엄여를 기꺼이 맞이했다.

"자네가 동오의 덕왕 아우신가. 역시…."

거리낌 없이 엄여의 얼굴을 바라보던 손책은 바로 주연을 베풀어 술을 권했다.

"자아, 한잔하면서 이야기하게."

엄여는 마음속으로 생각하며 관찰하는 중이다.

'과연 강동의 소패왕이라 불릴 만큼 시원시원하고 씩씩한 사람이긴 하지만, 아직 어린 티를 벗지 못했군. 이상주의를 바라는 서생이 어쩌다 때를 잘 만나 병마를 얻고 기뻐서 어쩔 줄 몰라 하는군.'

엄여는 상대방의 젊음을 너무 가벼이 보고 쉴 새 없이 치켜세웠다. 그러자 술이 한창 올랐을 때쯤 손책이 불쑥 말을 던졌다.

"자네는 이래도 태연하게 있을 수 있겠는가?"

영문 모를 질문이다.

"이래도라니 무슨 말씀이십니까?"

엄여가 되묻자 손책은 갑자기 검을 빼 들어 엄여가 앉아 있는 의자 다리를 싹둑 잘랐다.

"이래도 말이다!"

엄여가 뒤로 벌렁 나동그라졌다.

손책은 배를 잡고 웃었다.

"그래서 미리 말하지 않았느냐."

넘어진 쪽이 되려 잘못했다는 듯이 말한 손책은 검을 집어넣더니 놀라서 얼굴이 새파래진 엄여에게 손을 내밀었다.

"자, 일어나시오. 술에 취해 장난을 좀 쳤소. 그건 그렇고 동오의 덕왕이 보낸 사자, 그대 형님은 대체 내게 어떤 조건으로 화친을 구한다는 말이오? 어디 한번 들어봅시다."

"형님의 뜻은…."

엄여는 허리가 아픈 걸 참으면서 몸가짐을 바로 한 뒤 위엄을 갖추고 말했다.

"다시 말해서 아무 이익도 없는 전쟁으로 병사들을 잃기보다는 오래도록 장군과 화친을 도모해 강동 땅을 평등하게 나누는 게 어떻겠는가…."

"평등하게?"

손책은 눈꼬리를 치켜 올리며 욕을 퍼부었다.

"네놈들같이 가벼운 놈들이 우리와 동격으로 나라를 나누어 가지겠다니, 분수를 몰라도 정도가 있지. 돌아가거라!"

화친을 맺기는 어렵겠다고 여긴 엄여가 잠자코 돌아가려 할 때, 엄여의 뒤를 덮친 손책은 단칼에 그 목을 베고 칼에 묻은 피를 떨쳤다.

3

손책은 검을 쓱 닦고 한쪽 구석에서 덜덜 떠는 엄여의 시종들에게 다가갔다.

"가져가거라."

바닥 위에 뒹구는 엄여의 목을 가리키면서 강조했다.

"내 대답은 그 목이다. 돌아가서 엄백호에게 있는 그대로 고하라."

시종들은 주인의 목을 안고 부리나케 도망쳤다.

엄백호는 아우가 목이 잘려 돌아온 걸 보더니 복수를 하겠다는 마음보단 오히려 손책의 놀랄 만한 도전에 몸을 떨면서 고민했다.

"단독으로 싸우는 건 위험하다."

일단 회계(會稽, 절강성 소흥紹興)로 후퇴하여 여러 영웅에게 의지하면서 다시 책략을 짜야겠다고 생각하였다. 엄백호는 기가 푹 꺾인 채 오성을 버리고 밤을 틈타 잽싸게 도망쳤다. 그렇지만 공격수 태사자와 황개 등은 엄백호 무리를 끈질기게 쫓아가 만족스러운 승리를 거두었다.

어제까지만 해도 '동오의 덕왕'이던 모습은 흔적도 자취도 없이 사라졌다. 가는 곳곳마다 추격하는 군사에게 짓밟히면서 도중에 민가를 덮쳐 겨우 양식을 얻기도 하고 산야에 숨기도 하면서 이윽고 회계에 다다랐다. 당시 회계 태수는 왕랑(王郞)이라는 사람이다. 왕랑은 엄백호를 돕기 위해 대군을 보내 손책의 침략에 맞서려고 했다.

그때 신하 중에 우번(虞翻), 자가 중상(中翔)이라는 사람이 간언했다.

"때가 왔습니다. 때를 거스르는 무모한 행동은 자신을 멸할 뿐입니다. 이 전쟁은 반드시 피하십시오."

"무슨 때란 말이냐?"

왕랑이 자못 궁금해 물었다.

"시대의 물결입니다."

중상은 단호하게 답했다.

"그렇다면 외적이 침략해도 내버려두고 가만히 보고만 있으란 말이냐?"

"엄백호를 붙잡아 손책에게 바치고 친분을 맺어서 나라의 안전을 도모하십시오. 그것이 시대의 흐름에 따르는 일입니다."

"얼토당토않은 소리다. 손책 따위에게 이 회계의 왕랑이 꼴사납게 아첨을 하란 말이냐. 그것이야말로 세상의 웃음거리다."

"그렇지 않습니다. 손책은 의를 존중하고 인정(仁政)을 펼쳐 요사이 인망을 크게 얻었습니다. 그에 비해 엄백호는 사치와 악정에 무엇 하나 좋은 일을 한 게 없습니다. 게다가 머리도 굳은 옛 시대의 인간입니다. 주군께서 도와주지 않아도 이미 시대와 함께 사라질 것입니다."

"아니다. 엄백호와 난 오랫동안 친분이 깊다. 손책 같은 놈은 우리의 평화를 깨뜨리는 외적이다. 이런 때야말로 같이 힘을 합쳐 침략하는 적을 물리쳐야 한다."

"아아, 주군께서도 다가오는 새로운 시대에 소임이 없을 분이십니다."

중상이 깊이 한숨을 내쉬며 탄식하자 왕랑은 격노하여 추방을 명했다.

"네 이놈, 내가 멸하길 바라느냐. 보기 싫다. 가거라!"

중상은 명을 달갑게 받아들이고 그 즉시 회계를 떠났다. 집을 떠나면서 중상은 아무것도 가져가지 않았지만, 평소부터 바구니 안에 넣어 키우던 종다리만큼은 챙겼다.

"너도 마음이 없는 주인하고 지내고 싶지는 않겠지…."

중상이 왕랑을 설득하며 말하던 이른바 시대의 풍랑은 산야에 숨어 있던 현인을 불러 내오기도 했지만, 반대로 관이나 군부의 구세력 안에 있던 현인들을 갑자기 산야로 쫓아버리기도 했다.

중상도 그중 한 사람이다. 중상은 묵묵히 벌판을 걸으며 앞으로 숨어 지낼 만한 초가집이 있는 땅을 물색하였다. 이름도 모르는 시골 산에 다다르자 마음이 편안해진 듯, 바구니 안에 있던 종다리를 푸른 하늘로 날려 보냈다.

"너도 고향으로 돌아가거라."

중상은 씁쓸한 미소를 지으며 창공으로 사라져가는 종다리를 유심히 지켜보았다. 앞으로 살아갈 자신의 모습을 보는 듯했기 때문이리라.

4

중상이 놓아준 종다리가 드넓은 하늘을 맘껏 날 무렵, 이미 아래 세상에서는 회계성의 수비군과 물밀 듯이 밀려드는 공격군 사이에 끊임없는 격전이 연일 벌어져 대치 중이다.

회계 태수 왕랑은 그날, 성문을 열어 직접 전쟁터를 달리며 외쳤다.

"애송이 손책, 내 앞으로 나와라!"

"난 여기 있다."

손책의 목소리가 들리더니 직박구리 같은 젊은 장군이 칼과 갑옷에서 쩽그렁거리는 소리를 내며 눈앞에 나타났다.

"오오, 네놈이 바로 절강의 평화를 어지럽히는 불량 청년들의 두목인가?"

더 듣고 있을 수 없었던 손책이 되받아쳤다.

"늙은이 주제에 무슨 말을 하는 게냐. 양민들의 피를 빨아먹어 뒤룩뒤룩 살만 찌고 게으르게 잠만 자는 도적놈들을 호사스러운 소굴에서 끌어내리려고 온 내 군사들이다. 정신 차리고 속히 고성을 바쳐라."

화가 난 왕랑이 덤벼들었다.

"뻔뻔스러운 소리 집어치워라!"

손책도 재빨리 극을 들어 맞서려고 할 때였다.

"장군, 돼지를 베는 데 왕검은 필요 없습니다."

뒤에서 한 휘하가 뛰어들며 손책을 대신해 왕랑에게 창을 들이댔다. 바로 태사자다.

"이얏!"

왕랑 휘하에서도 주흔(周昕)이 말을 달려 태사자를 향해 돌진해 왔다.

"왕랑을 놓치지 마라!"

"태사자를 쳐라!"

"주흔을 포위하라!"

"손책을 생포하라!"

양쪽에서 외치는 소리가 뒤엉키며 무시무시한 혼전이 벌어지는 와중에 손책 군사 중 주유, 정보 두 장수가 어느 틈엔가 뒤로 돌아가 퇴로를 막아버려 회계성 군사들이 너도나도 갈팡질팡 갈피를 잡지 못했다.

목숨만 간신히 붙은 왕랑은 겨우 성으로 돌아왔지만, 피해가 상당했던 탓에 이후로는 성문을 소라 껍질처럼 꽉 닫고는 '함부로 나가지 마라'며 오직 방어에만 병력을 집중시키며 옴짝달싹하지 않았다. 물론 성안에는 동오에서 도망쳐온 엄백호도 숨어 있었다.

"공격수는 먼 길을 가는 병사와 같은데 이대로 달포만 지나면 군량은 바닥이 납니다. 장기전이야말로 손책 군이 질색할 테니 수비만 튼튼히 하면 자연히 손책은 궁지에 빠질 것입니다."

한쪽 수비를 맡은 엄백호는 더더욱 축토(築土)를 높이 쌓아 올리고 모든 방비를 강구했다.

과연 손책은 장기전에 약했다. 아무리 싸움을 걸어도 성안 군사들은 나올 기미가 보이지 않았다.

"아직 보리는 익지 않은데다 운송하기엔 길이 멀다. 양민이 비축해둔 양식을 빼앗아 군량으로 충당한다 해도 금세 바닥이 날 테고, 무엇보다 우리 대의가 서지 않는다. 어찌하면 좋을꼬."

"손책, 내게 생각이 있다."

"오오, 숙부님. 무슨 좋은 방법이라도?"

손책의 숙부 손정(孫靜)이 묻는 말에 대답했다.

"회계의 금은과 군량이 회계성 안에 없다는 걸 아느냐?"

"예?"

"여기서 수십 리 떨어진 사독(査瀆)에 숨겨놓았다. 그러니 갑자기 사독을 공격한다면 왕랑이 가만히 보고만 있지는 않을 것이다."

"과연."

손책은 곧바로 숙부의 의견을 받아들였다.

그날 밤, 각 진영에 화톳불을 피우고 수많은 깃발을 세워 지금 당장이라도 회계성으로 쳐들어갈 것 같은 기세로 가짜 병사들을 준비해둔 다음, 사실은 사독을 향해 질풍처럼 군사를 달리게 했다.

5

가짜 병사 계략을 눈치채지 못한 채, 공격수가 피운 화톳불을 보고 성안 병사들은 외쳤다.

"방심하지 마라! 쳐들어온다!"

병사들은 잠도 자지 않고 방비를 갖추었지만, 날이 밝고 성 아래에 화톳불이 꺼져 있어 살펴보았더니 개미 새끼 한 마리 보이지 않았다.

"사독이 공격당했다!"

이 소식을 들은 왕랑은 화들짝 놀라서 성을 황급히 나섰다. 사독으로 달려가는 도중에 또다시 손책이 숨겨놓은 복병을 만난 왕랑 군은 섬멸되었다.

왕랑은 간신히 몸만 사지에서 빠져나와 해우(海隅, 절강성 남우南隅)로 도망쳤지만, 엄백호는 여항(余杭, 절강성 항주杭州)으로 도망가는 도중에 원대(元代)라는 남자가 권하는 술을 마시고 곯아떨어진 사이에 목이 베이고 말았다. 원대는 그 목을 손책에게 바치고 은상을 받았다.

이렇게 회계성도 함락되면서 남방 지역 대부분은 손책 통치 아래에 굴복했다. 손책은 숙부 손정을 회계성 성주로 임명하고, 심복 군리는 오군 태수로 명했다.

그때 선성에서 파발마가 달려오더니 손책 집에서 벌어진 자그마한 소동을 보고했다.

"어느 날 밤, 이웃 마을 산속에 사는 산적과 여러 주에 퍼져 있던 패잔병이 하나가 되어 느닷없이 선성으로 쳐들어왔습니다. 아우님이신 손권 공자님과 주태 대장님이 힘을 다해 막았지만, 그때 도적들 속으로 달려 들어간 손권 공자를 구하기 위해 주태 대장님이 갑옷도 입지 않은 맨몸으로 여러 적과 싸우다 온몸을 창칼에 맞아 거의 죽어갑니다."

사자의 말을 전해 들은 손책은 급히 선성으로 돌아갔다. 무엇보다 걱정했던 어머니는 무사했지만, 주태는 상상 이상으로 심한 중상을 입고 밤낮으로 괴로움에 시달리는 상태였다.

"어떻게든 살리고 싶은데 좋은 명약이 없겠는가?"

가신에게 지식을 구하니, 얼마 전 엄백호의 머리를 바치고 신하가 된 원대가 나섰다.

"벌써 7년 전 일이긴 하지만, 해적의 습격을 받아 화살을 맞은 제가 상처가 심했을 때입니다. 회계의 우번이라는 사람이 친구 중에 명의가 있다며 소개해주었습니다. 그 명의에게 치료를 받고 불과 열흘 만에 완치되었던 일이 있습니다."

"우번이라면 중상을 말하는 것이오?"

"잘 아시는군요."

원대는 손책의 말에 눈을 휘둥그레 떴다.

"잘 안다기보다 중상은 왕랑의 신하였는데 찾아서 써야 할 인물이라고 장소가 권했던 적이 있소. 즉시 중상을 찾아내 그 명의도 함께 데려오도록 하시오."

손책의 명으로 각 고을 관리에게 수색 명령을 내렸다.

"중상은 지금 어딨는가?"

산속에 숨어 들어온 지 얼마 되지 않은 중상은 또다시 눈에 띄어 이번에는 손책의 명을 듣게 되었다.

"사람의 목숨을 구하는 일이라면…."

중상은 명의를 데리고 급히 선성으로 갔다.

중상의 친구라서인지 몰라도 그 명의도 유별난 사람이다. 머리는 백발인데 얼굴은 동안인 노인으로 무척이나 맑고 속된 기운이 없는 모습이 특징적이다. 찔레꽃인지 무엇인지 하얀 꽃 한 송이를 들고 연신 냄새를 맡으며 걸었다. 너무나도 인간다운 곳에 와서 그런지 산속의 냄새를 그리워하는 듯한 표정이다.

손책이 명의를 보고 그 이름을 물었다.

"화타(華陀)입니다."

패국(沛國) 초군(樵郡) 출신으로 자는 원화(元化)라 했다. 혈통은 있지만 쓸데없는 이야기는 하고 싶어 하지 않는 눈치다.

곧바로 병자를 보더니 중얼거렸다.

"일단 달포인가…"

과연 달포 안에 주태의 상처는 씻은 듯이 나았다.

손책은 대단히 기뻐하며 치하했다.

"진정 자네는 명의로다."

"그대 또한 나라를 치료하는 명의가 아니십니까. 치료가 좀 어렵긴 하겠지만 말입니다."

화타가 웃으며 답했다.

"원하는 상은 없는가?"

손책이 묻자 화타가 이리 말하는 것이다.

"상은 바라지 않습니다. 그저 중상을 써주신다면 고맙겠습니다."

평화주의자

1

바야흐로 강남과 강동 81주는 시대의 인물 손책이 다스리게 되었다. 군사는 강했으며 땅은 비옥하고 문화는 생생하게 맑고 신선했다. 소패왕 손랑의 위치는 확고했다. 여러 장수를 나누어 각지에 퍼져 있는 요새를 지키게 하는 한편, 지혜로운 인재를 널리 등용하고 선정을 펼쳤다. 얼마 후에는 조정에 표(表)를 올려 중앙의 조조와 친교를 맺는 등 외교적으로도 진출하면서, 일찍이 몸을 의지했던 회남의 원술에게 오랜만에 소식을 전했다.

"그동안 소식이 뜸했습니다. 예전에 맡겨두었던 전국옥새 말입니다만, 선친에게서 물려받은 소중한 유물이므로 이제 돌려주시기 바랍니다. 물론 그때 빌렸던 군사와 말에 상응하는 물건은 10배로 되돌려드리겠습니다."

한편, 그 후 원술 세력은 어찌 되었을까? 그 역시 회남을 중심으로 강소와 안휘 일대에 걸쳐 점차 세력을 키워 나갔다. 내심 뻔뻔한 야망이 있었으므로 군비와 성채에는 특히 힘을 쏟아부었다.

"오늘 이 회의장에 여러분을 부른 이유는 다름이 아니라 손책 때문이오. 손책이 이제 와 전국옥새를 돌려달라고 하니 어떻게 답하면 좋을지 고견을 듣고 싶소."

그날 원술은 대장 30여 명을 불러 자문을 구했다. 장사(長史) 양대장(楊大將), 도독(都督) 장훈(張勳)을 비롯해 기령, 교유(橋蕤), 뇌박(雷薄), 진란(陳蘭) 등 지위 높은 장군들이 죄다 모여 머리를 맞댔다.

"진지하게 답할 것까지는 없고, 묵살해버리시는 편이 좋습니다."

대장 하나가 의견을 제시했다.

그러자 옆자리에 있던 장수가 다시 큰 소리로 외쳤다.

"손책은 은혜를 모르는 놈이오. 주군 밑에서 신세를 진 것도 모자라 거짓으로 병사 3000명과 말 500필을 빌려간 후로 지금까지 아무런 연락도 없었소. 이제 소식을 전해왔다 싶더니 맡겨둔 물건을 돌려달라고 하질 않나. 이거 너무 무례하지 않소."

"음…, 음…."

원술의 안색이 확연히 밝아졌다.

여러 신하는 원술의 야망을 어렴풋이 눈치챘다. 해서 일제히 입을 모아 말했다.

"아무쪼록 강동으로 군사를 보내 은혜도 모르는 놈들을 응징해야 합니다."

그때 양대장이 반대하며 나섰다.

"강동을 토벌하려면 장강이라는 험한 지역을 건너야 합니다.

게다가 손책은 지금 떠오르는 태양 같은 기세로 사기가 하늘을 찌를 듯합니다. 그보다 지금은 한발 물러서서 자중하며 일단 북방의 근심을 살피고 아군의 힘을 키운 연후에 천천히 남쪽으로 쳐들어가도 늦지 않습니다."

"그렇군…. 북방의 근심이라면 소패의 유비와 서주의 여포를 이른 것인가?"

"소패의 유비는 세력이 약하니 치기에 어렵진 않습니다만, 뒤에는 여포가 버티고 있습니다. 그러니 계략을 써서 둘을 분열시켜야 합니다."

"어찌하면 둘을 서로 등지게 할 수 있겠는가?"

"간단합니다. 단, 주군께서 여포에게 주겠다고 약속한 군량 5만 석, 금은 1만 냥쯤, 말과 비단 등의 물건을 깨끗이 넘겨주셔야 합니다만…."

"좋다. 그리하마."

원술은 즉시 그 의견을 받아들였다.

"머지않아 소패와 서주가 내 밥상 위에 오른다면야 비싼 것도 아니지."

전에 유비와 싸웠을 때 여포에게 주겠다고 약속하고 주지 않았던 군량, 금은, 비단, 명마 등 막대한 물품이 얼마 후 기나긴 행렬을 지으며 서주로 차근차근 운반되었다. 여포의 환심을 사기 위해서였다. 한편으로는 유비를 고립시켜 전멸시킨 후, 여포를 제압하려는 계략임은 말할 필요도 없다.

2

여포도 만만하지는 않은 상대다.

"이제 와 원술이 막대한 재물을 보내다니… 대체 무슨 꿍꿍이가 있어서란 말인가."

물론 마음속으론 기뻤지만 의심이 일었다.

"진궁, 그대는 어찌 생각하는가?"

심복 진궁에게 물었다.

"속이 빤히 들여다보입니다."

진궁이 웃으며 말했다.

"일단 주군을 견제해놓고 한편으론 유비를 치겠다는 원술의 속셈이겠지요."

"나도 왠지 그런 생각이 들었다."

"유비가 소패에 있다는 말은 우리 전방에서 수비를 하는 셈이니 주군께 아무런 해가 되지 않습니다. 그에 반해 원술의 손길이 뻗쳐 소패가 그 세력 안에 놓이면 북쪽 태산의 여러 호걸과 결탁하여 쳐들어올 염려가 생겨 서주는 마음 편히 잘 수도 없게 됩니다."

"그 수에 넘어가진 않을 게야."

"그렇습니다. 넘어가서는 안 됩니다. 받을 건 받으시고 냉정하게 살피셔야 합니다."

며칠 후 아니나 다를까 고급 정보가 날아들었다. 회남의 군사가 거친 파도처럼 소패를 향해 움직이기 시작했다는 것이다. 원술의 막료 기령 장군이 그 지휘를 맡아 10만 병사를 이끌고 멀리서 말을 달려 소패 현성으로 진군한다는 말이 들려왔다. 원술이 얼마 전 대가를 치렀으니 서주의 여포를 걱정하지 않은 채 진군하는 모양이다.

한편 소패에 있는 유현덕은 도저히 그 대군과 맞서 싸워 이길 수 없다는 걸 알았고, 무엇보다 병기는 물론 군량과 말꼴조차 부족했던 탓에 여포에게 파발마를 보냈다.

"예상치 못한 대란이 일어났습니다. 구원을 요청합니다."

여포는 몰래 소패로 군사를 보냈을 뿐 아니라 몸소 출진했다. 회남의 군사는 생각지도 못하게 일이 돌아가자 여포가 배신했다고 책망했다. 대장 기령은 격렬한 항의를 여포 진영으로 보냈다. 여포는 양쪽 틈에 낀 처지가 되고 말았지만, 그 표정은 전혀 곤란해 보이지 않았다.

"원술도 유비도 날 원망하지 못하게 처리하리라."

여포가 중얼거리는 소리를 들은 진궁은 여포에게 과연 그런 재주가 있는지 의심스러운 눈으로 쳐다보았다.

여포는 편지 2통을 정성스레 썼다. 그러고 나서 기령과 유비를 같은 날 자기 진영으로 초대했다. 소패 현성에서 조금 떨어져 나온 현덕은 5000명이 채 되지 않는 병력으로 대진하는 중이었는데 여포의 초대장이 도착하자마자 일어섰다.

"가야겠다."

관우가 단호하게 말렸다.

"여포에게 딴마음이 있으면 어쩌시렵니까?"

"난 지금까지 여포에게 절의(節義)와 겸양을 지켜왔다. 여포가 날 의심할 행동은 한 번도 한 적이 없네. 그러니 나를 해할

리 없다."

"형님은 그렇게 말할지 몰라도 우리는 여포를 믿을 수 없소. 나가기 전에 잠시만 기다려주시오."

"장비, 어디로 가는 게냐?"

"여포가 성 밖으로 나와 진지에 있는 게 천만다행이오. 잠시 간 군사를 빌려 그놈의 중군을 불시에 덮쳐 여포 목을 치고 내 친김에 기령의 선봉도 쳐부수고 돌아올 테요. 이각도 걸리지 않을 터!"

현덕은 여포의 초대보다도 장비의 무모한 용기가 훨씬 두려 웠다. 옆을 돌아보며 재촉했다.

"관우, 손건, 어서 장비를 말리게."

장비는 이미 검을 빼 들고 달려나갔지만 사람들이 끌어안고 말려 겨우 진지로 데리고 들어왔다.

3

관우는 장비를 살살 타일렀다.

"네가 그 정도로 여포가 의심스러워 만일의 사태가 걱정된다 면 왜 목숨 걸고 보호하겠다는 각오로 형님을 모시고 여포 진 영으로 가지 않느냐?"

"갑니다! 누가 안 가겠다고 했소."

장비는 툴툴거리며 현덕을 따라 허둥지둥 말에 올라탔다. 관 우가 쓴웃음을 지었다.

"뭐가 그리 우습소? 관우 형님도 가지 말라고 말린 사람이 아니오?"

장비는 마치 아이들이 싸우는 듯이 덤벼들었다.

여포 진영에 도착하자 장비는 표정이 더 굳어진 채 조금도 웃지 않았다. 마치 무시무시한 가면을 쓴 것 같은 얼굴이다. 눈동자만 이따금씩 좌우를 돌아보며 뒤룩뒤룩 움직일 뿐이다. 관우도 긴장을 늦추지 않고 현덕 뒤에서 꼿꼿이 서서 지켜보았다.

드디어 여포가 자리에 앉았다.

"잘 오셨소."

첫인사는 좋았다.

"이번에 그댈 위험에서 구하느라 나도 꽤 고생했소. 이 은혜를 잊지 말아주었으면 좋겠소."

장비와 관우의 얼굴이 붉으락푸르락 달아올랐다. 현덕은 고개를 낮게 숙이고 말했다.

"높으신 은혜를 어찌 잊겠습니까. 참으로 감사합니다."

그때 여포의 가신이 전갈을 가지고 들어왔다.

"회남의 기령 대장이 오셨습니다."

"오오, 벌써 왔는가. 이쪽으로 안내하라."

여포가 가볍게 명하고 천연덕스러운 표정을 지으니 현덕은 적잖이 놀랐다. 기령이라면 적의 대장이다. 게다가 지금은 교전 중이지 않은가. 당황하여 자리에서 일어났다.

"손님이 오신 모양이니 전 이만…."

현덕이 자리를 급히 피하려 하니 여포가 말렸다.

"아니오. 오늘은 일부러 그대와 기령을 같은 자리에 모신 것이오. 뭐, 의논할 일도 있으니 거기 앉아 계시오."

그사이에 기령이 바로 밖에까지 안내를 받고 온 모양이다. 여포 신하와 무언가 이야기를 나누는 듯, 호쾌한 웃음소리가 가까워졌다.

"이쪽입니다."

안내를 한 무사가 장막을 들어 올리고 안쪽을 가리키자 기령은 아무것도 보지 못한 듯 안으로 들어섰다.

"아니?"

기령은 안색이 변하며 발걸음을 흠칫 멈췄다. 현덕, 관우, 장비…. 적 셋이 나란히 그쪽 자리에 있었던 것이다. 기령이 놀란 것도 무리는 아니다.

여포는 돌아보며 비어 있는 자리 하나를 가리켰다.

"자, 이쪽으로 오시오."

기령은 의심스러울 수밖에 없었다. 두려운 나머지 몸을 홱 돌리더니 그길로 밖으로 나가버렸다.

"오시라는데 뭘 그리 사양하시오."

여포가 나가서 기령의 팔을 붙잡았다. 그러더니 아이 다루듯이 살살 장막 안으로 데리고 들어가려는 행동을 취했다.

"여포 공, 여포 공. 무슨 잘못이 있다고 날 죽이려는 것이오!"

기령이 냅다 비명을 질렀다.

여포는 킥킥대고 웃었다.

"그대를 죽일 이유는 없소."

"현덕을 죽일 계략으로 부른 것이오?"

"아니, 현덕을 죽일 생각도 없소."

"대체 무슨 생각으로?"

"양쪽을 위해서요."

"알 수가 없군. 마치 여우한테 홀린 것 같소. 사람 놀리지 말고 본심을 말해주시오, 본심을….'"

"내 본심은 평화주의요. 본디 평화를 사랑하는 인간이니 오늘은 양쪽 얼굴을 마주 보고 화친을 맺도록 중재하려 불렀소. 이 여포가 중재인 역을 맡기는 부족하다는 말이오?"

4

평화주의라 하기도 창피했을 것이다. 그것도 다른 사람이 아닌 여포 자기 입으로 '평화주의'라고 자신만만하게 말하다니 희한한 일이다. 물론 기령도 이런 평화주의자를 믿을 리 만무하다. 이상하다기보다 기령은 의심스러운 마음에 내 시달렸다.

"화친이라 하셨지만, 대체 화친이라니 무슨 이유로 말이오?"

"화친이란 전쟁을 멈추고 친목을 맺는 것이오. 그걸 모른단 말이오?"

기령은 어이가 없었다. 표정을 숨기며 여포는 기령의 팔을 끌어당긴 채 예정해놓은 자리로 데리고 갔다.

묘한 사태가 벌어졌다. 한순간 좌중의 공기가 싸늘해졌다. 기령과 현덕은 이 자리에서 같은 손님 입장이지만 전장에서는 맞서 싸우는 적이다.

"…."

"…."

서로 이리저리 눈을 굴리며 상대를 살피면서 의연한 태도를 취하기도 하고 쭈뼛쭈뼛하였다.

"이렇게 앉읍시다."

여포는 자기 오른쪽에 현덕을 부르고, 왼쪽 자리를 기령에게 권했다.

이윽고 주연이 벌어졌다. 술맛이 좋을 리가 없었다. 양쪽 다 묵묵히 술잔 가장자리를 핥을 뿐이다.

그러던 중 여포가 먼저 말을 꺼냈다.

"자, 이것으로 되었소. 양쪽의 친교도 성립되었으니, 흉금을 터놓고 건배합시다."

여포는 혼자 마시고 술잔을 높이 들었다. 하지만 손을 든 건 여포뿐이다. 이렇게 된 이상 기령도 가만히 있을 수는 없었다. 자리를 박차고 일어서려는 듯한 얼굴로 여포에게 당당하게 말했다.

"농은 그만두시오."

"뭐가 농이란 말이오?"

"생각해보시오. 난 주군의 명을 받아 10만 군사를 이끌고 와서 현덕을 생포하지 않으면 살아 돌아가지 않겠다는 각오로 이 전장에 온 사람이오."

"알고 있소."

"농민들의 싸움이라면 모르겠소. 그리 간단히 군사를 물릴 수 없는 일이 아니란 말이오. 내가 전쟁을 그만두는 날은 현덕을 생포하거나, 현덕의 목을 극으로 관통시켜 개가를 올리는 날이어야 하오."

"…."

현덕은 묵묵히 듣고 있었지만, 뒤에 서 있는 관우와 장비의 얼굴에는 맹렬한 불길이 끓어올랐다. 그때 장비가 현덕 뒤에서 마루를 쿵쿵 구르며 성큼성큼 걸어 나왔다.

"야, 기령! 이리 나와라. 보자 보자 하니까 어디서 함부로 입을 놀리는 게냐! 큰형님과 서약을 맺은 우리 가신은 병력은 적지만 구더기나 메뚜기 같은 네놈들과는 실력이 다르다. 그 옛날 황건의 도적 떼 100만을 불과 수백으로 무찌른 우리를 모르느냐! 또 한번 그 혓바닥을 놀리기만 해봐라! 가만두지 않겠다!"

여차하면 검을 빼 들고 달려들 듯한 기색에 깜짝 놀란 관우가 장비를 말렸다.

"자네 혼자 잘난 척하면 안 되네. 항상 자네가 먼저 큰소릴 치니까 내가 나설 곳이 없잖은가."

"우물쭈물하는 게 젤 싫소. 야, 기령! 전장에선 장소를 고르지 않는 법. 우리 큰형님 목이 갖고 싶거든 덤벼라, 덤벼!"

"기다리라 하지 않았나. 여포한테도 무슨 생각이 있겠지. 여포가 어떻게 처리할지 잠시 형님처럼 가만히 지켜보는 게 좋겠다."

"아니, 저 여포에게도 불만이 있소. 쓸데없는 수작을 부리면 여포든 누구든 용서치 않으리…."

장비는 머리에 쓴 관을 떨쳐버리더니 구레나룻을 거꾸로 휘날리며 위협하듯 붉은 입을 잇속까지 확 드러냈다.

5

장비에게 도전을 받은 기령도 꽁무닐 뺄 순 없는 노릇이다.

"이 천한 놈 주제에!"

칼 소리를 울리며 덤벼들었다.

"시끄럽다. 쓸데없이 소란 피우지 마라."

여포는 양쪽을 노려보며 큰소리로 꾸짖었다.

"게 누구 없느냐!"

뒤를 향해 소리친 여포는 달려온 가신들을 향해 무시무시한 기세로 명령했다.

"내 극을 가져오너라! 방천화극(方天畵戟) 말이다!"

애초에 꾀했던 평화주의를 들먹인 일도 뜻대로 되지 않자 여포는 당장 본색을 드러내며 불같이 화를 냈다. 여포는 화가 나면 무슨 일을 저지를지 아무도 모른다. 기령도 두려워했고 현덕 역시 숨을 죽이고 지켜보는 눈치다.

"어떻게 되는 것일까…."

방천화극이 여포 손에 건네졌다. 극을 거머쥐면서 좌중을 노려보더니 여포는 엄포를 놓았다.

"오늘 내가 양쪽을 불러 화친을 맺으라는 건 내 말이 아니었소. 하늘이 명한 것이오. 하늘의 뜻에 내가 끼어들거나 이러쿵저러쿵한다면 하늘의 명을 거역하는 것일 터."

과연 여포는 아직도 엄숙한 평화주의자 가면을 벗지 않았다. 무슨 생각을 했는지 여포는 그리 말하자마자 갑자기 뛰쳐나가 저쪽 진영 문밖까지 한달음에 달려가더니 그곳에 극을 거꾸로

꽂아놓고 돌아왔다. 그러곤 또다시 이렇게 말하는 것이다.

"보시오. 여기서 진영 문까지 딱 150보 거리요."

일제히 여포가 가리키는 곳을 바라보았다. 무슨 이유로 여포가 그곳에 극을 꽂았는지 그저 의심스럽기만 했다.

"저곳이오. 저 극의 자루를 겨누어 내가 예서 화살을 쏘겠소. 명중한다면 하늘의 명을 받들어 화친을 맺고 돌아갑시다. 맞지 않는다면 더 싸워도 좋다는 하늘의 뜻일지 모르겠소. 그렇다면 난 손을 떼고 간섭하지 않을 테니 원하는 대로 계속 싸우시오."

기발한 제안이다. 기령은 맞힐 리가 없다는 생각에 동의했다. 현덕도 동의할 수밖에 없었다.

"그렇게 하십시오."

"그러면 한잔 더 마시고."

자리에 앉은 여포는 다시 한잔씩 술을 권하더니, 저 멀리 세워놓은 극을 지긋이 바라보면서 홀짝이다가 금세 얼굴에 알딸딸하게 취기가 오르는지 가신에게 외쳤다.

"활을 가져오너라!"

앞으로 나간 여포는 바른 자세로 한쪽 무릎을 꿇었다. 시위에 멘 활은 작았다. 미(弭) 또는 이만궁(李滿弓)이라고도 부르는 반궁형 활이다. 그래도 가래나무에 얇은 금속판을 붙이고 옻칠을 한 단단한 활이라서 활시위를 당기는 힘은 강궁(强弓)보다 더 세다.

"…"

획…!

활시위가 제자리로 돌아왔다. 시위를 떠난 화살은 피리처럼 바람을 울리며 선명하게 한 줄기 희미한 빛을 그리며 날아가버렸다. 동시에 쨍하고 저 멀리서 소리가 나더니 극의 자루가 별처럼 날아 흩어지고 화살은 부러져 세 동강이 났다.

"명중이다!"

여포는 활을 기분 좋게 내던지더니 술자리로 돌아왔다. 그러고는 기령을 향해 소리쳤다.

"자, 약속한 대로 즉시 하늘의 명에 따르시오. 뭐, 주군을 대하기 곤란하다면 내가 서신을 보내 그대의 죄가 되지 않도록 신경 써주겠소."

기령을 돌려보내고 나서 여포는 현덕에게 의기양양하게 이야기했다.

"어떻소, 현덕. 만약 내가 구해주지 않았다면 아무리 그대 양쪽에 훌륭한 아우들을 두었다 한들 이번엔 당하지 못했을 것이오."

"생이 다할 때까지 오늘의 은혜는 잊지 않겠습니다."

여포가 생색내는 줄 알면서도 현덕은 절을 하고 고맙게 여겼다. 현덕은 얼마 후 소패로 돌아갔다.

새색시

1

"이대로 버틴다면 현덕은 그렇다 쳐도 여포는 약속을 어긴 적이라며 총공격해올 것이다."

기령은 여포를 떠올리며 두려움에 벌벌 떨었다.

왠지 여포에게 당했다는 생각도 들면서 그 대범함에 단연 압도되었다. 어쩔 수 없이 기령은 군사를 퇴각시켜 회남으로 돌아갔다. 기령의 입을 통해 사정을 전해 듣고 격노한 건 되려 원술이다.

"나쁜 놈. 얼마나 뻔뻔스러운 놈인지 속을 알 수가 없다. 막대한 대가를 받고도 잘도 유비를 감싸주고 억지로 화친을 맺도록 계획했군."

어찌해도 분이 풀리지 않았다. 참을 수 없었던 원술은 영을 내리려고 마음을 다잡았다.

"이렇게 된 이상 내 직접 대군을 이끌고 서주든 소패든 한꺼번에 쳐부술 테다."

기령은 면목이 없어 수치스러워하였지만 간언을 올렸다.

"안 됩니다. 일을 그르칠 수 있습니다. 여포의 용맹은 온 세상에 정평이 나 있습니다. 용맹뿐인 줄로만 알았더니 기지도 넘치고 책략도 뛰어난 걸 보고 적잖이 놀랐습니다. 여포가 서주 땅의 이점을 차지하였으니 함부로 쳐들어갔다가는 상당한 군사를 잃을 것입니다."

"그렇다면 그놈이 북쪽에서 뿌리를 내리고 세력을 떨치는 이상, 이 원술은 남쪽으로도 서쪽으로도 뻗어갈 수 없잖느냐?"

"그 일이라면 마음에 짚이는 데가 있습니다. 듣자 하니 여포에게는 묘령의 아름다운 딸이 하나 있다고 합니다."

"첩의 소생인가 아니면 본처 소생인가?"

"본처 엄(嚴) 씨가 낳은 아끼는 딸이라니 더 잘된 일입니다."

"왜 그런가?"

"주군께도 이제 신부를 맞이해도 좋을 아드님이 계시지 않습니까? 혼인을 시켜 여포의 마음을 잘 구슬려보는 겁니다. 그 혼담을 여포가 받아들일지 아닐지에 따라 그 거취도 확실해집니다."

"음…, 음…."

"만약 여포가 혼담을 받아들여 여식을 아드님께 보내겠다고 하면 끝난 일입니다. 여포는 유비를 죽이겠지요."

원술은 무릎을 탁 치며 호응했다.

"옳거니! 훌륭한 계책을 내놓은 상으로 이번 불찰은 그 죄를 묻지 않겠다."

원술은 이 화친을 맺는 데 애써주신 귀하의 호의에 만강의 경의와 감사를 바친다는 내용을 담아 정중하게 서신을 보냈다. 그러고 나서 일부러 두 달이라는 시간을 흘려보냈다. 이번 서신엔 혼담을 요청하는 내용으로 다시 사자를 띄웠다.

"귀공과 인척의 연을 맺어 오랫동안 함께 영광을 나누어 누리고 친목을 두텁게 하고 싶소."

물론 답서는 일상적인 문구였다.

"잘 상의한 연후에 조만간 회답을 보내겠소."

얼마 전엔 화친을 중개한 데 대한 깊은 감사 서신이 온데다 이번엔 혼담 이야기를 담은 서신이 오니 여포는 진지하게 고민했다.

"그리 나쁜 이야긴 아니야…. 어떻소, 당신 생각은?"

아내 엄 씨에게 의견을 물었다.

"글쎄요…."

두 사람이 누구보다 아끼는 외동딸이다! 여포의 아내도 상아를 깎은 듯한 손가락을 뺨에 대고 깊은 고민에 빠졌다. 후원에 흐드러지게 핀 목련꽃 향이 창밖에서 은은하게 풍겨왔다. 여포 같은 사나이도 이럴 때는 온화한 눈동자를 지닌 인자한 아버지로 돌아갔다.

2

첫째 부인, 둘째 부인 그리고 말하자면 첩이라고 부르는 부인. 여포 침실에는 원래 이렇게 여인 셋이 있었다. 엄 씨는 정실이다. 그 후, 조표의 딸을 둘째 부인으로 맞아들였지만, 일찍 죽는 바람에 둘 사이엔 자식도 없다. 세 번째는 첩이다. 첩의 이름은 초선(貂蟬). 초선이라면 여포가 장안에 있었을 때 열렬히 사랑한 나머지 동(董) 상국을 배신하고 당시 정권을 뒤엎은 대란의 도화선이 된 여인인데…. 그 초선이 아직 여포의 밀실에 살고 있었단 말인가.

"초선아, 초선아."

여포는 이 규방에서 그 이름을 곧잘 불렀다. 지금 여포 시중을 드는 초선은 그 왕윤의 양녀였던 불운한 초선과는 이름만 같을 뿐 다른 사람이다. 어찌 보면 어딘가 닮은 데도 있었다. 나이도 다르고 마음씨도 달랐는데 말이다. 여포도 괴로움에 몸서리쳤다. 장안에서 벌어진 대란 속에서도 죽은 초선을 포기할수 없었던 여포다. 그래서 여러 주(州)를 직접 돌아다니며 초선을 닮은 여인을 찾아 헤매다가 옛 애인의 모습이 어딘가 보이는 여인을 얻고는 애달프게 불렀다.

"초선아, 초선아."

그 초선에게도 자식이 없으니 자식이라고는 엄 씨가 낳은 딸하나뿐이다. 자식을 끔찍이 여기는 아버지는 아끼는 딸에게 남들보다 훨씬 사랑을 듬뿍 주었다. 자식의 행복을 자신의 장래보다 더 걱정했다.

"어떠한가?"

원술이 제의한 혼담을 두고 여포는 무척 망설였다. 아버지가되면 이것저것 생각이 지나치게 많아지기 마련이다. 한편으로는 좋은 혼담이라는 생각이 들다가도 또 한편으로는 위험을 느끼는 것도 어쩔 수 없는 노릇이다.

"저는…, 좋은 일인 것 같습니다."

정실 엄 씨가 고민 끝에 말문을 열었다.

"제가 얼핏 들은 소문으론 원술이라는 사람은 머지않아 천자가 되실 분이라 합니다."

"누구한테 들었소?"

"누구랄 것도 없이 시녀들까지 그런 소문을 수군거리는 상황입니다. 천자의 자리에 오를 자격이 있다고요."

"원술 손에 전국옥새가 있소. 아마 그래서일 터. 무엇보다 사람들이 입으로 전하는 힘이란 무서운 것이오. 이루어질지 모르는 일이기도 하고…."

"그러니 좋은 일이 아닙니까? 딸이 시집가고 얼마 안 있어 황비가 될 수도 있습니다."

"당신도 참, 굉장한 생각을 하는구려."

"어미 입장에서는 맨 먼저 생각할 일이지요. 단, 그쪽에 아들이 몇 명 있는지 좀 알아봐야겠습니다. 아들 여럿 중에 가장 실력 없는 자식과 맺어진다면 후회해도 소용없으니까요."

"그 점은 안심하시오. 원술한텐 아들이 하나뿐이니까."

"그렇다면 뭐 더 생각할 여지도 없잖습니까?"

암탉이 하는 말에 수탉도 날갯짓을 했다.

원술 가문에서 날아온 '오랫동안 함께 영광을 나누자'는 말이 진실처럼 여겨졌다. 그때 답장을 기다리지 못하겠는지, 원술 가문에서 다시 한윤을 사자로 보내 의중을 살피게 했다.

"혼담은 어찌 생각하시는지요? 일가의 군신으로 이 좋은 인연이 희소식이 되길 학수고대합니다.”

여포는 한윤을 역관에서 맞이하여 융숭하게 대접하고 승낙의 뜻을 전했다. 더불어 사자 일행에게 엄청난 금은을 내렸고, 돌아가는 길에는 원술에게 보내는 호화로운 재물을 말과 마차에 산더미같이 실어 보냈다.

“가서 전하겠습니다. 원술 일가에서도 대단히 만족해하실 것입니다.”

한윤이 돌아간 다음 날, 언제나 까다로운 진궁이 더한층 까다로운 표정을 지으며 아침부터 정무를 보는 전각에 나와 여포가 일어나기를 노심초사하여 기다렸다.

3

이윽고 여포가 기침을 했다.

“진궁인가? 일찍 나왔군그래.”

“잠시 드릴 말씀이 있습니다.”

“뭔가?”

“원술이 제안한 혼담 일입니다.”

진궁의 표정을 살펴본 여포는 마음속으로 적이 당황했다. 또 다시 진궁이 내게 무엇을 간언하러 왔단 말인가. 이미 저편에는 승낙한다는 회답을 전한 상황이다. 지금 이쪽에서 불만을 말한다면 번거로운 일일 뿐이다.

“…”

그런 기색을 보이면서 이제 막 자리에서 일어나 잠이 덜 깬 눈으로 옆을 돌아보았다.

"괜찮으시겠습니까? 여기서 말씀드려도…."

"반대하는가, 자네는?"

"아닙니다."

진궁이 머리를 깊이 숙이니 여포는 한시름 놓았다.

"관리들이 나오면 공연히 시끄럽소. 저쪽 정자로 가서 이야기함세."

전각을 나와 목련 나무 아래를 걸었다. 물위에 지은 정자에 놓인 탁자를 마주하고 앉았다.

"자네한테는 아직 말하지 않았지만, 아내도 좋은 혼담이라고 하니 딸을 시집보내기로 결정했네그려."

"좋습니다."

진궁의 어투에는 왠지 모르게 석연치 않은 구석이 느껴졌다.

"안 될까?"

여포는 진궁의 간언을 두려워하면서도 한편으로는 확실하게 보증해주기를 바랐다.

"좋은 일입니다만, 그 시기가 문제입니다. 예식은 언제 올리기로 약속하셨습니까?"

"아니…, 아직 그런 것까지 얘기하지는 않았네만."

"혼인을 약속한 날부터 혼인날까지, 택일하는 일은 오래전부터 정해진 기간이 있습니다."

"그래, 거기에 따라야지, 암."

"아니 됩니다."

"왜 그런가?"

"세상의 일반적인 관례로는 혼약이 성립한 날부터 혼례를 올릴 때까지의 기간을 신분에 따라 넷으로 분류해놓았습니다."

"천자가 올리는 화촉이라면 1년, 제후라면 반년, 무사와 대부는 한 계절, 서민은 달포지."

"맞습니다."

"그런가. 음⋯."

여포는 알겠다는 표정을 지었다.

"원술은 전국옥새를 쥐고 있으니 조만간 천자가 될지도 모른다. 그러니 천자에게 맞는 방법을 따라야 한다는 말인가?"

"아닙니다."

"그러면 제후 자격으로?"

"그것도 아닙니다."

"대부의 자격을 따르란 말인가?"

"역시 안 됩니다."

"그렇다면⋯."

여포의 얼굴에도 화난 기색이 역력했다.

"아니 그러면 내 하나밖에 없는 딸을 시집보내는데 서민의 예에 따라 혼인을 올리라는 말이냐?"

"그런 말은 누구도 입에 담을 수 없을 것입니다."

"무슨 말을 하는 게냐? 대체 어찌하라는 말이냐?"

"이 일은 집안일이기는 하지만 천하의 용맹한 장수라면 항상 풍운을 지켜보며 만사에 임하셔야 합니다."

"물론이다."

"용맹함을 견줄 자가 없는 주군과 전국옥새를 쥐고 부국강병을 자랑하는 원술이 인척지간이 된다는 말을 듣는다면 이를 저주하고 질시하지 않을 나라가 어딨겠습니까?"

"그런 걸 두려워한다면 내 딸은 아무 데도 시집보낼 수가 없질 않나…."

"만전을 기하셔야 합니다. 따님을 위해서라도. 혼인날이 길일이라고 천년의 호기라는 생각에 이를 노려 도중에 복병이라도 만나 신부를 빼앗기는 일이 없다고 할 수 있겠습니까?"

"그도 그렇군…. 그렇다면?"

"길일을 기다리지 않는 것입니다. 신분도 관례도 상관할 바가 아닙니다. 사방의 이웃들이 눈치채기 전에 질풍처럼 재빨리 따님의 가마를 원술이 있는 수춘으로 보내는 게 상책입니다."

4

"과연…."

진궁의 말을 듣고 보니 여포도 당연하다고 생각했다.

"어떡하지?"

"무슨 걱정거리라도 있으십니까?"

진궁이 불쑥 물었다.

여포가 머리를 긁적이며 당혹스러워했다.

"아내도 이 혼담엔 적극적인 태도를 보이며 아주 기뻐해서 말이야…. 그만 자네한테 상의하기도 전에 원술에게 승낙한다는 뜻을 전했다네."

"좋은 일 아닙니까? 제가 이번 혼담을 반대한다는 뜻은 결코 아닙니다."

"사자 한윤이 이미 회남으로 떠나버렸는데…."

"상관없습니다."

"아니, 어째서?"

여포는 의아해했다. 진궁이 너무나 침착한 모습을 보이니 이상하게 여기는 것도 당연하다.

진궁은 이렇게 털어놓았다.

"사실은…, 오늘 아침 저 혼자 몰래 한윤이 머무는 여관을 찾아가서 밀담을 나누었습니다."

"뭐? 나한테 아무 말도 없이 원술의 사자를 만났단 말인가?"

"단지 염려가 되었습니다."

"해서 무슨 이야기를 나누었는가?"

"한윤을 만나서 단도직입으로 입을 뗐습니다. '이번 혼담은 귀국(貴國)에서는 단연코 유비의 목을 노린 것이겠지요. 신부는 신부대로 받아들이겠지만, 나중에 원하는 물건은 유비의 머리, 바로 그게 아닙니까!' 갑자기 이렇게 말하니 한윤의 안색이 일순간 변하더군요."

"그야 그럴 테지…. 한윤이 뭐라 하더냐?"

"잠시 제 얼굴을 가만히 응시하더니 목소리를 낮추며 그런 말은 큰 소리로 말하지 말아달라며 부탁하더이다. 한윤도 보통내기가 아닌지라 훌륭한 답을 해오더군요."

"흐음…. 자넨 무슨 말을 했는가?"

"신부가 혼인하는 날을 세간의 관례에 따라 정한다면 필시 불길한 일이 일어날 터. 순조롭게 일이 풀리지 않을 거란 말입니다. 그러니 나도 주군께 그리 권할 테니 귀국에서도 속히 서둘러주기 바라오. 이리 말하고 돌아왔습니다."

"한윤은 나한테 아무 말도 하지 않았는데…."

"그런 말은 하지 않았을 겁니다. 이 혼담이 정략결혼이라고 밝힐 사자가 어딨겠습니까?"

진궁은 여포의 생각이 달라지지는 않을까, 그 기색을 살폈지만 이미 딸을 시집보낼 준비와 택일에만 온통 정신이 빠진 듯했다.

"그렇다면 택일은 빠를수록 좋겠군. 일이 이상하게 바빠지겠는데…."

여포는 후각을 향해 성큼성큼 걸어갔다. 맨 먼저 부인 엄 씨를 설득시키고 그날부터 밤낮으로 혼례 준비를 서둘렀다. 온갖 화려한 혼수를 마련하느라 눈코 뜰 새 없이 바쁜 나날을 보냈다. 갖은 금란(金襴)과 능라(綾羅)로 옷을 지었다. 그에 걸맞은 아름다운 마차와 덮개도 어느덧 완성되어갔다.

드디어 신부가 떠나는 날 아침이 밝았다. 동틀 녘부터 서주성 안에서 북소리가 들려왔다. 어젯밤부터 밤새도록 성대한 축하 잔치가 벌어져 한창이다. 이윽고 새들이 지저귀는 아침 햇살을 찬란히 받으며 성문이 활짝 열리자, 백마에 금으로 치장한 덮개를 씌운 마차가 신부를 태우고 수많은 시녀와 시동, 화려하게 단장한 무사들의 호위를 받으며 마치 자색 구름이 길게 뻗은 듯 성 밖까지 배웅을 받으며 길에 올랐다.

5

진규(陳珪)는 노쇠하여 아들네 집에서 병 치료차 요양하는 중이다. 진규의 아들은 유현덕의 신하 진등이다.

"뭣이냐? 저 시끄러운 북소리는?"

병실에서 시중을 들던 하인이 얼른 대답했다.

"어르신, 아직 모르셨습니까?"

서주성을 나온 신부 행렬이 멀리 회남을 향해 떠나가는 모습을 마을 사람들이 지금 환호하며 배웅하는 길이라고 했다.

"큰일이군. 이러고 있을 때가 아니다."

진규는 병실에서 걸어 나와 한사코 고집을 피웠다.

"나를 나귀에 태워 성으로 데려가주게."

진규는 숨을 헐떡거리며 서주성으로 올라가 여포를 만나게 해달라고 청하였다.

"몸도 성치 않은데 왜 나오셨소. 부러 축하하러 오지 않아도 되는데…"

여포가 말하자 진규가 세차게 고개를 가로저었다.

"그 반대입니다. 장군의 임종이 이미 가까워졌으니 오늘 애도의 말을 전하러 왔습니다."

"노인장, 당신 지금 자기 얘기를 하는 겐가?"

"아닙니다. 늙고 병든 제가 아니라 장군께서 먼저 가시게 되었습니다."

"무슨 소리!"

"천명이니 어쩔 수 없습니다. 스스로 저승으로 자연스럽게 발걸음을 떼셨으니까요."

"불길한 소리 마시오. 경사스러운 길일에…."

"오늘이 길일이라는 생각부터가 이미 사신(死神)에게 걸려든 겁니다. 이번 혼담은 원술의 계략입니다. 장군에게 유비라는 사람이 있는 이상 장군을 멸할 수가 없으니 우선 따님을 인질로 잡아두고 나중에 유비가 있는 소패를 공격할 속셈입니다."

"…."

"유비가 공격을 당해도 이제 장군은 유비를 도울 수가 없겠지요. 유비가 죽는 걸 내버려둔다면 자신의 팔다리가 떨어져 나가는 거라 생각지 않으십니까?"

"…."

"아아, 어쩔 수 없습니다! 두려운 건 인간의 천명과 원술의 교묘한 책략입니다."

"음…."

신음을 내더니 여포는 진규를 그곳에 내버려둔 채, 성큼성큼 어디론가 나갔다.

"진궁, 진궁!"

전각 밖에서 여포가 큰 소리로 부르는 소리가 들려와서 무슨 일인가 하고 진궁이 대기소에서 뛰쳐나오자마자 여포가 진궁 면전에 대고 고함을 쳤다.

"생각이 짧지 않았나. 자네 때문에 큰 실수를 했어!"

그러더니 급히 기병 500명을 정원에 불러 명했다.

"신부를 태운 가마를 쫓아서 즉시 데려와라! 이 혼인은 중지한다."

여포의 변덕이야 항상 있는 일이지만 이번만큼은 모두 당황했다. 기병대는 즉시 모래 먼지를 일으키며 신부 행렬을 뒤쫓았다.

여포는 편지를 직접 써서 원술에게 파발마를 띄웠다.

"어젯밤부터 갑자기 딸이 기분이 좋지 않아 잠을 못 이루었소. 혼인식은 당분간 연기해주기 바라오."

진규는 그날 저녁까지 돌아가는 상황을 지켜보느라 성안에 머물렀다. 이윽고 이 병든 노인은 나귀를 타고 터벅터벅 집으로 돌아오며 성긴 수염 사이로 중얼거렸다.

"아아…, 이것으로 아들의 주군을 위험에서 구했구나."

말 도둑

1

이튿날 진규는 다시 조용히 병상에 누웠지만, 세상이 험악하게 돌아가는 모양을 곰곰이 생각하니 소패에 있는 유현덕의 위치가 위험하다는 생각이 들어 견딜 수가 없었다.

"여포는 앞문의 호랑이요, 원술은 뒷문의 이리와 같다. 그 두 사람 사이에 끼어 있으면 언젠가 반드시 어느 한쪽에게 잡아먹히고 말 것이다."

진규는 걱정된 나머지, 병상에서 붓을 들어 편지를 써서는 하인을 시켜 여포에게 전하라고 지시했다. 그 의견서에는 이런 책략이 쓰여 있었다.

근래에 이 노생이 들은 바에 따르면, 원술이 옥새를 손에 쥐고 조만간 천자로 참칭하는 죄를 범하려는 것 같습니다. 이는 명백한 대역입니다.

지금 장군께서 영애의 혼인을 훗날로 미룬 건 참 다행입니다.

급히 군사를 파견하여 한윤이 도착하기 전에 붙잡아 허도의 조정으로 보내 순리와 역리를 밝히셔야 하지 않겠습니까? 그리하면 조조는 장군의 공을 인정할 것입니다. 장군에게는 관군이라는 강한 군사가 있으니 조조의 병력을 좌측에, 유현덕을 우측에 두어 대역적을 토벌하셔야 합니다.

지금이야말로 중요한 시기입니다. 세상에 보기 드문 영웅의 이름을 드날리는 동시에 한 시대의 대계(大計)를 정하는 지금을 헛되이 놓쳐서는 안 됩니다. 이런 기회는 두 번 다시 찾아오지 않습니다.

"당신, 뭘 그리 고심하십니까?"

아내 엄 씨가 여포 어깨너머로 들여다보며 진규가 보낸 편지를 함께 읽었다.

"아아, 진규의 말에도 일리가 있어서 어찌할지 고민하던 참이었소."

"죽어가는 병자가 보낸 의견 따위에 마음이 동하여 모처럼 생긴 좋은 인연을 깨뜨릴 생각이십니까?"

"딸아이는 어떻소?"

"울고 있습니다. 가엽게도⋯."

"곤란하게 되었군."

여포는 중얼거리면서 관리들이 기다리는 전각으로 나아갔다. 그러자 무슨 일인지 관원들이 떠들고 있었다.

대신이 여포에게 전했다.

"소패의 유비가 어디에서인지 끊임없이 말을 사들이는 중이라고 합니다."

여포는 대수롭지 않게 웃어넘겼다.

"무장이 말을 사들이는 것이야 만일의 경우를 대비하는 일인데 그리 눈에 불을 켜고 법석을 떨 필요까지 없지 않은가. 나도 좋은 말을 모으고 싶어 얼마 전 송헌(宋憲)에게 사람을 붙여 산동으로 보냈네. 그 일행들이 지금쯤 돌아올 때가 됐을 텐데…."

그 일이 있은 후 사흘이 지났다. 산동 지방으로 군마를 구하러 파견된 송헌과 관리들이 마치 여우에게 홀린 듯이 멍한 모습으로 성안으로 들어오는 길이다.

"군마는 좀 모았는가? 대여섯 필 정도 끌고 와봐라."

그 말에 관리들은 여포가 화낼 걸 두려워하면서 머리를 긁적이더니 죄송하다며 대답했다.

"명마 300필을 끌고 그저께 밤 소패 경계까지 왔는데, 한 무리의 강도 떼가 나타나 그중 200필 이상의 말을 훔쳐 달아났습니다. 저희가 어제오늘 필사적으로 뒤를 쫓았지만, 산적도 말 떼도 전혀 행방이 묘연하여 할 수 없이 남은 말만 끌고 일단 돌아왔습니다."

"뭣이라? 강도 떼에게 명마 200필을 빼앗겼다는 말이냐!"

여포 이마에는 시퍼런 핏대가 섰다.

2

"이 식충이 같은 놈! 네놈들은 평소에 무슨 염치로 녹을 먹는

단 말이냐!"

여포는 거친 목소리로 송헌과 관리들에게 책임을 물었다.

"중요한 군마를 그리 많이 강도 떼한테 빼앗기고도 염치없이 돌아오는 관리가 어딨느냐! 강도를 보면 즉시 붙잡는 게 네놈들의 직분이 아니더냐!"

"화를 내시는 것도 지당하십니다만…."

송헌이 화가 난 사자 왕 앞에 무릎을 꿇고 변명했다.

"아무래도 그 강도가 단순한 산적은 아닌 듯했습니다. 다들 힘이 센 남자들인데다가 복면을 하였는데, 그중에서도 유난히 키가 큰 두목은 우리를 마치 아이처럼 집어던지는 바람에 가까이 갈 수조차 없었습니다. 게다가 그 행동은 무서우리만큼 빠르고 규율이 잡혀 있어 우리 말을 빼앗아 올라타자마자 그 두목의 호령 하나에 말 떼를 채찍질하여 바람처럼 도망가버렸습니다…. 너무나 깨끗하게 해치우는 솜씨에 이상하다는 생각이 들어 몰래 알아봤더니 저희가 당해낼 도리가 없었던 게 당연했습니다. 그 복면강도들은 다름 아닌 유현덕의 아우 장비라는 사람과 그 부하들이었습니다."

"뭐야. 장비였다고…?"

이제는 여포의 분노가 소패로 향했다. 아직 조금은 의심스러운 마음이 들어 재확인했다.

"확실한가? 틀림없는 사실인가?"

"거짓이 아닙니다."

"음…."

여포는 이를 깨물더니 자리를 박차고 일어나 외쳤다.

"참을 수 없다!"

그 즉시 성안에 있는 대장들을 불렀다. 모두 한자리에 모이자 여포는 선 채로 지시했다.

"유비에게 선전 포고한다! 즉시 소패로 쳐들어가라."

명을 내리자마자 여포도 갑옷과 투구를 제대로 갖춰 입고 적토마에 올라타더니 군사를 친히 이끌어 소패 현성으로 달려갔다.

놀란 건 현덕이다.

"무엇 때문에?"

이유를 파악할 수가 없었다. 허나 사태가 급히 돌아가는 판국이다. 막아야 했다. 헐레벌떡 유비도 군사를 이끌고 성 밖으로 나갔다. 그러고 나서 큰 소리로 물었다.

"여 장군, 여 장군. 대체 무슨 일입니까? 이유도 없이 군사를 끌고 오시다니 이상하잖습니까?"

"닥쳐라, 유비!"

여포가 모습을 드러냈다.

"이 배은망덕한 놈 같으니라고! 전에 이 여포가 진영 문 앞에 세워둔 극을 맞춰 위험한 상황에서 네 목숨을 구해줬다. 헌데 내 군마 200필을 장비에게 훔치라고 시켜 은혜를 원수로 갚다니 이게 무슨 일이냐. 군자도 아니구나! 넌 강도를 의형제로 두고 재물을 모을 생각이더냐."

굉장한 모욕이다. 현덕은 부지불식간에 안색이 변했지만, 영문을 몰라 어이없는 표정으로 입을 앙다물었다. 그러자 장비가 뒤에서 극을 들고 나와 유비 앞에 서서 쏘아붙였다.

"이 쩨쩨한 놈! 200필 군마가 뭐 그리 대단하다고 쳐들어왔느냐? 그 말을 훔친 건 이 장비가 맞지만, 나더러 강도라니 더 듣고 있을 수가 없구나. 내가 강도라면 네놈은 분적(糞賊)이다!"

"뭣이라, 분적?"

여포도 적잖이 당황했다. 세상에는 갖가지 도적이 있지만, 아직 '분적'이라는 말은 한 번도 들어본 적이 없었다. 장비가 하는 말은 더 어처구니가 없었다.

"그렇잖느냐! 네놈은 원래 기댈 곳도 없이 이 서주에 의지하는 떠돌이에 지나지 않았다. 우리 유비 형님 덕분에 어느 틈에 서주성에 자리 잡고 태수 행세를 할 수 있었다. 뿐만 아니라 국세도 모조리 횡령하여 딸 혼인 준비를 하는 데 쓰면서, 백성의 고혈을 짜내 천하가 어지러운 이때 친족이 하나같이 능력도 없이 똥만 싸지르지 않느냐! 그러니 너 같은 놈은 국적이라는 말도 아깝다. 네놈은 분적이다. 똑똑히 알아들었느냐, 여포!"

3

장비의 욕지거리가 막 끝나려고 할 때였다. 여포가 바람처럼 구레나룻과 수염을 곤두세우더니 방천화극을 높이 휘두르며 길길이 화를 내며 덤벼들었다.

"이 천한 놈!"

장비가 걸터탄 말이 뒷발로 곧추서더니 상대방이 들고 있는 극을 향해 돌진했다.

"이얏!"

야유를 받은 여포는 더더욱 성이 나서 펄펄 뛰었다.

"네 이놈!"

다시 극을 고쳐 잡고 똑바로 말 머리를 향했다.

"자, 덤벼라!"

장비도 장팔사모를 거머쥐고 횃불 같은 눈으로 여포를 향해 덤볐다. 이 모습은 천하의 장관이라고 해도 좋을 것이다. 참으로 놓치기 아까운 장면이다. 장비도 여포도 당대에 누구에게도 뒤지지 않을 용맹한 장군 그 자체였다!

똑같이 강철처럼 센 팔뚝을 가졌다 해도 그 성격은 달랐다. 장비는 여포라는 사나이가 밑바닥까지 싫었다. 여포를 보면 아무것도 아닌 일이라도 불끈불끈 투지가 꿈틀거렸다. 마찬가지로 여포 역시 장비 얼굴을 볼 때마다 구역질이 날 듯 불쾌했다. 이토록 서로 미워하는 두 호걸이 지금 전장에서 대전하게 되었으니 그 전투의 격렬함이란⋯.

극을 주고받으며 200여 합이 지나자, 흐르는 땀이 말 등에서 뚝뚝 떨어지고 양쪽이 내지르는 고함은 구름에 메아리칠 뿐이다. 그래도 승패는 갈리지 않았으며 말굽에 파인 주변의 흙이 사방으로 튀고 어느새 해도 뉘엿뉘엿 저물어갔다.

"장비, 장비! 왜 돌아오지 않느냐. 왜 형님 명령에 따르지 않는 게야."

뒤에서 관우 목소리가 들려왔다. 어렴풋이 정신을 차리고 장비가 앞뒤를 둘러보니 이미 땅거미가 지기 시작한 전장에 남아 있는 건 자신뿐이다. 풀 안개가 적병의 그림자를 저 멀리 퇴로에서 감싸며 하얗게 들판을 흘렀다.

"오, 관우 형님."

장비는 대답하면서도 여전히 여포와 합을 겨루었지만, 멀리 아군 진지에서는 퇴각을 알리는 종이 뎅뎅 울려 퍼졌다.

"어서 와라! 그런 적은 내버려두고 후퇴하란 말이다."

관우는 장비를 도우려고 저 멀리 적의 한쪽 모퉁이에서 싸우고 있었다. 장비도 약간 당황했다.

"여포, 내일 또 오너라!"

장비는 외치며 아군 진지로 달려가기 시작했다. 무슨 말인지 여포가 욕을 퍼붓는 소리가 뒤에서 들려왔지만 이미 양쪽 모습은 어렴풋이 땅거미가 되었다.

관우는 장비의 모습을 보자마자 달려와서 속삭였다.

"큰형님이 화가 단단히 나셨네."

현성으로 후퇴하자 유비는 즉시 장비를 불러 꾸짖었다.

"또 네가 화를 일으켰구나. 대체 훔친 말은 어디에다 숨겨뒀느냐?"

"성 밖 앞에 있는 절에 있습니다."

"도리에 어긋나는 방법으로 얻은 말을 내 마구간에 둘 수는 없는 법. 관우, 그 말을 전부 여포에게 보내게."

관우는 그날 밤, 말 200여 필을 끌어내 모조리 여포 진영으로 보냈다. 그러자 여포는 마음이 풀렸는지 군사를 퇴각하려는데 진궁이 옆에서 이리 간언을 하는 것이다.

"지금 현덕을 죽이지 않는다면 나중에 반드시 화근이 될 것입니다. 서주의 인망은 나날이 장군을 떠나 유비에게로 쏠리는 상황입니다."

그 말을 듣자 여포는 현덕의 도덕과 선행이 오히려 두렵기도 하고 밉기도 했다.

"그렇다. 인정은 내 약점이다."

그 즉시 숨 돌릴 틈도 주지 않고 이튿날까지 공격을 해대는 통에 세력이 약한 현성은 금세 위험에 빠졌다.

"어찌하면 좋겠나?"

현덕이 좌우를 둘러보며 묻자 손건이 의견을 제시했다.

"이렇게 된 이상 어쩔 수 없습니다. 일단 성을 버리고 허도로 달려가 중앙에 있는 조조를 의지하며 때를 봐서 오늘의 원수를 갚아야 하지 않겠습니까?"

현덕은 그날 밤 삼경 무렵, 심복과 얼마 안 되는 군사만 겨우 이끌고 성의 뒷문으로 빠져나가 달빛이 하얗게 비치는 길을 걸어 줄걸음을 놓았다.

호궁 부인

1

장비와 관우 두 사람은 후군으로 2000여 기를 현성 밖에 모았다.

"이 땅을 떠나는 기념이다."

그러고는 여포 군을 무찔러 부장 위속(魏續)과 송헌 등에게 심한 타격을 주었다.

"이것으로 얼마간은 분이 좀 풀렸다."

이러한 연후에 미리 도망친 유현덕의 뒤를 쫓아갔다.

때는 건안(建安) 원년 겨울이다. 나라도 없고 양식도 없이 야윈 말과 영락한 가문의 사람들을 부하로 이끌고 유현덕은 이윽고 도읍 허창에 다다랐다.

그래도 조조는 유비에게 결코 무정하게 대하지 않았다.

"현덕은 내 아우니라."

조조는 귀한 손님에 대한 예를 갖추어 현덕을 맞이하고 이야기를 할 때는 윗자리를 양보하며 위로했다. 주연도 베풀어 장비와 관우를 위로했다. 현덕은 은혜에 감사하며 날이 저물 무렵 승상부를 떠나 역관에 머물렀다. 그러자 그 뒷모습을 배웅하면서 조조의 심복 순욱이 의미심장하게 혼잣말을 흘렸다.

"현덕은 과연 소문으로 듣던 인물입니다."

"음….."

고개를 끄덕이기만 하는 조조가 잠자코 있자 순욱은 조조의 귀에 얼굴을 갖다 대며 은근히 살의를 부추겼다.

"현덕이야말로 장래에 두려워할 인물이 될 영웅입니다. 지금 제거하지 않으면 결국은 주군께도 불길한 방해물이 될 것입니다."

조조는 무언가에 놀란 듯이 눈을 치켜떴다. 그 눈동자는 붉은빛을 발하는 듯이 보였다.

그때 곽가(郭嘉)가 다가오기에 조조는 궁금해서 그의 의견을 물었다.

"터무니없는 말입니다."

곽가는 바로 고개를 가로저었다.

"유비라는 이름이 아직 알려지지 않았다면 모를까, 지금은 이미 의기와 인애(仁愛)를 지닌 인물로 유현덕의 이름은 상당히 드높습니다. 만약 주군께서 유현덕을 죽인다면 천하의 현재(賢才)들은 주군에 대한 존경심을 잃고 주군께서 주장해온 대의도 인정(仁政)도 거짓으로밖에 들리지 않을 것입니다. 현덕 한 사람을 두려워해 장래의 우환을 제거하려고 사방의 신망을 잃는 일은 하책이니 전 절대 찬성할 수 없습니다."

"좋은 의견이오."

조조의 두뇌는 맑고 밝았다. 조조의 피는 쉽게 끓어올랐으며 때로는 또다시 흐려지기도 했지만, 남의 가르침을 잘 받아들이는 성격이다.

"동감이오. 오히려 어려움에 빠진 유비에게 은혜를 베풀어야 할 때요."

조조는 조정으로 입궐한 날, 현덕을 위해 예주(豫州, 하남성) 목(牧)으로 부임시키도록 주청하고 즉시 임명을 유비에게 알렸다. 그뿐만이 아니다. 현덕이 임지로 떠날 때는 군사 3000명과 양식 1만 섬을 주어 그 행렬을 성대히 배웅했다.

"그대의 앞날을 축하하는 내 작은 선물이오."

현덕이 거듭되는 호의에 깊은 감사를 드리며 헤어지려고 하자, 조조가 속삭였다.

"때가 오면 그대 원수를 함께 갚으러 갑시다."

조조도 언젠가 때가 되면 죄를 벌하겠다고 속으로 다짐하였는데, 그 존재가 바로 여포라는 괴웅(怪雄)이다.

"…"

현덕은 고분고분히 무슨 말을 해도 미소를 지으며 고개를 주억거리면서 임지로 떠났다. 그런데 여포를 정벌하겠다는 조조의 계획이 실현되기도 전에 뜻밖의 방면에서 허도가 위기에 처했다는 소식이 전해졌다. 허도는 지금 천자의 부(府)며, 조조는 조정과 백성 위에 군림하는 재상의 중진이다.

"이 화원을 노리는 도적이 누구냐!"

조조는 분연히 칼을 세우고 일어서서 시시각각으로 날아드는 세작의 보고를 냉엄하게 들었다.

2

허도로 천도하기 전에 장안에 위세를 떨치던 동 상국의 일문 중에 장제(張濟)라는 패망의 장수가 있었다. 그 장제가 얼마 전부터 동족(董族) 잔당을 이리저리 그러모았다.

왕성복고(王城復古)

타도조벌(打倒曹閥)

이런 기치를 내세우며 허도를 치려고 계획한 군대는 그 장제의 조카 장수(張繡)라는 인물을 중심으로 왕성하게 활동하였다. 장수는 여러 주의 패잔병을 긁어모아 점점 세력을 키워나갔고, 모사 가후를 참모로 두어 형주 태수 유표와 군사 동맹을 맺어 완성(宛城)을 근거지로 삼았다.

"내버려둘 수 없다."

조조는 직접 토벌하기로 결정하였다. 이때 조조가 걱정하는 건 서주의 여포였다.

"만약 내가 장수를 공격하여 전쟁이 길어진다면 여포가 그 틈을 노려 현덕을 습격할 것이다. 현덕을 멸하고 그 기세를 몰아, 내가 없는 사이에 허도를 친다면 참을 수 없는 일."

그런 걱정으로 조조가 계속 출진을 망설이자 순욱이 아주 간단하게 선을 그어주었다.

"그 일이라면 아무 염려 마십시오."

"그런가. 다른 사람은 두렵지 않지만, 여포만은 눈을 뗄 수 없이 의심스러워서 그렇다."

"그러니까 오히려 만만한 상대가 될 수 있습니다."

"이익을 주자는 말이냐?"

"그렇습니다. 욕망에는 눈이 어두운 자니까 지금 당장 여포의 관직을 올려주고 은상을 내려 현덕과 화친을 맺으라고 말씀해보십시오."

"옳거니!"

조조는 즉시 봉거도위(奉車都尉) 왕칙(王則)을 정식 사자로 봉한 뒤 서주로 보내 그 뜻을 전하자 여포는 생각지도 않은 은상을 내린다는 소식에 감격하여 두말없이 조조 뜻에 따랐다.

"이제 뒷걱정은 덜었다."

조조는 대군을 이끌고 하후돈을 선봉으로 삼아 완성으로 출진했다. 육수(淯水, 하남성 남양 부근) 근처 일대에 15만 대군이 안개같이 진을 펼쳤다. 때는 이미 봄이 한창인 건안 2년 5월이라 연못가에 심어놓은 버드나무 잎은 하늘하늘 드리워져 있고 천천히 흐르는 육수 위에는 복숭아 꽃잎이 가득히 떠 있어 장관을 이루었다.

장수는 소문으로만 듣던 조조가 직접 대군을 이끌고 왔다는 말에 안색이 변해 참모 가후에게 물었다.

"어찌 되겠소? 승산이 있겠소?"

"안 됩니다. 조조가 전력을 다해 공세를 펼친다면…."

"그렇다면?"

"항복할 수밖에 없습니다."

과연 가후는 선견지명이 있었다. 장수에게 한 번도 싸우지 말고 항복하라 말한 뒤, 사자 자격으로 직접 조조의 진을 향했다. 항복하러 온 사자였지만 가후의 태도는 위엄이 서려 있었다. 그뿐만 아니라 시원시원한 언변으로 장수를 위해 유리한 담판이 되도록 노력하는 모습에 조조는 적잖이 빠져들었다.

"어떤가. 장수 곁을 떠나 날 받들 생각은 없는가?"

"분에 넘치는 명예입니다만, 장수 역시 제 의견을 잘 들어주니 버릴 순 없습니다."

"예전엔 누구를 섬겼는가?"

"이각을 따르던 몸이었습니다. 그 일은 제 평생의 잘못입니다. 그로 인해 오명을 쓰고 천하에 미움받는 사람이 되었으므로 더더욱 자중하는 편입니다."

완성 안팎으로 전쟁을 피해 평화를 위한 외교 담판이 한창이다.

완성으로 입성해 성안 한쪽에서 기거하던 조조가 어느 날 밤, 장수 등과 함께 주연을 벌인 후 침전으로 돌아오는 길이었다. 문득 좌우를 돌아보며 귀를 기울였다.

"음…. 이 성안에 기녀가 있는가? 호궁(胡弓) 소리가 들리는구나."

3

조조를 호위하는 일은 원정인 진중이라서 조카 조안민(曹安民)이 맡았다.

"안민, 너도 들리는가? 저 호궁 소리가."

"어젯밤에도 밤새도록 구슬프게 켜는 것 같았습니다."

"누구냐? 대체 저 호궁을 켜는 사람이."

"기녀는 아닙니다."

"아느냐?"

"몰래 담 너머로 보았습니다."

"무엇하구나."

조조는 장난을 치면서 쓴웃음을 짓고 물었다.

"미인이냐, 추녀냐?"

"절세가인입니다."

안민은 진지했다.

"그런가…. 가인이…."

조조는 술 냄새를 확 뿜으며 봄날의 밤다운 한숨을 내쉬었다.

"데리고 오너라."

"예? 누구를 말입니까?"

"당연한 걸 묻느냐? 저 호궁을 연주하는 여인 말이다."

"공교롭게도 미망인인 듯합니다. 장수의 숙부인 장제가 죽자 이 성으로 불러 장수가 돌본다는 말을 들었습니다."

"미망인이라도 상관없다. 넌 말을 걸어본 적이 있을 테지? 이리로 불러오너라."

"성안 깊숙이 있는 분에게 어찌 제가 가까이 갈 수 있겠습니까? 이야기를 나눈 적도 없습니다."

"그러면…."

조조는 더욱 열을 올리며 명령했다.

"무장한 군사 50명을 데리고 가서 조조의 명이라 한 뒤, 중문을 넘어 장제의 미망인에게 조사할 일이 있다며 즉시 데리고 오너라."

"예!"

조안민은 숙부의 눈빛에 싫다는 말도 꺼내지 못한 채, 허둥대며 나가더니 얼마 지나지 않아 병사들에게 둘러싸인 가인을 진짜로 대령하였다. 장막 밖에 켜둔 등불이 어렴풋이 전각 복도에서 흔들거렸다. 조조는 허리에 찬 칼을 세우고 칼자루 끝 위에 양손을 겹쳐 올린 채로 가만히 서 있었다.

"불러왔습니다."

"수고했다. 물러가도 좋다."

조안민과 병사들의 발소리가 막사 쪽으로 사라져갔다. 그 뒤에는 고운 여인의 그림자만이 초연하게 남았다.

"부인, 좀 가까이 오시오. 내가 조조요."

"…."

그 여인은 힐끗 올려다볼 뿐이다. 왠지 차갑고 요염한 모습이다. 난초 꽃을 닮은 눈꺼풀 위로 긴 속눈썹이 파르르 떨면서 조조의 마음을 의심하는 듯 보였다.

"두려워할 것 없소. 좀 묻고 싶은 게 있어 불렀소."

조조는 넋을 잃은 채 바라보면서 말했다.

경국지색(傾國之色)이란 이런 모습을 두고 하는 말이 아닐까. 부인은 고개를 숙인 채 발걸음을 사뿐사뿐 옮겼다.

"이름이 무엇이오? 아니 성은?"

거듭 묻는 말에 그 여인은 비로소 희미한 목소리로 답했다.

"돌아가신 장제의 처로 추(鄒) 씨라고 합니다."

"나를 아오?"

"승상의 존함은 일찍이 들었습니다만, 직접 뵙는 건….."

"호궁을 켜는 것 같던데….. 호궁을 좋아하오?"

"아닙니다. 그다지….."

"그럼 왜?"

"너무 쓸쓸해서요….."

"쓸쓸한가….. 오오, 비원의 고독한 새가 쓸쓸함에 우는구나. 부인, 내 원정군이 이 성을 불태우지 않고 장수의 항복을 받아들인 이유가 어떤 마음에서인지 아시오?"

"….."

조조는 다섯 걸음쯤 걸어가서는 갑자기 부인 어깨에 손을 얹었다.

"알고 있소…? 부인."

부인은 어깨를 움츠리고 스러운지 얼굴을 붉혔다. 조조는 그 뜨거운 귀에 입술을 가까이 가져갔다.

"당신에게 은혜를 팔 뜻은 없지만, 내 마음먹기에 따라 장수 일족을 멸할 수도 살릴 수도 있다는 건 잘 알 터. 그렇다면 내가 왜 그런 관대한 조치를 취했는지도….. 부인."

벌어진 단단한 가슴팍 안으로 풀썩 안겨 인형처럼 가는 목덜미를 들어 조조의 불같은 눈동자를 바라본 부인은 흡사 마법에 걸린 듯이 빨려 들어갔다.

"내 정열을 그대는 어찌 생각하는가….. 음란하다 여기는가?"

"아, 아닙니다."

"기쁘다고 생각하나?"

조조가 다그치며 묻자 추 씨 부인은 몸을 바들바들 떨었다.

촛농 같은 눈물이 그저 뺨 위를 하얗게 방울방울 흘러내렸다. 조조는 입술을 꽉 깨물고 불타는 눈동자로 추 씨의 얼굴을 굳은 표정으로 지긋이 바라보며 재촉했다.

"확실히 말을 하시오, 어서!"

난공성을 공격할 때도 성격이 급한 조조는 연애를 할 때도 타고난 급한 성질을 드러내며 무사답게 다그쳤다. 조금 귀찮아진 것이다.

"아아, 대답을 하시오, 대답을."

흔들거리는 꽃은 이슬을 떨어뜨리며 고개를 떨구었다. 그러고 나서 입속으로 무슨 말인가 희미하게 중얼거렸다. 싫다는 말도 좋다는 말도 조조 귀에는 들리지 않았다. 조조는 사실 추 씨의 대답 따위에는 신경도 쓰지 않았다.

"왜 우는 거요! 눈물을 닦으시오."

조조는 방 안을 성큼성큼 활보했다.

육수(淯水)는 붉다

1

오늘 아침 가후에게 몰래 한 부하가 찾아오더니 고자질을 했다.

"군사(軍師), 들으셨습니까?"

"조조 말인가?"

"그렇습니다."

"갑자기 전각에서 나와 성 밖 영채로 옮겼다던데…."

"그 일이 아닙니다."

"그럼?"

"말씀드리기가 좀 외람되지만…."

그 부하는 목소리를 한껏 낮춰 추 씨와 조조의 관계를 낱낱이 보고했다. 그 말을 듣자마자 가후는 주군 장수가 있는 곳으로 한달음에 달려갔다. 장수도 언짢은 표정으로 침울하였는데 가후의 얼굴을 보자마자 갑자기 울분을 터뜨렸다.

"무엄하게도! 얼마나 방자한지 모르지만 날 모욕하는 것도 정도가 있소. 이제 조조 따위에게 굴복하지 않겠소!"

"지당하십니다."

가후는 장수가 화를 내는 일은 피하면서 슬쩍 답했다.

"이런 일은 입 밖에 내놓지 않는 편이 좋을 것입니다. 남녀 사이의 일은 논할 가치가 없으니까요."

"참, 추 씨도…."

"그냥 안심하십시오. 대신 조조에겐 받을 걸 받는다면 좋을 것입니다."

모사 가후는 무슨 일인지 가까이 있는 신하를 물리더니 속닥였다.

이튿날이 밝아왔다. 성 밖에 머무는 조조의 중군으로 장수가 아무 일도 아닌 듯 찾아가서 불만을 토로했다.

"이거 아주 곤란해졌습니다. 절 패기도 없는 성주로 여겼는지 성안 질서가 요즘 들어 문란해진데다 부하 병사들도 함부로 행동하고 다른 나라로 도망치는 일도 늘어나서 큰일입니다."

조조는 지혜가 없는 장수를 불쌍히 여기기라도 하듯 호탕하게 웃었다.

"그런 걸 단속하는 일이라면 어렵지 않소. 성 밖 사문에 감시대를 배치하고 성 안팎으로 항상 독군(督軍)을 돌게 하여 도망치는 병사는 그 자리에서 목을 벤다면 당장 사라질 것이오."

"음, 항복한 몸으로 제 병사라고는 하지만 귀군(貴軍) 쪽으로 배치를 옮긴다는 게, 아무래도 그 점이 마음에 좀 걸립니다."

"쓸데없는 소리. 자네 쪽 일은 자네 손으로 직접 엄하게 군율을 다스리지 않으면 우리도 곤란하오."

장수는 속으로 예상대로라며 기뻐했지만, 아무렇지도 않은 얼굴로 성안으로 돌아와 즉시 가후에게 귓속말로 그 말을 전했다.

가후는 고개를 주억거렸다.

"호거아(胡車兒)를 불러주십시오. 제가 분부하겠습니다."

성안에서 으뜸가는 용맹한 장수라 불리는 호거아가 불려왔다. 머리카락은 붉고 독수리 같은 남자다. 힘은 능히 500근을 질 수 있으며 하루에 700리를 달린다는 기이한 사람이다.

"호거아, 자넨 조조를 호위하는 전위와 싸워 이길 자신이 있는가?"

가후가 묻자 호거아는 당황한 표정으로 고개를 가로저었다.

"이 세상 어느 누구도 두려운 놈은 없지만, 그놈만은 이기지 못할 것 같습니다."

"무슨 일이 있어도 전위를 없애지 않으면 조조를 쓰러뜨릴 수가 없다…."

"방법이 있긴 있습니다. 전위가 술을 좋아하니 구실을 만들어 술을 진탕 먹인 후에, 전위를 돌보는 척하면서 제가 조조의 중군으로 같이 숨어 들어가겠습니다."

"나도 그 생각을 했다! 전위를 술에 곯아떨어지게 하고 나서 그 극만 빼앗아버린다면 자네도 전위를 때려 죽일 수 있으리라."

"그렇다면 문제없습니다."

호거아는 커다란 덧니를 드러내며 씩 웃었다.

2

부처의 불상과 사자상같이 충실한 호위 무사 전위는 언제나 조조가 기거하는 방 밖에 서서 눈을 번뜩이며 주군을 지켰다.

"아아, 졸린다."

한가한 때라서 하품을 해대며 사령부인 중군 밖에서 날아다니는 하얀 나비를 바라보는 게 낙이다.

"벌써 여름이 가까워졌구나."

무료함에 싫증이 난 얼굴로 전위는 같은 자리를 열 걸음 걸어가다가 또다시 열 걸음 되돌아오길 반복하며, 이번 원정에서 아직 한 번도 피에 물들지 않은 극을 애처로이 바라보았다.

일찍이 조조가 연주에서 군사를 일으켜 사방에서 용사를 모집했을 때, 격문을 보고 와서 신하가 된 전위는 그때 치른 채용 시험에서 괴력을 보여주어 조조에게 이런 말을 들었다.

"그대는 은나라 주왕을 따르던 악래(惡來)에도 뒤지지 않을 사람이다."

그 후로 '전위'로 불리기도 하고 '악래'로 불리기도 했다. 그렇다 하더라도 그 악래 전위도 사자상처럼 극을 들고 오랫동안 서 있으니 참으로 나른한 모양이다.

"이놈, 어디로 가는 게냐!"

병사 하나가 불쑥 전각 복도를 엿보며 가까이 다가오니 무료함을 달래려는 듯 전위가 바로 고함쳤다. 병사는 무릎을 꿇더니 전위에게 절하며 편지를 내놓았다.

"당신이 전위 장군이십니까?"

"무슨 일이냐? 나한테 용무가 있느냐?"

"예, 장수의 명을 받고 온 사자입니다."

"그런가. 내게 보낸 서신인데, 무슨 일이지?"

편지를 펴보니 오랫동안 진중에서 지내면서 무료할 터이니 노고를 위로하기 위해 변변치 않지만 술자리를 마련했으니 내일 저녁 성안으로 와달라는 초대장이다.

"음…. 그동안 맛있는 술도 못 마셨군그래."

전위는 속으로 중얼거렸다. 이튿날은 낮 동안 비번이기도 해서 가려고 마음먹었다.

"잘 부탁한다고 전하게."

전위는 그리 약속하고 병사를 돌려보냈다.

다음 날, 아직 날이 저물기도 전에 나가서 이경 무렵까지 전위는 성안에서 술을 진탕 들이켰다. 그러고는 갈지자를 그릴 정도로 만취하여 성 밖을 돌아갔다.

"주군의 명령이시니 제가 중군까지 모셔다 드리겠습니다. 제 어깨를 잡으십시오."

병사 하나가 부축하면서 친절하게 도와주었다. 얼굴을 들여다보니 어제 편지를 가져왔던 병사다.

"오오, 자네군."

"기분이 무척 좋아 보이십니다."

"보다시피 술을 한 말은 마셨으니까. 어떤가, 이 배가. 아하하. 뱃속이 온통 술이로구나."

"더 마실 수 있으십니까?"

"더는 못 마신다. 아니…, 내가 꽤 몸집이 큰 편인데 자네도 상당하군. 키가 거의 비슷한데?"

"위험하십니다. 제 목을 감으시면 저도 걸을 수가 없습니다."

"자네 얼굴이 굉장하군. 구레나룻도 머리카락도 붉은색이 아닌가?"

"얼굴을 만지시면 곤란합니다."

"뭐냐? 귀신같은 얼굴을 하고서."

"바로 저기가 전각입니다."

"뭐, 벌써 중군인가?"

과연 조조가 기거하는 방 가까이에 오자 전위는 정신을 바짝 차렸지만, 아직 교대 시각까지 시간이 있으니 자기 방으로 들어가자마자 인사불성이 되어 곯아떨어졌다.

"감기에 걸리시면 안 됩니다. 이만 물러가겠습니다."

전위를 데려온 병사는 전위의 몸을 이리저리 흔들었지만, 코고는 소리는 커져만 갈 뿐이다.

"안녕히 계십시오."

붉은 수염의 병졸은 뒷걸음질을 치며 살금살금 나갔다. 아뿔싸! 병졸의 손에는 어느 틈엔가 전위가 즐겨 쓰는 극이 쥐어져 있는 게 아닌가.

3

조조는 오늘 밤도 추 씨와 함께 즐거이 술을 마셨다.

"뭐냐? 저 말발굽 소리는?"

문득 술잔을 놓고 수상한 듯 즉시 신하에게 알아보게 했다.

돌아온 신하가 고했다.

"장수의 군대가 도망병을 막기 위해 시찰하는 것입니다."

"아아, 그런가."

조조는 의심하지 않았다. 또다시 이경 무렵 불쑥 중군 밖에서 함성이 들려왔다.

"보고 오너라! 무슨 일이냐?"

신하가 다시 달려나갔다.

"아무 일도 아닙니다. 병사의 실수로 그만 말먹이를 실은 마차에 불이 붙어 다들 끄느라 소란스럽습니다."

"실수로 불이 났단 말이냐. 무슨 일인가?"

그러고 나서 얼마 후, 창틈으로 확 하고 붉은 불빛이 비쳤다. 초저녁부터 태연하게 있던 조조도 깜짝 놀라 창을 열어보니 진중이 온통 검은 연기로 차 있는 게 아닌가. 게다가 예사롭지 않은 함성과 사람들의 그림자가 움직이는 모습에 조조는 외쳤다.

"전위! 전위!"

여느 때와 달리 전위도 오지 않았다.

"그러고 보니….'

조조는 허둥지둥 갑옷과 투구를 걸쳤다.

한편 전위는 초저녁부터 큰 소리로 코를 골며 잤는데 코를 찌르는 연기 냄새에 벌떡 일어났다. 이미 때는 늦어 진영 안 사방에서 불길이 치솟는 길이었다. 살벌한 고함과 찢어지는 북소리…. 장수가 배반했다는 걸 바로 알아챌 수 있었다.

"큰일 났다! 극이 없다!"

그토록 대단한 전위도 어쩔 줄을 몰랐다. 뿐만 아니라 더운 날씨 탓에 반 벌거숭이 차림으로 자느라 갑옷을 걸칠 틈도 없었다. 전위는 그대로 밖으로 뛰쳐나갔다.

"전위다! 악래다!"

적의 병졸들이 겁에 질려 도망쳤다. 그중 한 병졸이 허리에 찬 칼을 빼앗은 전위는 마구 휘두르며 적을 베었다. 진영 문 하나는 그 혼자 힘으로 탈환했다. 또다시 금세 긴 창을 든 기병 한 무리가 보병을 대신해서 돌진해왔다.

전위는 기병과 보병 등 20여 명에 달하는 적을 자력으로 베었다. 칼이 부러지자 창을 빼앗았고 창이 닳으면 그것도 버리고 적병을 들어 풍차처럼 휘두르며 격렬하게 싸웠다. 상황이 이쯤 되니 적들도 감히 함부로 다가가지 못했다. 이번에는 멀리서 전위를 에워싸며 활을 쏘아댔다. 반 벌거숭이의 전위에게 화살이 가차 없이 쏟아졌다.

그래도 전위는 진영 문을 사수하며 금강역사(金剛力士)처럼 버티고 서 있었다. 너무 움직임이 없다 싶어서 멈칫멈칫 다가가 보니 온몸에 화살을 맞아 마치 고슴도치처럼 변한 전위가 하늘을 노려보고 선 채로 어느새 죽어 있는 게 아닌가.

그동안 조조는 말에 뛰어 올라타고 쏜살같이 도망쳤다.

"허무하게 이런 곳에서 죽을 수는 없도다."

얼마나 기민하게 도망쳤는지 적도 아군도 몰랐다. 단지 조카 조안민만이 맨발로 뒤를 따랐다. 허나 조조가 도망쳤다는 소식이 사방팔방으로 알려지자 적의 기마 부대가 조조 뒤를 쫓았다. 쫓으면서도 획, 획 하고 소나기가 쏟아지듯이 화살을 쏘아댔다.

조조가 탄 말이 화살을 3발이나 맞았다. 조조의 왼쪽 팔꿈치에도 화살 하나가 관통했다. 걸어서 도망치던 안민은 더는 나아가지 못하고 여러 적에게 붙잡혀 처참하게 죽임을 당했다. 조조는 부상당한 말을 있는 힘껏 채찍질하면서 육수 강물 속으로 다급하게 뛰어들었다. 아뿔싸! 저편 기슭에 오르려는 순간 또 다른 화살촉 하나가 어둠을 뚫고 날아와 말의 눈을 정확히 맞혀버렸다. 그 순간 말은 쿵 하고 땅을 울리며 고꾸라졌다.

4

육수 물결은 그야말로 어두웠다. 만약 낮이었다면 붉게 타올랐을 것이다. 조조의 온몸은 피로 물들었고 말도 피투성이였다. 하물며 말은 이제 다시 일어설 수도 없었다. 도망치던 아군 병사 대부분이 이 강까지 와서 당한 모양이다. 조조는 간신히 기슭으로 기어올랐다. 그러자 어둠 속에서 조앙(曹昻)의 목소리가 들려왔다.

"아버님 아니십니까?"

조앙은 조조 큰아들이다. 한 무리의 무사들과 함께 조앙도 구사일생으로 도망쳤다.

"여기에 오르십시오."

조앙은 말안장에서 내려 자기 말을 아버지에게 권했다.

"때마침 잘 만났다."

조조는 기뻐하며 바로 말에 뛰어올랐지만, 100보도 달리지 못한 사이에 조앙은 적들이 퍼붓는 화살에 맞아 전사하고 말았다. 조앙은 쓰러지면서 외쳤다.

"전 상관치 마시고 도망치십시오, 아버님! 아버님 살아 계시면 언제든 아군의 패배를 설욕할 수 있습니다. 그러니 제 생각은 마시고 도망치십시오."

조조는 주먹으로 자기 머리를 후려치며 후회했다.

"이런 아들을 가졌으면서 내가 무슨 자식을 아끼는 아비란 말인가! 원정 중이면서 할 일을 게을리하고 가시밭에 핀 열매도 없는 꽃 따위에게 마음을 빼앗기다니… 생각할수록 부끄럽구나. 게다가 그 천벌을 아비를 대신해 아들이 받다니. 아아…, 용서해라, 조앙."

조조는 자식의 시체를 말안장 옆에 꼭 안아 태운 채 밤새도록 도망쳤다. 이틀 정도 지나자 드디어 조조가 무사하다는 소식을 듣고 뿔뿔이 흩어진 여러 장수와 잔병들도 하나둘 괴어들었다. 바로 그때 청주(靑州) 군사들이 호소했다.

"우금(于禁)이 모반을 일으켜 청주의 군마를 죽였습니다."

청주는 조조가 수족처럼 믿는 부하 하후돈의 영지며 우금 역시 조조가 거느리는 장군 중 하나다.

"내가 혼란스러운 틈을 타 반란을 꾀하다니 나쁜 놈!"

조조는 격노하여 그 즉시 우금 진영으로 군사를 보냈다. 우금도 얼마 전부터 장수를 공격하는 데 일익을 담당하며 진지를 구축하였는데, 조조가 자기에게 군사를 파병했다는 소식을 듣고도 당황하지 않은 채 명령했다.

"참호를 파서 방비를 더욱 튼튼히 하라."

우금의 부하는 평상시와 다른 우금답지 않은 일이라며 간언했다.

"이는 틀림없이 청주 병사들이 승상을 중상모략한 탓입니다. 저항하면 정말로 반역 행위입니다. 사자를 보내 확실한 사정을 말씀드리는 게 어떠십니까?"

"아니다. 그럴 시간 없다."

우금은 진을 움직이지 않았다.

그 후, 장수가 부리는 군사들도 이곳으로 들이닥쳤다. 그렇지만 우금의 진만은 일사불란하게 싸워 무사히 막아내고 마침내 격퇴해버렸다. 그러고 나서 우금은 직접 조조를 찾아가, 청주 병사들이 말한 불만은 사실이 아니며 그 병사들이 혼란을 틈타 자신을 궁지에 빠뜨리려 한 것이라 명료하게 전했다.

"그렇다면 왜 내가 보낸 병사들에게 대항했는가?"

조조가 우금에게 따져 물었다.

"제 죄를 변명하는 건 제 몸 하나를 지키는 사사로운 일입니다. 일신의 안위 따위에 정신이 팔린다면 적인 장수를 대적할 준비는 어찌 되겠습니까? 동료 사이의 오해는 나중에 풀면 된다고 생각했습니다."

5

조조는 우금이 말하는 동안 가만히 그 얼굴을 똑바로 바라보다가 우금의 명쾌한 주장을 다 듣고 나자 손을 내밀고 힘주어 말했다.

"잘 알았소. 내가 그대에게 품었던 의심은 말끔히 사라졌소."

그러더니 다시 극구 칭찬했다.

"장군은 공사를 잘 구분하여 혼란에도 흔들리지 않았소. 자신을 비방하는 일이 있어도 마음에 두지 않고 아군 진영을 지켰고, 갑작스러운 적의 공격을 잘 물리쳐주었소. 그대 같은 사람이야말로 명장이오."

조조는 특별히 그 공을 높이 사서 우금을 익수정후(益壽亭侯)에 봉하고 그 자리에서 황금 그릇 1벌을 상으로 내렸다. 그뿐만 아니다. 우금을 비방하며 불만을 말했던 청주 병사들을 각각 처벌하고, 그 주장인 하후돈은 가벼운 징계에 처했다.

"하후돈, 부하들 단속에 소홀했다."

조조는 이번 원정으로 인간적인 면에서는 커다란 실패를 맛보았지만, 삼군 총대장으로 돌아와 무사의 본분으로 복귀한 후에는 상벌을 확실히 밝히고 빈틈없이 군기를 단속하는 것도 잊지 않았다. 명확하게 상벌하고 나서, 조조는 제단을 마련하여 전사자들의 넋을 위로했다.

그때 조조는 전군이 절을 올리기 전에 향과 꽃이 놓인 제단 앞으로 나가 눈물을 머금고 말했다.

"전위, 내 절을 받게."

오랫동안 묵념을 했다. 그러고는 그대로 선 채 삼군의 장병들을 향해 눈물을 흘리며 연설했다.

"이번 전쟁으로 난 큰아들 조앙과 사랑하는 조카 조안민을 잃었지만, 그 일 때문에 마음이 아프지는 않다. 오히려 평소 내게 충성을 다한 악래 전위를 죽게 한 일이 안타깝다. 전위가 이제 죽고 없다는 생각을 하면 울지 않으려고 해도 도저히 울지 않을 수가 없다.”

숙연하게 조조의 눈물을 바라보던 장병들은 일제히 감동에 휩싸였다. 만약 조조를 위해 죽을 수만 있다면 행복하겠다고 생각했다. 충절은 언제나 일상처럼 지키는 게 중요하다고도 여겼다.

어쨌든 조조는 참패했다. 하지만 조조 군의 마음을 다시 굳건하게 만들었다는 점에서는 실패를 보상하고도 남았다. 역경을 뒤엎어 오히려 그 역경을 전진을 위한 디딤돌로 삼았다. 그런 요령을 조조는 이미 터득한 터. 당연한 일이다. 과거를 뒤돌아봐도 조조 세력은 역경을 맞이할 때마다 약진에 약진을 거듭해나갔다.

군사를 퇴각시켜 조조가 허도로 돌아오니, 서주의 여포가 사자를 보내 포로를 호송해와서 바쳤다. 사자는 진규 노인의 아들 진등이고, 포로는 원술의 가신 한윤이다.

“아시겠지만, 이 한윤이라는 자는 원술의 뜻을 받들어 양가의 혼인을 위해 서주에 와 있던 사자였습니다. 여포는 얼마 전, 승상께서 보내신 은혜로운 명령을 받고 조정으로부터 평동장군(平東將軍) 인수를 받고는 너무나 감격한 나머지 원술 가문과 혼인을 맺겠다는 약속을 파기했습니다. 해서 앞으론 승상과 친선을 돈독히 하고 싶다는 방침을 세우고 그 증표로 한윤을 붙잡아 도읍으로 보낸 것입니다.”

진등은 사자로서 찬찬히 설명했다.

"양쪽에 친선 관계가 맺어지면 여포에게도 행복이오, 내게도 행복이오."

조조는 기뻐하며 즉시 형리에게 명했다. 형리는 한윤을 거리로 끌고 나가 사람들의 왕래가 잦은 허도 네거리에서 사형에 처했다.

그날 밤, 조조는 사자 진등을 사저로 초대해 성대한 주연을 베풀었다.

"먼 길 오시느라 수고했소."

진 대부

1

주연이 베풀어지는 동안 조조는 진등이라는 인물이 어떤지 관찰했고 진등은 조조의 마음을 요모조모 살펴보았다.

진등은 조조에게 속삭였다.

"여포는 원래 승냥이와 이리 같은 성질에다 무예와 용맹만큼은 그 누구에게도 뒤지지 않습니다만, 제휴를 맺기엔 좀 쉽지 않은 인물입니다. 이리 말하면 승상께선 여포의 사자로 온 제 마음이 의심스러울 수도 있겠지만, 제 아버지도 서주성 아래에 살고 있어 어쩔 수 없이 여포의 가신이 되었을 뿐 사실은 정나미가 다 떨어졌습니다."

"아니오, 동감하오."

예상대로 조조 역시 속으로는 두 가지 생각을 품었다. 진등이 먼저 입을 떼니 조조도 그제야 본심을 드러냈다.

"그대의 말처럼 여포가 믿기 어려운 인간이라는 건 나도 아오. 그 부분에 대해선 명심하고 교분을 맺은 만큼 여포가 승냥이든 이리든 또 그 무엇이든 나중에 후회할 만한 일은 만들지 않을 생각이오."

"그렇습니다. 그런 마음만 가지고 계신다면 안심입니다."

"다행히 그대와 안면을 트고 지내게 되었으니 앞으로도 날 위해 물심양면으로 애써주시면 고맙겠소. 엄친이신 진 대부의 명성은 익히 들어 잘 아오. 귀국하거든 꼭 안부를 전해주시오."

"그리하겠습니다. 훗날 승상께서 무슨 비상수단이라도 취하셔야 할 때는 반드시 서주에서 저희 부자도 함께 돕겠습니다."

"부탁하오. 오늘 밤 술자리는 뜻밖에도 의미 있는 밤이었소. 지금 나눈 말을 부디 잊지 말아주시오."

조조와 진등은 술잔을 들어 맹세의 눈빛을 교환했다. 조조는 그 후, 조정에 아뢰어 진등을 광릉 태수로 임명하고 아버지 진규에게도 노후 부양을 위해 녹 2000섬을 내렸다.

그 무렵이었을까? 회남에 있는 원술 쪽에는 사신 한윤이 허도 네거리에서 참수를 당했다는 소문이 벌써부터 와자하게 떠돌았다.

"말도 안 된다!"

원술은 여포가 한 짓에 격노했다.

"예의를 다한 내 사신을 붙잡아 조조의 형리에게 보낸 것도 모자라 약속했던 혼담을 파기하고 이 원술에게 씻을 수 없는 치욕을 주었다!"

원술은 그 자리에서 20여 만 대군을 동원해 일곱 부대로 나누어 서주로 돌격했다. 여포의 전방 부대를 나뭇잎처럼 쓰러뜨리고 성난 파도처럼 소패로 침입하는 한편, 곳곳에서 벌어지는 선봉전에서 서주 군을 남김없이 궤멸했다. 시시각각으로 패잔병이 성 아래에 넘쳐났다.

사태가 악화되자 여포는 당황하여 중신들을 불러모았다.

"누구든 좋다. 오늘은 기탄없이 의견을 말해봐라. 위험에 빠진 이 서주성을 구할 수 있는 방책이라면 뭐든지 받아들이겠다."

진궁이 그 자리에서 당차게 말했다.

"주군, 이제야 깨달으셨습니까? 이 사태가 벌어진 건 온전히 진규 부자가 저지른 일에서 비롯되었습니다. 그 증거로 주군께서 진규 부자를 믿고 허도에 사자로 보내셨지만, 어찌 되었습니까? 그 부자는 조정이나 조조에게만 아첨하여 교묘히 자신들의 작록과 앞날의 평안만을 꾀하더니 오늘 이렇게 재난이 닥쳤는데도 얼굴도 안 비치지 않습니까?"

"옳소! 옳소!"

누군가 손뼉을 치며 진궁이 하는 말을 지지했다. 진궁은 더 격해져 말을 이었다.

"그러니 당연한 보답으로 진규 부자의 목을 친 다음 원술에게 보낸다면 원술도 화를 풀고 회군할 것입니다. 악은 악을 불러온다는 사실을 그 사람들에게 알려주어야 할 터! 서주를 구할 방법은 오직 그뿐입니다."

여포는 당장 그리해야겠다고 다짐했다. 그 즉시 사자를 보내 진규 부자를 성안으로 불러 죄를 물어 목을 베려는 참이었다.

그러자 진 대부는 껄껄 웃으며 말했다.

"병으로도 죽지 않고 그렇다고 꽃도 피우지 못한 채 고목나무처럼 노쇠한 내 목 따위에 매실 한 알만큼의 가치라도 있겠

습니까? 아들 녀석의 목도 필요하시다면 드리지요. 헌데 장군
은 어찌하여 그리도 겁이 많으십니까. 아하하… 천자에게 부
끄럽지 않으십니까?"

진 대부는 더더욱 자지러지게 웃는 것이다.

2

"왜 웃는 것이냐?"

여포는 화난 눈을 부릅뜨고 진규 부자를 노려보았다.

"나를 겁쟁이라고 했느냐! 큰소리치는 네놈은 적을 무찌를
자신이라도 있는 게냐?"

"없어서야 되겠습니까?"

진 대부는 침착하게 답했다.

되려 여포가 안달복달이 나서 물었다.

"있으면 말해보아라. 만약 확실히 좋은 방법이라면 네 죽을
죄는 용서해주마."

"생각한 계책은 있지만, 이용하고 안 하고는 장군의 마음먹
기에 달려 있겠지요. 아무리 좋은 계책이라 한들 쓰지 않으면
허무맹랑한 소리에 지나지 않습니다."

"말해보란 말이다."

"제가 들은 바에 따르면, 회남 군사는 20여 만 대군이라 합니
다. 수는 많아도 오합지졸일 것입니다. 원술은 근래 들어 갑자
기 제위에 오르려는 야심이 생겼는지 급격히 군사를 키워왔습

니다. 보십시오. 제6군을 담당하는 장군 한섬은 예전에 섬서 산속에 요새를 지어 도적 떼들의 두목을 지냈던 자가 아닙니까? 제7군을 이끄는 양봉은 또 어떻습니까? 한때는 역적 이각의 가신이었지만, 지금은 조조에게도 쫓기는 몸이 되어 오갈 데 없는 몸이 되니 원술에게 붙어버린 놈입니다."

"음, 과연….'"

"그런 인간들의 천성은 장군도 잘 아실 텐데 무슨 연유로 원술 세력을 두려워하십니까? 먼저 이익으로 그네들을 포섭하여 내통하도록 약정을 맺어야 합니다. 그러고 나서 공격수를 교란시켜 사자를 파견하고, 이쪽에서는 유현덕과 결탁하십시오. 현덕은 성품이 온화하고 고결한 무사니 장군의 어려움을 못 본 체하지는 않을 것입니다."

진 대부가 내뱉는 명쾌한 답변에 여포는 취한 듯 들었다.

"아니다. 난 결코 그네들을 두려워하지 않는다. 단지 만일을 위해 여러 신하의 의견을 들어보았을 뿐이다."

자기 잘못을 인정하기 싫은 마음에 여포는 이리 말하며 진규 부자의 죄는 불문에 부쳤다. 그 대신 진규와 진등 두 사람은 모략을 짜서 적진으로 들어가 내통할 수단을 취하라는 임무를 하달받고 일단 귀가할 수 있었다.

"아들아…. 위험할 뻔했구나."

"참…, 아버님도 과감히 말씀하셨습니다. 오늘만큼은 어떻게 되는 게 아닐까 조마조마하였습니다."

"나도 각오하였다."

"정말 좋은 계책이 있으십니까?"

"아니…, 없다."

"어찌하실 생각이십니까?"

"내일은 내일의 바람이 부느니라…."

진 대부는 사저의 침소에 들자마자 다시 노쇠한 병자의 몸으로 돌아갔다.

한편 원술 쪽에서는 혼약을 파기한 여포에게 보복하기 위해 대군을 보내면서 삼군을 검열하는 동시에 마치 '이것 보아라'고 말하듯, 수년간 품은 야망을 공공연히 드러내며 황제 자리에 오르려는 뜻을 스스로 퍼뜨렸다. 소인이 구슬을 가지면 죄를 짓는다고 했던가? 손책이 맡겼던 전국옥새를 가진 덕에 원술은 마침내 엉뚱한 인간이 되고 말았다.

"옛날에 한고조(漢高祖)는 사상(泗上)의 정장(亭長)이던 신분에서 입신하여 400년 동안 제왕의 업적을 세웠다. 하지만 한실은 이미 천수를 다하여 천하를 다스릴 수 없다. 우리 가문은 사세삼공(四世三公)의 명문에다 백성이 따랐으며 내 대에 이르러서는 수많은 이들의 기대와 함께 세력이 갖추어졌으니 하늘의 뜻에 따라 오늘 천자의 자리에 오르게 되었다. 신들은 짐을 도와 정사에 충실하라."

원술은 마치 제왕이 된 것처럼 군신에게 고한 뒤, 호(號)를 중 씨(仲氏)로 세우고 대성관부(臺省官府) 제도를 편 다음에 용봉(龍鳳) 가마에 올라 남과 북에서 교사(郊祀)를 지냈다. 풍(馮) 씨의 딸을 황후로 맞이하고 아리따운 후궁 수백 명은 고운 비단으로 치장하였으며 적자를 동궁으로 칭했다.

3

오만하고 난폭한 왕에게 목숨 걸고 바른말로 간언하는 신하는 없었지만, 단 한 사람 주부(主簿) 염상(閻象)이라는 사람이 기회를 보아 진언했다.

"예부터 하늘의 도리를 거스르고 영화를 누린 자는 없습니다. 옛날 주공(周公)은 후직(后稷, 중국 전설의 주 왕조를 세웠다고 하는 농경 신 - 옮긴이)에게 제사를 지내고 문왕(文王)을 공경하며 공과 덕을 쌓았지만, 천하 일부만을 가지고 은나라 주왕조차 섬겼습니다. 아무리 원 씨 가문이 누대에 걸쳐 번성했다고 한들 주나라의 성대(盛代)에 미치지는 못합니다. 한실의 기운이 쇠퇴했다 해도 주왕처럼 악행을 저지르지도 않았습니다."

원술은 염상의 말을 들으면서 안색이 붉으락푸르락하더니 말이 채 끝나기도 전에 무섭게 몰아쳤다.

"해서 어쨌다는 말이냐?"

"그러니까…."

염상은 몸이 덜덜 떨려 차마 뒷말을 잇지 못했다.

"닥쳐라. 학자인 체하는 약은 놈 같으니라고. 내게 전국옥새가 들어온 건 우연이 아니다. 다시 말해 하늘의 뜻이란 말이다. 만약 내가 제위에 오르지 않는다면 오히려 그것이 하늘의 뜻에 거스르는 일이다. 너 같은 놈은 책이나 뜯어먹는 좀처럼 양지바른 곳에서 하품이나 하는 게 낫다. 썩 물러가라!"

원술은 신하들이 두 번 다시 이런 말을 하지 못하도록 포고를 내렸다.

"앞으로 누구든지 내 제업(帝業)에 대해 왈가왈부하는 놈은 그 자리에서 단죄할 것이다."

원술은 이미 출발한 대군의 뒤를 따라 독군과 친위군 두 군단을 이끌고 직접 서주 공략에 나섰다. 출진하면서 원술은 연주 자사 김상(金尙)에게 명했다.

"군량 업무를 맡아라."

왜 그랬을까? 김상이 그 명령을 받고 꾸물거렸다는 이유만으로 원술은 친위병에게 즉각 잡아들이라 하였다.

"다들 보아라!"

독군과 친위군이 지켜보는 가운데 김상의 목을 단칼에 베어 출전하기 전에 제물로 바쳐버렸다. 대기 중이던 전방 부대 20만 병사도 이 장면을 목도하고 정신을 바짝 차릴 수밖에 없었다.

"드디어 본격적인 전투가 시작되는구나."

일곱 부대로 나뉜 장수 일곱 명은 서주를 향해 일곱 갈래 길을 따라 쳐들어가면서 도중에 있던 군현의 민가를 모조리 불태우고 논밭을 망쳤으며 재물을 쓸어갔다. 제1장군 장훈은 서주대로(徐州大路), 제2장군 교유는 소패로(小沛路), 제3장군 진기(陳紀)는 기도로(沂都路), 제4장군 뇌박은 낭야(瑯琊), 제5장군 진란의 일군은 갈석(碣石), 제6장군 한섬은 하비(下邳), 제7장군 양봉은 준산(峻山)으로!

이 진용을 보고 여포가 벌벌 떨었던 것도 무리는 아니다. 여포는 진 대부가 말했던 '내통의 계략'이 효과를 나타내리라 내심 기대하였지만, 진규 부자는 그날 이후로 코빼기도 내밀지 않았다.

"어떻게 된 것이냐!"

여포가 진규 사저로 신하를 보내 알아보라고 했더니 진 대부는 조용한 병실에서 멍하니 햇볕을 쬐면서 편안히 몸을 보양하는 중이라고 전했다. 성격이 급한데다 지금은 진 대부가 세운 계책 하나에만 의지하던 여포! 어찌 그냥 넘어갈 수 있겠는가. 즉시 붙잡아 오라고 노발대발하였다. 얼마 전에는 진규가 놀리는 세 치 혀에 속아 넘어갔지만, 이번엔 얼굴을 보자마자 바로 그 백발 머리를 베고 말리라! 포졸이 헐레벌떡 뛰어간 후에도 여포는 혼자서 분통을 터뜨리며 이제나저제나 기다렸다.

마침 해가 저물 무렵이다. 진 대부 집에서는 문을 닫고 늙은 아버지를 중심으로 아들 진등과 가족이 저녁 식사를 하려고 식탁에 빙 둘러앉아 있었다.

"아니, 무슨 일이냐?"

문이 부서지는 소리가 들리더니 집 안이 울리며 하인들이 여기저기서 외치는 소리가 들려왔다. 그러더니 식사하려던 자리로 포졸과 무사 여러 명이 흙투성이가 된 신발을 신은 채 우르르 들어왔다.

4

어쩔 수가 없었다. 진규 부자는 그 자리에서 끌려갔다. 기다리던 여포는 두 눈을 부릅떠 부자가 꿇어앉은 모습을 노려보는 길이다.

"이 늙은이! 용케도 날 기만했겠다. 오늘은 기필코 단죄할 것이다!"

여포는 즉시 무사에게 명해 그 백발 머리를 치라며 길길이 날뛰었다.

진 대부는 여전히 빙글거리며 맥없이 웃고만 있더니 약간 몸을 움직여 양손을 들고 화난 여포를 더욱 부채질하였다.

"성질도 참 급하십니다그려, 정말."

여포는 점점 더 불같이 화를 내며 전각 들보까지 울릴 정도로 고래고래 소리쳤다.

"네 이노옴! 아직도 날 놀리는 게냐! 그 모가지가 이제 곧 떨어질 줄도 모르고."

"기다려보십시오. 목이 떨어지는 쪽이 내 목인지 장군 목인지 모르잖습니까?"

"내 당장 보여주마."

여포가 칼에 손을 갖다 대자 진 대부는 태연스레 하늘을 올려다보았다.

"아아, 운이 다한 건가. 일대의 명장도 눈이 멀어선 구할 수가 없구나. 빤히 보면서 제 칼로 제 목을 베려 하다니…."

"뭐라고? 허튼소리 집어치워라!"

말은 그렇게 했지만, 여포는 기분이 적잖이 나빠졌다.

여포의 안색이 바뀌는 틈을 놓치지 않고 진 대부가 날카롭게 파고들었다.

"얼마 전에도 말씀드리지 않았습니까? 어떤 좋은 계책도 쓰지 않는다면 허무맹랑한 소리나 다름없다고. 이 늙은이 목을 벤다면 누가 이 좋은 계책을 펼쳐서 서주를 위험에서 구한단 말입니까? 그러니 그 검을 빼 든다면 자기 명을 재촉하는 거나 다름없습니다."

"네놈의 궤변을 듣기도 질렸다. 잠시나마 위험을 모면하더니 집으로 돌아가서 한가롭게 잠만 처자더냐. 계략을 쓰지 않는 건 내가 아니라 바로 네놈 같은 늙은 너구리다!"

"그러니까 성격이 급하시다는 거 아닙니까. 전 진작부터 계획에 착수하였습니다. 조만간 적의 제6장군 한섬과 모처에서 몰래 만날 준비까지 해두었는데…."

"정말이냐?"

"어느 안전이라고 거짓을 말하겠습니까?"

"그렇다면 왜 집에서 문을 걸어 닫고 이런 전란 속에서 한가롭게 지냈느냐?"

"진정한 책사는 함부로 움직이지 않는 법."

"이번에도 그럴듯한 말로 날 속이고 다른 나라로 줄걸음 놓으려 했겠지…."

"대장군이신 몸으로 소인배들이나 하는 의심을 하시면 곤란합니다. 제 처자와 친족들 모두 장군 손안에 있습니다. 이 사람들을 버리고 이 노인이 제 한 몸 오래 살려고 다른 나라로 도망칠 일을 도모하겠습니까?"

"그래? 한섬을 만나면 네가 처음에 말한 대로 우리를 위해 최선의 계략을 쓸 생각이다, 그 말이렷다?"

"애초부터 제 생각은 그러했습니다만, 중요한 건 장군은 어찌 생각하는가입니다."

"내 생각 말인가. 나도 그걸 바라지만 그저 느긋하게 시간만 보내기는 싫다. 하려면 빨리해라."

"그보다도 내심 이 진 대부를 의심하는 것일 테지요. 좋습니다, 그렇다면 이렇게 합시다. 제 자식 진등을 인질로 성안에 붙잡아두고 절 혼자 보내십시오."

"그래도 적지로 들어가는데, 부하가 없으면 안 될 터."

"부하를 데리고 간다면 부탁이 있습니다."

"몇 명이면 되겠는가? 부장으론 누굴 데려가고 싶은가?"

"부장은 필요 없습니다. 그저 1마리만 있으면 됩니다."

"1마리라니?"

"성안 목장에서 암양 1마리를 내주십시오. 한섬 진지는 하비 산속에 있다고 들었습니다. 길을 가다가 나무 열매가 열렸거든 따 먹고 양젖을 짜 목을 축이며 이리 병든 몸에 힘을 불어넣으면서 진영으로 찾아가 한섬을 설득하겠습니다. 그러니 장군도 유현덕에게 사자를 보내 만반의 준비를 해두십시오."

그날 진 대부는 양 1마리를 이끌고 성의 남문을 나가 표연히 길을 떠났다.

거만한 황제의 관

1

하비는 서주 동쪽에 있는 산지다. 공격수인 제6군 대장 한섬은 하비에서 서주로 연결되는 길을 막고 산속 소송사(嘯松寺)에 사령부를 두어 총공격할 날을 기다렸다. 물론 왕래하는 길은 끊어진 상태다. 들판에도 부락에도 병사들만 가득했다.

허나 진 대부는 태연하게 그 길을 지나갔다. 하얀 양을 끌고 말이다. 걸을 때면 성긴 수염이 바람에 살랑 나부꼈다.

"뭐지, 저 늙은이는?"

손가락으로 가리키면서도 정작 검문하는 병사는 없었다. 검문하기엔 너무나도 평화로운 모습이다. 전장 속을 걷는데도 전혀 위험을 의식하지 않았다. 그런 사람에게는 금세 경계하는 눈빛이 사라지고 만다.

"그리 멀지 않았군."

진 대부는 산에 다다르자 이따금 바위에 걸터앉았다. 이 산에서는 맑은 물을 구하기가 어렵다. 해서 양젖을 그릇에 짠 뒤

겨우 목을 축이거나 배를 채웠다.

때는 한여름인지라 온 산이 매미 소리로 꽉 찼다. 바위 사이
사이로 소나무가 울울창창하였다. 이윽고 소송사 탑이 모습을
드러냈다.

"노인장, 어디로 가는 건가?"

과연 중군 문에서는 검문을 당했다. 진 대부는 양을 가리키
며 의연하게 말했다.

"한 장군에게 바치러 왔습니다."

"마을 사람인가?"

"아닙니다. 서주 사람입니다."

"뭐? 서주에서 왔다고?"

"진규라는 노인이 양 1마리를 끌고 찾아왔다고 장군께 전해
주시오."

'진규'라는 말을 듣자마자 문을 지키는 부장은 눈이 휘둥그
레졌다. 여포의 성 아래에 사는 서주 객장(客將)이었던 것이다.
게다가 얼마 전 조조 추천으로 조정에서 노후 부양을 위한 녹
2000섬을 받았다고 들었으니, 어쨌든 명성이 있는 노인이다.

연락을 받은 대장 한섬은 더 놀랐다.

"만나보자."

한섬은 진규를 전당에서 맞이하여 정중하게 모셨다.

"변변찮지만 선물입니다."

진 대부는 한섬 부하에게 양을 넘겨주고는 세상 돌아가는 이
야기를 주섬주섬하기 시작했다. 무슨 일로 왔는지 도무지 감을
잡을 수가 없었다.

그러는 동안 날이 저물자 진 대부가 이런 요청을 해왔다.

"오늘 밤은 달이 좋습니다. 방 안이 찌는 듯이 더우니 잠깐 저 바람이 향기로운 소나무 아래에서 귀공과 단둘이 허심탄회하게 이야기를 나누고 싶습니다만…."

그날 밤 소나무 아래 자리를 깔고 한섬과 진규는 남들의 눈을 피해 담소를 나누었다. 이 이야길 듣는 건 나뭇가지에 걸린 달뿐이다.

"노인은 여포의 객장이오. 대체 무슨 일로 갑자기 적인 나를 찾아왔소?"

한섬이 운을 떼자 노인은 비로소 태도를 바로 했다.

"무슨 말씀이십니까? 전 여포의 신하가 아닙니다. 조정의 신하입니다. 서주 땅에 살아서 사람들이 그렇게 말하지만 서주도 황제 땅이 아닙니까?"

노인은 돌연 열변을 토했다. 여러 주의 영웅을 예로 들면서 시국을 논하고, 풍운이 돌아가는 곳을 가리키며 탄식했다.

"귀공 같은 분은 아까운 사람입니다."

"노인장, 왜 그렇게 날 위해 탄식하는 거요? 부탁이니 한 수 가르쳐주시오."

"그걸 말씀드리러 일부러 발길을 했으니…. 생각해보십시오. 귀공은 일찍이 천자가 장안에서 환궁하실 때 어가를 보호하며 충성을 다했던 맑고 덕 있는 무사가 아닙니까? 헌데 지금 가짜 황제인 원술을 도와 불충불의(不忠不義)한 이름을 얻으려고 합니다. 게다가 가짜 황제의 운명처럼 귀공도 일대(一代)에서 멸망할 게 분명합니다. 겨우 1~2년짜리 옷과 음식을 위해 일생의 운명을 팔고 만세까지 전해질 악명을 마다하지 않을 생각이십니까? 만일 그렇다면 그대를 위해 탄식하는 사람은 오직 이노인 하나뿐일 것입니다."

2

그러고 나서 진 대부는 여포가 보낸 서신을 품속에서 꺼냈다.

"지금까지 드린 말씀은 저 혼자만의 생각이 아니고 여포의 뜻이기도 합니다. 자세한 내용은 이 편지를…."

한섬은 처음부터 끝까지 잠자코 듣다가 여포의 서신을 펼쳐 읽더니 마침내 마음을 정했다는 듯이 본심을 털어놓았다.

"아니오. 사실 나도 항상 원술이 거만을 떠는 모습엔 정나미가 뚝 떨어졌고 한실로 돌아가고 싶다는 생각을 해왔지만, 어차피 아무런 연줄도 없어서…."

여기까지 왔다면 이제 손안에 든 작은 새다. 진 대부는 속으로 회심의 미소를 지었다.

"제7군의 양봉과 귀공은 평상시부터 관계가 돈독해 보입니다만…. 양 장군을 불러서 함께 움직이시는 게 어떻겠습니까?"

"함께 움직이다니?"

한섬은 목소리를 낮추었지만, 숨소리가 거칠었다. 이생의 흥망만이 마음속에서 요동치고 있음이 분명했다.

진 대부도 목소리를 한껏 죽였다.

"그러니까 서주로 들이닥칠 날을 기해 장군이 양봉 장군과 모의해 뒤에서 불을 지르고 역모를 일으키십시오. 그때 여포도 정예 부대를 이끌고 공격한다면 원술의 머리를 보는 일은 반나절도 걸리지 않을 것입니다."

"좋소. 맹세코."

한섬은 달을 처연히 올려다보았다. 밤은 깊어 소나무 가지에 이슬이 하얗게 대롱대롱 맺혔다. 진중에서 누군가가 심심풀이로 부는지 생황 소리가 들려왔다. 병사들도 무더워 쉬 잠들지 못하는 것 같았다.

짧은 여름밤이 밝아왔다. 아침이 되자 어느새 돌아갔는지 진대부의 모습은 그 어디에서도 보이지 않았다. 해가 중천에 뜨자 오늘도 내리쬐는 더위는 혹독했다. 그 더위 속을 뚫고 원술 본영에서 말을 타고 온 전령병이 사방에 영을 뿌렸다.

일곱 갈래 길에서 일곱 군대가 일제히 움직이기 시작했다. 구름이 낮게 깔리고 무시무시한 우렛소리가 저 멀리서 울려 퍼졌다. 서주성이 가까이 다가왔다. 먹물을 흘린 듯이 어두컴컴한 하늘에 창백한 번갯불이 칠 때마다 성벽 한쪽 모퉁이가 번쩍하고 밝게 빛났다가 이내 사라졌다. 후드득후드득 떨어지는 굵은 빗방울과 함께 뇌성도 점점 귓전을 때렸다. 드디어 싸움이 시작된 것이다.

일곱 갈래 길에 들이닥친 공격군이 함성을 드높이 질렀다. 여포도 물론 방어하려고 출진하였다. 억수처럼 쏟아지는 소나기가 천지를 깨끗이 씻어 내려는 것 같았다.

밤이 깊어갔지만, 전황은 도통 파악할 수가 없었다. 그러던 중 어떻게 된 영문인지 공격군의 전투 대형이 엉망이 되더니 헛소문과 아군 간의 싸움, 퇴각, 독전(督戰) 그리고 뒤이은 혼란까지…. 이 모든 상황이 전혀 수습되지 않았다.

"반란이 일어났다, 반란이!"

날이 밝자 비로소 진상이 밝혀졌다. 제1장군 장훈 뒤에서 제7장군 양봉과 제6장군 한섬이 횃불을 들고 자기편 군사를 치러 온 것이다. 이 소식을 접한 여포는 기세를 올려, 적진 한가운데에서 방비 태세로 서 있던 기령, 뇌박, 진기 장수들의 진을 돌파하고 눈 깜짝할 사이에 본영으로 내달렸다.

"지금이다!"

양봉과 한섬 군사들은 좌우에서 도왔다. 원술의 20만 대군도 초겨울 찬바람에 흔들리는 나뭇잎과 다르지 않았다. 이윽고 여포는 거침없이 원술을 찾아 돌아다녔다. 저쪽 산골짜기에서 한 무리의 병마가 달려오더니 이내 두 갈래로 갈라져서는 여포의 진로를 막는가 싶더니 갑자기 산 위에서 원술의 목소리가 들려왔다.

"미천한 놈 여포야! 네가 네 무덤을 찾아왔구나."

"어라?"

여포가 놀라서 고개를 들어보니…. 일월(日月)의 깃발과 용봉의 번(幡), 황개가 한없이 펼쳐져 있고 양옆에는 금색 무기와 은색 도끼를 든 근위병을 거느린, 제왕이라고 참칭하는 원술이 황금 갑옷을 몸에 걸친 채 오만하게 내려다보는 길이다.

3

구름 속에서 나타난 용을 보고 포효하듯 여포가 원술을 올려다보며 소리쳤다.

"에잇, 내가 지금 그리로 간다. 만나서 대답할 테니 꼼짝 마라, 원술!"

말을 내달려 중군의 전방 부대를 단숨에 무찌르고 여포가 산봉우리를 향해 올라갔다.

"여포다!"

"가까이 가지 마라."

장수 양기(梁紀)와 악취(樂就)가 흙모래를 일으키며 산을 타고 미끄러지듯 말을 달려 내려가더니 여포를 양옆에서 좁혀 들어가며 공격했다.

"방해하지 마라."

여포가 말 머리를 높이 세워 악취가 탄 말을 옆으로 몰며 방천화극을 휘두르자, 말과 함께 악취가 단번에 피를 흩뿌리며 뒤로 굴러떨어졌다.

"비겁한 놈!"

여포가 도망치는 양기 뒤를 바싹 쫓아가는데, 옆에서 적장 이풍(李豊)이 필사적으로 창을 들이댔다.

"여포, 게 서라!"

그때 주변 일대 계곡의 암석이 한꺼번에 무너져 내리듯이 원술 휘하 부하들이 엄청난 기세를 몰아 말을 걸터타고 달려오며 외쳤다.

"여포를 쳐라!"

"호랑이가 덫에 걸려들었다!"

원술도 산을 내려와 부하들 뒤에서 군사들의 사기를 힘껏 북돋았다.

"여포 머리도 이제 내 손안에 있다."

원술은 속이 후련한 듯 지휘를 계속했다.

아뿔싸! 어젯밤 내부에서 반란을 일으켜 자기편 전방 부대를 교란시켰던 한섬과 양봉 두 부대가 갑자기 샛길을 누비며 계곡 한쪽에서 나타나더니 원술의 중군을 측면에서 공격했다.

바로 지금이다! 원술은 여포를 치려던 찰나 여포를 놓쳤을 뿐 아니라 되려 전세가 역전되어 여포와 배신자들에게 쫓기는 몸이 되었다. 원술은 산봉우리를 넘어 2리 남짓한 고원 길을 목숨만 가까스로 부지한 채 도망쳤다.

그때였다. 숨을 고를 여유도 없었다. 고원 저쪽에서 구름 떼처럼 보이던 게 점점 가까이 다가오는 게 아닌가. 한 무리의 군마로 변하는가 싶더니 적인지 아군인지 의심스러워 할 틈도 없이 그 속에서 대장 하나가 나와 옻칠을 한 듯 매끈하게 빛나는 새카만 준마를 걸터탄 채 손에는 82근에 달하는 청룡언월도를 들고 원술 앞을 가로막고 섰다.

"난 예주 태수 유현덕의 의형제 관우로, 자는 운장이다. 주군 현덕의 분부를 받고 의를 위해 여포를 도우려 달려왔다. 그쪽은 얼마 전 황제라 참칭하며 하늘을 두려워하지 않는 거만한 도적 원술이 아니냐. 내가 내리는 처벌을 받아라."

원술은 기겁하고 너나없이 도망치는 부하들 속에 둘러싸인 채 말을 서둘러 채찍질했다. 관우는 쫓아가면서도 방해하는 자들을 잇달아 베어 쓰러뜨리고 원술 뒤에 바싹 붙자마자 팔을 뻗어 청룡언월도를 한 번 휘둘렀다.

"그 목을 내놓아라."

관우가 옆에서 세차게 내려쳤지만, 원술이 말갈기 속으로 목을 잔뜩 웅크린 탓에 안타깝게도 칼날은 그 투구만 살짝 스쳐, 참칭 황제의 거만한 관(冠)이 원술 머리에서 떨어져 일그러진 채로 날아가버렸다. 비참하게 패배한 원술은 기령을 후군으로 남겨두고 겨우 목숨만 건져 회남으로 돌아갈 수밖에 없었다.

원술과 반대로 여포는 남은 적을 원하는 만큼 멸하고 의기양양하게 서주로 돌아가 성대하게 개선 축하 잔치를 벌였다.

"이번 전쟁에서 이렇게 큰 승리를 거머쥘 수 있었던 건 진규 부자의 공이 가장 크다. 둘째는 한섬과 양봉이 내통한 공이오. 마지막으로 예주의 현덕이 옛정을 잊지 않고 그전의 원한도 잊은 채, 내가 보낸 급사를 보고 아끼는 부하 관우에게 재빨리 군사를 내주어 날 구하러 한달음에 달려와 주어서다. 우리 장병들이 애써 싸워준 것 역시 깊이 감사한다."

여포는 그 자리에서 개선 연설을 하고 일제히 승리 함성을 외치며 다시 술잔을 들어 올렸다.

4

축하 뒤에는 으레 은상이 베풀어졌다. 관우는 다음 날 군사를 이끌고 예주로 돌아갔다. 그 후로 여포는 진 대부를 전적으로 신뢰하여 무슨 일이든 진 대부에게 자문을 구했다. 오늘도 역시 물었다.

"한섬과 양봉 중 하나는 내 옆에 둘까 하는데 진 대부 생각은 어떻소?"

진규는 신중하게 대답했다.

"장군의 오른쪽 자리엔 이미 인재가 충분합니다. 길들이지 않은 닭을 1마리 넣어 닭장 안의 닭들이 전부 미쳐 날뛰고 상처를 받는 일도 있으니 신중히 생각하셔야 합니다. 오히려 두 사람을 산동으로 보내 그쪽 지반을 강화한다면 1~2년 사이에 큰 효과를 볼 수 있을 것입니다."

"과연…."

여포는 고개를 주억거렸다.

그래서 한섬을 기도(沂都)로, 양봉은 낭야로 보내 부임시켰다. 진 대부의 아들 진등이 그 일을 듣고 불만스러웠던지 어느 날 몰래 아버지 의중을 물었다.

"건방지게 들리실지 모르겠습니다만, 아버님의 생각은 제 계획과 좀 다른 것 같습니다. 전 두 사람을 여기 머물게 하여 만일의 경우가 생겼을 때 우리 어금니가 되어 큰 협조를 부탁할 생각이었습니다만…."

다 듣지도 않고 진 대부는 젊은 아들이 하는 말에 반대하며 은밀히 속닥였다.

"그 방법은 잘 안 될 것이다. 아무리 포섭했다 한들 그 둘은 천성이 비열한 자들이다. 우리 부자와 한편이 되기보단 날이 갈수록 여포에게 아첨하며 앞잡이 노릇을 할 터. 그렇다면 오히려 호랑이에게 날개를 달아주는 셈이다. 여포를 죽여야 할 때 방해가 될 것이다…."

진 대부는 다시 문을 걸어 닫고 병실 안에 틀어박혔다. 여포가 부르러 와도 어지간한 일이 아니면 좀처럼 나와보질 않았다.

오동나무 잎들이 하나둘 떨어지기 시작했다. 여름이 가고 가을로 접어드는 것이다. 회남 강변에도 가을이 맑았고 붉은 잠자리는 푸른 하늘을 무리 지어 날았다.

원술 황제는 이번 가을에 기분이 무척 언짢았다.

"이 배신자, 여포 놈."

어찌하면 일전의 치욕을 씻을 수 있을까? 엄숙한 황제 자리에 앉아 이따금 손톱을 잘근잘근 물어뜯었다. 그때 떠오른 사람이 손책이다. 손책은 어느새 장강 건너 오(吳)의 기름지고 넓은 땅을 지배하고 '강동의 소패왕'으로 불리며 세력을 키웠지만, 원술은 손책이 소년이었을 때부터 데리고 있어서인지 자기 말이라면 싫다고 하지 않을 것 같다는 생각이 들었다. 궁여지책으로 원술은 손책에게 사신을 보냈다.

드러내놓진 않아도 그대의 성공을 굉장히 기뻐하네. 하물며 그대도 나와 나눈 정을 잊지는 않았겠지? 근래에 그대가 다스리는 오나라가 한층 융성해 휘하에 문무 대장들도 상당하다 들었네. 지금 나와 함께 힘을 합해 여포를 물리쳐 그 영지를 차지하고 나아가 오의 세력을 키워보는 건 어떠한가. 이는 그대가 오랫동안 생각해온 계획이기도 할 것이야.

서신의 내용은 이러했다. 사신은 배 편으로 강을 건너 오나라에 입성하여 정식으로 손책을 만나 원술이 보내는 편지를 바쳤다. 그 자리에서 손책은 즉시 답장을 써 내려가더니 사자에게 건네고는 냉담하게 돌려보냈다.

"자세한 내용은 이 안에 있다."

원술이 편지를 펼쳐보니 이렇게 쓰여 있는 게 아닌가.

노군(老君), 내 옥새를 돌려주지 않고 황제 자리에 오르더니 세상을 잘도 어지럽히는구나. 난 천하에 사죄하는 길을 알고 있다. 언젠가 반드시 만날 것이다. 부디 머리를 깨끗이 하고 기다려라.

"애송이 녀석! 잘도 짐을 모욕했겠다!"

원술은 서신을 잡아 갈기갈기 찢고 당장 오나라를 향해 출병하라고 말했지만, 군신들이 간언하여 간신히 분노를 억누르고 때를 기다리기로 했다.

거친 가을 날씨

1

'원술이 내 편지를 읽고 어떤 표정을 지었을까?'

회남의 사자를 돌려보낸 뒤, 손책은 혼자서 재미있어 했다. 한편으로는 이런 생각도 들었다.

'분명 화가 나서 공격해올 것이다.'

장강 연안 일대에 병선을 띄우고 언제 올지 별렀다. 마침 그때 허도의 조조가 보낸 사신이 내려와 천자의 조칙을 전하고, 손책을 회계 태수로 봉했다. 손책이 받은 건 조정 칙서였지만, 동시에 조조로부터 받은 요청이기도 했다. 아니, 그건 조정에서 내린 명령이었다.

즉시 회남으로 출병해 가짜 황제 원술의 죄를 물어 처벌하라!

이 같은 명이었다.

애초부터 거부할 수 없었다. 절반은 옥새를 맡긴 자기 책임도 있었다. 손책은 칙서에 답했다.

"명 받들겠습니다."

허도의 사자가 돌아간 날이다. 오나라 장사, 손책의 중신 격인 장소(張昭)가 주군을 알현하러 갔다.

"고분고분하게 받아들이셨지만, 누가 뭐라 해도 회남은 풍요로운 땅이며 원 씨 일족은 명망과 전통이 있는 오래된 집안입니다. 얼마 전 여포와 일전을 벌여 패배했다고는 하지만 결코 만만하게 볼 상대가 아닙니다. 그에 비해 우리 오나라는 신흥국입니다. 날카로운 정신과 젊음은 있겠지만, 재력과 군의 결속력은 턱없이 부족합니다."

"그만두라는 말이오?"

"조칙을 받았으니 이제 와 명을 거역한다면 딴마음이 있다고 의심받을 것입니다."

"그렇다면?"

"차라리 이럴 때는 주군께서 조조에게 급히 서신을 보내는 편이 좋습니다. 이쪽은 강을 건너 원술의 측면을 칠 테니 허도에서는 대군을 보내 원술을 정면에서 대적하라고 하여 계속 조조 군이 주전이 되어 싸우게 하는 것입니다. 그러면서 우리는 어디까지나 원병이라는 입장을 취하십시오."

"과연…."

"무슨 일이든지 조조를 돕겠다고 주장하면 앞으로 주군께 위급한 일이 생겼을 때 조조에게 원병을 요구할 수 있을 것입니다."

"고맙소. 그대의 조언은 근자에 드문 명언이오. 그대로 따르겠소."

손책이 보낸 서신은 며칠 지나지 않아 허도 승상부에 도착했다. 이 가을에 승상부에 모인 사람들이 이래저래 말이 많았다.

"승상이 요즘 들어 정신이 딴 데 가 있는 것 같잖나?"

걱정을 할 정도로 조조는 약간 멍해진 상태다. 이번 봄, 장수를 치기 위해 원정을 나갔지만 되려 참패하고 돌아온 연후에 조조의 절대적인 자신감이 흔들린 탓일까? 그도 아니면 정도 많고 한도 많은 조조가 아직도 연꽃 장막 안의 맑은 눈동자와 늦은 봄밤의 호궁 소리를 잊지 못하는 것일까? 이 가을에 조조는 유달리 쓸쓸해 보였다.

"아니다, 아니야. 승상은 그 정도로 달콤한 번뇌를 할 사람이 아니다."

승상부의 누군가는 조조의 모습을 새로 지은 사당으로 가는 길에서 자주 목격한다며 사람들의 어리석은 억측을 일축했다. 새 사당은 장수와 벌인 전쟁에서 장렬히 전사한 악래 전위를 위해 지은 것이다. 조조는 도읍으로 돌아온 후에도 전위의 넋을 기리고 아들 전만(典滿)을 특별히 중랑(中郞)으로 채용하여 그 죽음을 한없이 슬퍼했다.

승상부로 오나라 손책이 보낸 급서가 도착했다. 조조는 아무런 이의를 달지 않고 승낙한다는 뜻을 전하며 그날 바로 30만여 대군을 동원했다. 한편으로는 어린아이처럼 슬피 우는 모습이다가도 금세 과감하게 결단을 내리고 매진하여 삼군을 질타하는 모습을 보이기도 했다. 대군은 속속 도읍을 떠났다.

때는 건안 2년 9월 가을, 허도는 아름다운 달밤을 뽐냈다.

2

남쪽을 정벌하러 떠난 군사가 30만이라고는 하지만, 실제 수는 약 10만 군사와 4만 기병대, 1000승이 넘는 수레에 실은 군수품으로 편제했다. 허도를 떠나기 전 조조는 예주의 유현덕과 서주의 여포에게도 참전을 바라는 글을 띄웠다.

가을 하늘이 참으로 높구려.

우리는 회수(淮水)를 향해 남하하오.

부디 도중에서 회동하기를 바라오.

격문에 따라 유현덕은 관우와 장비 등 정예 장수를 이끌고 예주 경계 지역에서 기다렸다.

조조는 유현덕을 보자 시원시원하게 말했다.

"언제나 두터운 신의로 신속하게 회동해주는 그대가 만족스럽소."

동맹군의 깃발과 깃발이 서로 유쾌하게 펄럭이고, 그 아래에서 잠시 휴식을 취하면서 두 영웅은 사이좋게 이야기를 나누었다.

현덕은 관우를 돌아다보았다.

"저걸 이리로 가져오너라."

관우가 그곳에 가져온 건 목을 벤 적군의 머리 둘이다. 조조가 놀라서 눈을 둥그렇게 떴다.

"누구 머리인가?"

"하나는 한섬이고, 또 하나는 양봉의 머리입니다."

"원술 진영에서 반역하고 여포 편에 붙어 지방으로 부임했다던 그 둘인가?"

"그렇습니다. 그 후 두 사람은 각각 기도와 낭야에서 관리로 부임하였지만, 갑자기 과중한 세금을 부과하고 양민을 혹사하는 한편 부하에게 명해 마을을 약탈하고 부녀자를 납치해 간음하는 등 악행을 일삼았습니다. 이 일로 민심이 험악해졌습니다. 하여 백성의 하소연이 있기도 하고 관리의 도리를 바로잡기 위해 몰래 관우와 장비에게 명해 둘을 술자리로 초대한 뒤 처치했습니다."

"오오, 그런가."

"따라서 이는 승상의 명을 기다리지 않고 한 일이니, 오늘은 처벌을 기다릴 생각입니다. 독단적으로 둘의 죄를 물어 처벌한 죄를 밝혀주십시오."

"무슨 말이오. 그대가 한 일은 관리의 도리를 바로잡고 양민의 해악을 제거한 것이거늘 사사로운 원한도 싸움도 아니오. 그 공을 칭찬했으면 했지 비난할 일은 아니오."

"용서해주시는 것입니까?"

"물론이오. 여포에겐 내가 잘 말해두겠소. 안심하시오."

며칠 동안 가을 하늘은 청명했고 낮에는 더울 정도였다. 하지만 남하하면서 행군하는 길에 문제가 생겼다. 올해 서주 이남 회수 지방에는 큰비가 꽤 오랫동안 내렸다고 했다. 하천 여러 군데가 범람하고 벼랑이 무너져 들판에는 수많은 크고 작은 호수가 생기는 바람에 말도 사람도 군수품을 실은 수레도 진창에 빠져 나아가기가 쉽지 않았다.

"오오, 행군이 힘드셨지요."

여포는 서주 경계까지 직접 마중을 나왔다.

"건승하신 모습을 보니 참 기쁘오."

조조는 정겹게 인사를 나누었다. 병마들은 부외(府外)에 주둔시키고 나서, 역관에서 여는 환영 연회에는 유현덕도 동행하게 해 원술을 토벌하기 위한 기세를 드높였다.

눈치 빠른 조조가 먼저 운을 떼었다.

"이번 남방 정벌은 그대 힘을 크게 빌리지 않으면 안 되므로 내가 조정에 주청해서 좌장군(左將軍)으로 봉해두었소. 인수는 전쟁이 끝난 후에 정식으로 내릴 것이오."

여포는 원래 그런 호의를 지나치게 기뻐하는 남자다.

"견마지로를 아끼지 않겠습니다."

이렇게 조조, 유현덕, 여포 삼군(三軍)은 일체가 되어 잇달아 남쪽으로 전진을 계속해 나가면서 진용을 완성해갔다. 다시 말해 조조는 중군에 위치하고, 현덕과 여포는 각각 우익군과 좌익군을 맡았다. 이에 대항해 회남의 참칭 황제 원술은 대체 어떤 계획을 세웠을까?

3

국경에서 보초병이 봉화를 부리나케 올렸다.

"큰일 났다."

전령이 말을 달렸다. 파발마, 또 파발마…. 원술이 있는 수춘성으로 갑자기 심상치 않은 일들이 잇달아 전해졌다.

"조조, 유현덕, 여포 삼군이 일체가 되어…."

이 말을 듣자 그 대단한 원술도 창황하였다.

"일단 교유가 가거라."

원술은 방어전을 펴게 한 다음 즉각 군사 회의를 열었지만, 이러쿵저러쿵 논의하는 중에도 줄지어 경보가 들어왔다.

"적이 벌써 국경을 돌파하여 물밀 듯이 몰려옵니다."

원술도 각오하고 직접 5만 기를 이끌고 수춘을 나와 적을 도중에서 막아보려 했지만 벌써 패배 소식이 들려왔다.

"선봉의 아군이 위험하다."

또 반갑지 않은 급보가 이어졌다.

"아군 선봉대장 교유가 안타깝게도 적의 선봉 하후돈과 맞서 치열하게 싸우다 말 위에서 창에 찔려 고꾸라졌습니다."

원술의 안색이 어두워질 때마다 중군은 동요하기 시작했다,

"저것 보게, 저 말 먼지는 적의 대군이 가까이 왔다는 증거가 아니겠는가."

"후퇴하지 마라!"

필사적으로 독전(督戰)하는 중군의 명령에도 불구하고 전군은 사기가 꺾여 제대로 항전도 하지 못한 채 총퇴각하고 말았다. 원술도 어쩔 수 없이 중군을 되돌려 수춘성의 여덟 문을 굳게 닫아걸고 장기전에 돌입했다.

"이렇게 된 이상, 성을 지켜 원정을 나온 적이 지쳐 나가떨어지기를 기다리자."

공격군이 속속 수춘성으로 몰려들었다. 여포 군은 동쪽에서, 유현덕의 병사는 서쪽에서 치고 들어왔다. 조조는 북쪽 산을 넘어 회남 벌판을 발밑에서 바라보며 벌써 그 총사령부가 수춘에서 그리 멀지 않은 지점까지 다가왔다고 했다.

수춘 사람들이 놀라고 성안의 여러 장수도 회의만 하면서 시간을 죽이는데, 또다시 서남쪽에서 벽력같은 소식이 날아왔다.

보고는 이러했다.

"오나라 손책이 수군을 이끌고 장강을 넘어 조조와 합세해 수춘으로 쳐들어오는 게 보입니다!"

서남쪽에서 날아온 급보를 듣고 원술은 기겁했다.

"뭣이라, 손책이….."

원술은 얼마 전 받은 손책의 무례한 편지를 떠올리면서 몸을 부르르 떨었다.

"배은망덕한 도적놈!"

아무리 욕을 퍼부어도 사태는 바뀌지 않았다. 원술은 손발을 둘 데도 없었다. 눈앞의 조조 군이 질러대는 함성에 온 산이 으르렁대는 듯했고 뒤에서 밀어닥치는 강남의 수백 척 병선은 해일처럼 원술을 위협해 밤에 잠도 이루지 못했다. 수면 부족이 된 원술 황제를 둘러싸고 오늘도 여러 대장은 착 가라앉은 분위기로 회의를 열었다. 그때 양대장이 말을 꺼냈다.

"폐하, 더는 안 됩니다. 수춘을 고집해 지키려 한다면 자멸할 수밖에 없습니다. 황송하오나 어림의 호위군을 이끌고 회수를 건너 잠시 다른 곳으로 천도하신 후 자연이 변하기를 기다릴 수밖에 없습니다."

굶주린 배와 든든한 배

1

잠시 수춘을 버리고 본성을 다른 곳으로 옮겨야 한다는 양
대장이 낸 의견은 비록 잠정적이라고 해도 비관적이다. 소극적
인 방법이었던 것이다. 하지만 원술 황제를 비롯해 여러 대장
중 그 누구도 반대하는 사람이 없었다. 거기에는 그럴 만한 이
유가 있었다. 아무도 입 밖에 내지는 않았지만, 사실 내부적으
로 큰 약점이 있다는 걸 누구나 간파하였다.

올해 수춘 지방은 수해가 이어져 오곡은 익지 않았고 백성과
말들은 줄줄이 병이 들었다. 그러니 겨울철 군량미도 염려스러
웠다. 전쟁까지 일어났으니 이 또한 사기가 오르지 않는 이유
가운데 하나다. 양대장은 황제 친족과 본군 대부분을 수해 지
역 바깥으로 옮긴 연후에 군량을 유지하는 한편 눈앞의 기세등
등한 적을 피해 원정군이 질색하는 겨울을 나겠다는 계획을 세
우고 각오를 다졌다. 때때로 기습 전술로 대적하면서 서서히
사태가 변하기를 기다리겠다는 생각이다.

"그렇다. 그것이 최선의 방책일지 모른다."

기나긴 침묵이 이어졌지만, 이윽고 다들 고개를 주억거릴 수밖에 없었다.

"그 방법이 적절하다."

원술 황제도 찬성하고 곧바로 대대적인 탈출 준비에 들어갔다. 이풍, 악취, 진기, 양강 대장 넷은 약 10만 군사와 함께 뒤에 남아서 수춘을 지키기로 했다. 원술과 그 친족을 따라서 성을 떠나는 본군에는 장병 24만 명이 따랐으며 성안 창고에 쌓아둔 금은보화는 말할 것도 없고 군수 물자와 문서, 서책 따위도 밤낮으로 수레에 실어 끊임없이 빼내었다. 그러고 나서 회수 강기슭에서 줄줄이 배에 실어 어디론가 운반해갔다. 물론 원술과 수행하는 신하도 재빨리 회수를 건너 전란을 피해 멀리 도망쳤다.

넘쳐흐르는 강물과 빈껍데기 같은 성만 남았을 뿐이다. 조조 휘하의 공격군 30만 군사가 성 아래로 들이닥친 건 바로 그 직후다. 여기까지 오자 조조 세력 또한 크게 약해졌다. 수춘에 가까워질수록 수해 상황은 상상 이상으로 심각했다.

성안에 있는 마을은 어떤지 모르겠지만, 교외 100리 주변은 아직도 홍수가 지나간 흔적이 생생했다. 밭은 늪으로 변한 지 오래였으며 길도 진흙 속에 파묻혀 어디가 길인지 제대로 분간하기조차 어려웠다. 백성은 다들 나무껍질을 벗겨 먹거나 풀을 뜯어 먹으며 근근이 살아가는 상황이었다.

조조 병참부는 큰 오산에 맞닥뜨려 고민에 빠졌다.

"어찌하면 30만 군사를 먹여 살릴 수 있을까?"

원정군의 군수품은 애초부터 양이 넉넉하지 않았다. 행군하는 동안 적진에서 나오는 것으로 충당한다는 계산이었다.

"이 정도일 줄은!"

군량총관 왕구(王垢)가 이 지방 일대의 수해를 보고 망연자실한 것도 무리는 아니다. 일주일이나 열흘쯤이라면 그나마 어떻게든 버틸 수 있었다. 보름이 지나자 여기저기서 타격이 왔다. 진을 치고 달포가 넘어가자 진중의 군량미는 바닥을 드러내기 시작했다.

"동시에 공격해 무너뜨려라."

물론 조조도 초조했다. 공성(攻城) 작전도 수해 탓에 병마가 제대로 움직이지 못했으며, 성안 병사들이 굳건히 지키고 있어 쉽사리 공략할 수 없었다.

해서 조조는 오나라로 손책에게 파발마를 보냈다.

가을 하늘은 높디높으나 땅은 가물고 물이 넘치네.
정병은 야위어가고 살찐 말은 쇠약해져 가오.
오나라 배가 오기만을 애타게 기다린다오.
자비로운 쌀 10만 섬이 100만 기를 능가하기에….

2

오나라 손책은 벌써 조조와 맺은 군사 경제 동맹 약속에 따라 장강을 건너 남쪽으로 진격하는 길이었는데, 조조의 서신을 받고 그 요청에 응하기 위해 본국에 준비 명령을 내렸다.

"즉시 군량미를 실어 와라."

아무리 그래도 길이 멀었다. 가는 도중에는 양자강이라는 큰 강이 가로막고 있었으며 호송하려면 병마도 엄청나게 필요했다. 어쨌든 여러 날이 걸렸다.

그사이 조조 진중에서는 군량을 담당하는 총관 왕구도 비명을 내지르는 판국이다.

"승상, 드릴 말씀이 있습니다."

"무슨 일인가?"

왕구와 임준(任峻) 두 사람은 기운이 하나도 없는 얼굴이다. 임준은 창고 담당이다. 왕구와 함께 조조 앞으로 나아가 궁핍한 상황을 호소했다.

"이제 군량이 없습니다. 며칠 분조차…."

"그게 어쨌다는 거지?"

조조는 일부러 큰소리치며 물었다.

"나한테 의논한다고 해결이 되느냐? 난 창고 관리도 아니고 군량총관도 아니다."

"예…?"

"그만둬라. 그만한 일로 일일이 내게 의논하지 않고는 보직을 맡을 수 없다면."

"…."

"이번만큼은 지혜를 빌려주마. 오늘부터 병사들에게 지급하는 군량미 되의 크기를 바꾸는 게 좋겠다. 작은 되를 써라, 작은 되를…. 그리하면 꽤 차이가 날 것이다."

"되의 양을 줄인다…."

"알겠느냐?"

"명 받들겠습니다."

두 사람은 허둥대며 물러가 곧바로 그날 저녁부터 작은 되를 쓰기 시작했다. 1사람당 5홉씩 나누어주던 걸 1홉 5작으로 양을 줄였다. 물론 조, 기장, 풀뿌리까지 섞인 기근 시의 군량이니 병사들의 위가 만족스러울 리 없었다.

"무슨 불평들을 할까?"

조조는 몰래 하급 병사들이 불평하는 소리에 귀를 기울여보았다. 당연히 욕지거리를 퍼부어댔다.

"승상도 너무하시지, 에휴…."

"이러면 출정 때 했던 선언하고 약속이 다르잖아."

"나 원 참, 이런 걸 먹고 싸울 수가 있겠나."

원망 섞인 소리가 조조에게로 쏠렸다. 식량에 대한 원망은 무척 거셌다. 조조는 양미총관 왕구를 불렀다.

"불평하는 소리가 차고 넘치는구나."

"아무래도…. 진정시키고는 있습니다만 도저히…."

"방법이 없겠나?"

"없습니다."

"그러면 내가 자네한테서 물건 하나를 빌려 진정시켜도 되겠는가?"

"저 같은 사람한테서 뭘 빌리신다는 건지…."

"왕구, 자네 머리다."

"예…?"

"미안하지만 빌려줘야겠다. 만약 자네가 죽지 않는다면 30만 군사가 동란을 일으킬 것이다. 30만 군사와 머리 하나. 그 대신 자네 처자는 걱정하지 말게. 내가 평생 책임지겠네."

"아, 너무하십니다. 승상, 제발 살려주십시오."

왕구는 엉엉 울기 시작했지만, 조조는 태연히 미리 말해두었던 무사에게 무언의 눈짓을 보냈다. 무사는 한달음에 달려들어 왕구의 목을 베었다.

"즉시 진중에 효시하라!"

조조는 엄하게 명령했다.

왕구 머리는 장대에 대롱대롱 매달려 진중에 내걸렸다. 거기에 붙일 팻말까지 미리 준비했을 터. 팻말에는 이렇게 쓰여 있었다.

왕구는 군량을 훔쳐 작은 되를 이용해 자기 배를 불렸다.
죄상이 분명하다.
군법에 따라 여기에 바로잡는다.

"허면 작은 되를 쓴 건 승상의 명령이 아니었군. 나쁜 놈 같으니라고."

병사들은 왕구를 원망하며 조조에게 품었던 불평은 어느새 잊어버렸다. 사기가 일변한 것을 계기로 조조는 그날 즉시 대호령을 발표했다.

"오늘 밤부터 사흘 안에 수춘성을 공격해 함락시킨다. 태만한 자는 목을 벨 것이다. 그 자리에서 처형하겠단 말이다!"

3

그날 밤, 조조는 군사를 직접 이끌고 해자 끝에 서서 필사적으로 지휘했다.

"해자를 메워서 건너라! 마른풀을 잔뜩 쌓아 성문 망루를 태워라!"

조조 군에 대항해 적들도 죽을힘을 다해 커다란 나무와 돌을 떨어뜨리고 노궁(弩弓)을 마구 쏘아댔다. 화살을 맞고 돌에 깔려 죽은 사람들의 시체로 해자가 메워질 지경이다.

그 모습을 보고 겁을 먹고 서 있는 부장 둘이 있었다. 두 사람은 공격군 속에서 몸을 움츠린 채 함부로 앞으로 나서지 않았다.

"비겁한 놈."

조조는 질타를 퍼붓자마자 그 둘을 베어버렸다.

"먼저 아군부터 징계할 것이다!"

몸소 말에서 내려 흙을 운반하고 풀을 던져 한 발 한 발 성벽으로 바싹 다가갔다. 군의 사기가 일시에 치솟았다. 병사 한 부대가 성을 기어 올라가 재빨리 뛰어들어 안쪽에 닫아 걸린 성문 빗장을 부숴 열었다.

"와!"

함성을 지르며 병사들이 물밀 듯이 성안으로 밀고 들어갔다. 이윽고 둑 한쪽이 와르르 무너져 내렸다. 공격군의 군마들이 홍수처럼 확 흘러 들어갔다. 그 후는 살육만이 있을 뿐이다. 수장 이풍을 비롯해 부하들 대부분이 칼에 베여 죽거나 사로잡혔다. 참칭 황제가 세운 가짜 궁궐 문의 붉게 칠한 누각과 전당의 푸른 전각은 모조리 불에 휩싸여 시뻘건 연꽃으로 변해버렸다.

"숨 돌릴 틈 없다! 즉시 배와 뗏목을 정비하여 회하를 건너 원술을 쫓는다. 마지막 일격을 가하라!"

장군들을 독려하여 또 추격 준비를 하는 며칠 사이에 허도에서 급보가 날아들었다.

"형주의 유표가 장수와 결탁해 불온한 세력을 키우고 있답니다."

조조는 눈살을 찌푸리며 전쟁을 하던 중에 급히 도읍으로 돌아갈 수밖에 없었다.

"장수는 몰라도 유표가 움직인다면 큰일이다."

허도로 돌아가면서 조조는 오나라 손책에게 파발마를 보내 의견을 제안했다.

"그대는 병선으로 장강 위에 다리가 걸쳐진 듯이 포진하여 강 상류에 있는 형주의 유표를 슬슬 위협하도록 하시오."

그러면서 여포와 현덕 두 사람에게는 맹세의 술잔을 주고받게 했다.

"예전의 친분을 돈독히 해서 서주와 소패를 지켜 서로 순망치한(脣亡齒寒,《춘추좌씨전》에 나오는 말. 입술이 없으면 이가 시리다는 뜻으로, 서로 떨어질 수 없는 밀접한 관계라는 의미 – 옮긴이)의 의를 새롭게 맺으시오."

그러고는 유현덕에게 특명을 내렸다.

"이제 이것으로 여포에게도 이의가 없을 테니 그대도 예주 소패성으로 돌아가는 게 좋겠소."

현덕이 호의에 감사하며 헤어지려는 순간 조조는 여포가 없는 걸 다시 한번 확인하고 몰래 속닥였다.

"음…, 그대를 소패에 남겨두는 건 호랑이를 잡기 위한 준비 작업이오. 진규와 진등 부자가 조금씩 함정을 파는 중이라오. 그 부자와 계략을 짜서 실수 없도록 준비해줬으면 좋겠소."

장래에 다가올 우환에도 만전을 기한 다음, 드디어 조조는 전군을 이끌고 허도로 돌아갔다.

그때 단외(段煨)와 오습(伍習)이라는 잡군의 야장(野將) 둘이 사병을 데리고 장안의 이각과 곽사를 때려죽였다며 그 머리를 조정에 바치러 왔다.

이각과 곽사는 장안 대란 이후 조정의 적이 되었다. 공경백관(公卿百官)은 뜻밖의 좋은 소식에 기뻐하며, 황제에게 상주를 올려 두 야장에게 은상으로 관직을 내려 그대로 장안을 지키도록 명했다.

"태평의 기운이 가까워졌도다."

조야에서 연회를 벌여 성대하게 축하했다.

마을에는 역적 둘의 머리를 이레 동안 효시하였다. 마침 그때 남방 정벌에서 귀환한 조조의 30만 병사도 이 축일에 맞춰 돌아왔다. 먹고 마시고 춤추는 동안 잠시나마 허도는 인간의 배부른 얼굴과 기뻐하는 모습 일색으로 넘쳤다.

신 매실과 여름에 치는 진(陣)

1

해가 바뀌어 건안 3년이 밝았다.

조조도 벌써 마흔을 훌쩍 넘겼다. 조조는 위용도 인품도 갖춰졌으며 패기와 열정도 품고 있었다. 평소 때는 그저 온화하고 반듯한 모습을 한 귀인의 분위기가 감돌았다. 때로는 한가로움을 사랑해 혼자서 서책을 읽거나 시를 짓는 데 푹 빠져서는 온종일 봄이 한창인 방에서 나오지도 않았다. 또 어떤 날은 집안의 자상한 아버지가 되어 어린 자식들과 정신없이 장난을 치기도 하였다.

조조 가문은 나날이 번성했으며 승상이라는 높은 벼슬에 올라 공을 이루고 명성을 높여갔다. 이제는 전쟁이나 창칼에 대한 생각이 머릿속에서 사라진 듯해 보였다.

정월에 조정으로 나간 조조는 천자를 알현해 축하 인사를 올린 후 이렇게 말했다.

"올해도 서쪽으로 원정을 나가야겠습니다."

남쪽 회남은 작년 내내 공격을 가한 후 잠시간 소강 상태였다. 서쪽이라면 당장은 남양에서 형주 지방에 걸쳐 움직이고 있는 장수(張繡)가 바로 떠오른다.

아니나 다를까 그해 초여름 4월, 승상부에서 대령(大令)이 발표되자마자 하룻밤 사이에 대군이 서쪽으로 행군할 채비를 서둘렀다.

토벌장수(討伐張繡)!

군사들의 사기는 신선했다. 군기도 엄하게 잡힌 상태였다. 천자는 몸소 어가를 재촉해 조조를 문밖 대로까지 배웅했다.

때마침 초여름이어서 보리는 그야말로 먹음직스럽게 익어 갔다. 대군이 허도 외곽에서 시골길을 따라가자 보리밭에서 일하던 농부들이 무서워하며 앞다투어 도망치더니 숨어버리고 말았다.

그 모습을 바라보던 조조가 부하에게 명했다.

"마름이나 촌로를 불러와라."

이윽고 벌벌 떨며 불려온 촌장과 농부들에게 조조는 잘 타일 렀다.

"자네들이 노력한 땀과 정성으로 자란 보리가 익었을 때, 병마를 내보내는 일 또한 어쩔 수 없는 국책에 따른 것이다. 걱정하지 마라. 여기를 지나가는 대장들의 부대가 논밭을 망치지 못하도록 군령을 발표했다. 마을에서 조그만 물건이라도 훔치는 병사가 있다면 즉시 말하라. 내 휘하 대장이 그 자리에서 죄를 지은 병사의 목을 벨 것이다."

이 말을 들은 촌로와 들판의 부녀자들은 평소처럼 밭에서 안심하며 일했고 평온하게 군대를 배웅했다.

군율은 제대로 지켜졌다. 군사도 말도 좁은 보리밭 길 근처를 지나갈 때는 말고삐를 조이고 손으로 보리를 가르면서 조심조심 지나갔다.

그때였다. 조조가 탄 말이 어찌 된 영문인지 들비둘기의 날개 치는 소리에 소스라치게 놀라 갑자기 뛰어오르는가 싶더니 보리밭으로 미친 듯이 들어가 보리를 망쳐버렸다.

조조는 무슨 생각을 했는지 급하게 명했다.

"전군은 멈춰라!"

그러더니 행군주부(行軍主簿)를 불렀다.

"부주의하게도 내가 직접 법령을 말해놓고 지금 그 법을 어기고 말았다. 통솔하는 자가 이미 규칙을 깼단 말이다. 무슨 자격으로 남을 다루고 바로 하며 굴복시킬 수 있겠는가? 자결하여 법을 밝히는 게 내 임무라 믿는다. 제군들, 내 죽음을 슬퍼하지 말라! 더더욱 군기를 다잡아 오직 한결같은 마음으로 천하를 위해 봉사하라."

말을 마치고 난 조조가 칼을 꺼내 들어 자결하려던 찰나.

"당치도 않습니다!"

장수들이 아연실색해서 조조 양옆에서 뜯어말렸다.

"기다리십시오.《춘추》에도 법은 존귀한 사람에게는 묻지 않는다 하였습니다. 승상은 대군을 통솔하는 몸, 승상의 생존은 곧 군 전체의 사활입니다. 저희를 불쌍히 여기신다면 자결은 멈춰주십시오."

"그런가. 춘추 시대에 이미 그런 예가 있었던가? 그렇다면 선친에게서 물려받은 머리카락을 잘라 단죄의 뜻으로 대신하여 법에 복종한 증거로 삼겠다."

조조는 머리카락을 붙잡고 한 손으로 단검을 쥐어 뿌리 끝에서 싹둑싹둑 잘라서 주부에게 건네줬다.

추상엄렬(秋霜嚴烈)!

그 모습을 눈으로 보고 귀로 들은 병사들은 두려움에 몸이 움츠러들었고, 자기 자신을 훈계하지 않는 사람이 없었다.

2

행군은 5월부터 6월까지 이어졌다. 6월은 그야말로 대단한 더위를 자랑하는 계절이다. 특히 하남 복우(伏牛) 산맥을 넘어가는 산길 행군은 여간 고된 일이 아니다. 대열이 지나간 후에는 비지땀이 땅을 적시고 풀은 뽀얀 먼지를 덮어썼다. 산길에 있는 바위와 모래 위는 뜨거운 날씨에 물 한 방울 보이지 않았다. 많은 병사가 하나둘 쓰러져갔다.

"물을 마시고 싶다…."

"물은 없는가!"

쓰러진 병사도 행군하는 병사도 괴롭게 신음하였다.

그때 조조가 갑자기 말 위에서 채찍으로 어딘가를 가리키면서 외쳤다.

"조금만 참아라, 조금만 더! 이 산을 넘어가면 매화나무 숲이 있다. 달려가서 매화나무 그늘에서 쉬면서 마음껏 매실을 따

라. 매실을 떨어뜨려 먹어라."

그 말을 들은 병사들은 헐떡거리며 갈증으로 괴로워하다가 돌연 힘이 불끈 솟았다.

"매실이라도 좋다!"

"매화나무 숲까지 힘내자."

병사들은 부지불식간에 매실의 신맛을 상상하자 입속에 침이 가득 고이면서 갈증을 잠시간 잊을 수 있었다. 매실의 신맛은 갈증을 다스리는 데 효과적이다.

조조가 평소 한가할 때 어떤 책에서 읽었던 말을 임기응변식으로 이용한 것이지만, 훗날 병학자(兵學者)는 이를 조조의 병법 중 하나로 보았으며 뜨거운 여름, 갑옷이 타들어갈 듯한 날에 갈증을 풀어버리는 비결로 여겼다.

복우 산맥을 넘어오는 누런색 먼지는 벌써 남양 완성에서도 볼 수 있었다.

장수는 적잖이 당황했다.

"빨리 적의 후방을 치시오."

장수는 형주의 유표에게 원조를 요청하는 파발마를 보내는 한편, 군사(軍師) 가후를 성안에 남겨두고 직접 방어에 힘차게 나섰다.

"지쳐 떨어진 적의 병마들이 대군이라 한들 무슨 힘이 있겠는가?"

부하 무사 장선(張先)이 맨 먼저 조조의 부하 허저에게 당한 걸 시작으로 일패도지(一敗塗地, 싸움에 1번 패하여 간과 뇌가 땅바닥에 으깨어진다는 뜻으로, 여지없이 패하여 다시 일어날 수 없게

되는 지경에 이름을 이르는 말. 한고조 유방의 말로 《사기》에서 유래
됨 – 옮긴이)하며 맥없이 엉망이 된 채 완성 안으로 도망쳐왔다.
조조가 이끄는 대군은 성 아래까지 바싹 밀어붙여 서문을 봉쇄
했다.

공성과 농성의 형태로 진입한 것이다. 농성하는 쪽은 새 전
술을 써서 성벽으로 기어오르는 공격군에게 펄펄 끓는 쇳물을
끼얹었다. 쇠 찌꺼기인지 사람인지 분간이 가지 않는 시체들이
와르르 떨어지면서 성벽 아래 빈 해자를 가득 메웠다.

그렇다고 기가 꺾일 조조 군사들이 아니다. 조조도 직접 서
문으로 병력 대부분을 집중시켜 사흘 낮 사흘 밤을 숨 돌릴 틈
도 없이 공격해댔다.

"돌파하라."

뭐니 뭐니 해도 주장(主將)이 지휘하는 곳이 주력이 된다. 운
제(雲梯, 긴 사다리를 차에 탑재한 것으로, 공성전을 할 때 공격 측이
성벽을 올라가거나 정찰할 때 사용함 – 옮긴이)처럼 생긴 망루를
만들고 흙을 담은 포대를 쌓아 해자를 메운 뒤 노궁을 퍼붓는
소나기처럼 한바탕 쏘아댔다. 함성을 지르고 기름 묻힌 나뭇단
과 횃불을 집어던지는 등 갖은 방법을 총동원해 공격했다.

방어할 힘이 다 떨어진 장수가 물었다.

"가후, 형주에서 온다는 원군은 언제쯤 도착하겠는가? 이제
성이 함락되는 것도 시간문제…. 늦지 않겠는가?"

지금 의지할 데라고는 오직 군사 가후의 안색뿐이다. 가후는
침착하게 답했다.

"괜찮습니다."

"아직 괜찮겠는가?"

"아직…? 그 말이 아닙니다. 단호히 말씀드리지만, 이 성은 지킬 수 있습니다. 게다가 조조를 생포하는 일도 그다지 어렵지 않습니다."

"조조를?"

"허풍이라고 제 말을 의심하시지만 않는다면 반드시 조조의 머리를 장군 손안에 바쳐 보이겠습니다."

"어떤 계책으로?"

장수는 가후에게 바싹 다가갔다.

3

가후 머릿속에 있는 계책은 대체 무얼까?

가후가 장수에게 말했다.

"이번 전투 중에 제가 몰래 망루 위에서, 조조가 성을 공격하기 전에 이 성 주변을 3번이나 돌아보면서 네 문이 얼마나 견고한지 시찰하는 걸 목도했습니다. 조조가 가장 주의 깊게 보던 곳이 동남쪽 문이었습니다. 동남쪽 문은 녹채(鹿砦, 나뭇가지를 사슴뿔처럼 세워 적을 막는 장애물 – 옮긴이)가 낡은데다 성벽도 수리한 지 얼마 되지 않았고 헌 벽돌과 새 벽돌을 이리저리 섞어 성벽을 쌓은 곳입니다. 다시 말해서 방어 시설에 약점이 드러났다는 말입니다."

"음, 음. 과연…."

"보는 눈이 날카로운 조조는 이 성을 함락시킬 곳은 바로 여기라고 마음속으로 결정했을 것입니다. 해서 조조는 다음 날부터 서문에 군사력을 집중시키고 자신도 거기 서서 혈안이 되어 공격을 시작한 것입니다."

"동남쪽 성문 입구를 공격하겠다고 결정했으면서 왜 서문을 저렇게 갑자기 공격하는 거지?"

"위격전살(僞擊轉殺)이라는 계책입니다. 다시 말해 서쪽 문에 방어력을 집중시켜놓은 다음, 갑자기 동남쪽 문을 쳐부수고 단번에 완성을 점령할 준비를 하는 것입니다."

그 말을 들은 장수는 섬뜩하여 온몸에 소름이 돋았다.

"제게 맡겨만 주십시오."

가후는 즉시 조조 군에 대비할 채비를 갖추었다. 이 성안에 가후가 있다는 사실은 조조도 이미 안다. 가후의 됨됨이 또한 잘 알 터. 그럼에도 조조처럼 지혜로운 자도 자기 지혜에는 속아 넘어가는 모양이다.

그날 밤 조조는 서쪽 문을 총공격하는 것처럼 위장하는 한편, 몰래 선별한 강병들을 동남쪽 문으로 파견하였다. 자신은 직접 선두에 서서 녹채를 뛰어넘어 성벽으로 들이닥쳤지만 맞서 싸우러 나온 적들이 그림자 하나 보이지 않았다.

조조는 껄껄 웃었다.

"가소로운 놈들. 내 계책에 걸려들어 성안 병사들 모두가 서쪽 문을 방어하느라 이런 줄은 꿈에도 모르는 모양이구나."

단번에 동남쪽 문을 격파하고 성벽 문 안으로 쳐들어갔다. 이게 어찌 된 일인가? 성안도 깜깜한 채로 화톳불 하나 보이지 않았다. 너무나 고요했다.

"음?"

말을 세우고 둘러보는데, 쾅! 하는 소리가 울려 퍼지는 게 아닌가.

"큰일 났다."

조조는 따라오는 군사들을 뒤돌아보며 다급히 외쳤다.

"허유엄살(虛誘掩殺) 계책이다! 퇴각하라! 퇴각!"

때는 이미 늦었다. 함성이 땅을 흔들며 깔린 어둠이 전부 적병으로 변해 조조를 야금야금 압박해왔다.

"조조를 생포하라!"

조조는 말을 채찍질하며 혼자 도망쳤지만, 안타깝게도 그날 밤 동남쪽 문에서 죽은 부하 수는 몇 천인지 몇 만인지 헤아릴 수조차 없었다.

여기뿐 아니라 거짓 공격을 위한 계책이 탄로난 탓에 서쪽 문에서도 장수에게 무참히 패배하고 전선에 걸쳐서 크나큰 손해를 입었다. 오경(五更) 무렵까지 추격을 당해 날이 밝아 해가 뜰 즈음에는 성 아래 20리 밖까지 후퇴한 상황이었다. 얼마나 피해를 입었는지 살펴보니 하룻밤 사이에 죽은 병사가 5만이 넘었다.

그때였다.

"형주의 유표가 갑자기 군사를 움직여 우리의 퇴로를 끊고 허도를 칠 것 같습니다."

불길한 소식을 접한 조조는 참담한 모습으로 이를 부드득부드득 갈았다.

"두고 보자."

원한 서린 한마디를 내뱉고는 패전지를 황급히 떠났다. '후퇴도 병법'이라며 조조 군은 말 머리를 돌려 허도로 돌아가려는 순간, 이런 소식이 들려왔다.

"유표가 일단 대군을 끌고 오려 했나 봅니다. 허나 오나라 손책이 병선을 이끌고 강을 거슬러 올라가 형주를 치겠다는 말을 전해 듣곤 겁을 먹어 출병을 망설이는 중이라 합니다."

4

고금의 무장 중, 전쟁에서 조조만큼 통쾌한 승리를 거둔 대장도 많지 않지만, 또 그만큼 통렬한 패배를 자주 맛본 대장도 드물다.

조조의 전쟁은 요컨대 조조의 시(詩)다. 시를 짓는 것처럼 조조는 작전에 열중했다. 그 정열이나 구상은 마치 금이나 옥 같은 시구처럼, 마음속 깊은 곳의 모든 정열을 다해 연주하는 시인의 마음처럼, 전쟁에서 그대로 휘두르는 게 조조의 싸우는 모습이다.

해서 조조의 전쟁은 조조의 창작이다. 뛰어난 걸작이 있는가 하면, 비참한 졸작도 나온다. 어느 쪽이든 조조는 전쟁을 즐기는 사내다. 즐길 정도였으니 참패를 맛보아도 기가 죽는가 하면 그렇지도 않다. 그 천하의 조조도 대패해서 돌아오는 도중에는 얼굴에 처참한 기색이 드리워지는 게 인지상정이다.

매실 맛도 시고
패전도 시구나
다르지만 닮은 맛이며
마음의 혀를 넘으니 그 맛이 달구나

말 위에서 흔들리면서도 조조는 어느새 시를 짓는 중이다. 역경 속에서도 여전히 인생을 즐기려는 불굴의 기력은 남아 있나 보다. 절박해지는 일은 결코 없었다.

양성(襄城)을 지나 육수 강가에 다다랐다. 조조가 갑자기 말을 멈추었다.

"아…."

조조는 깊은 사색에 잠겨 천천히 거닐다가 눈물까지 도르르 흘렸다. 여러 장수가 의아해하며 물었다.

"승상, 무슨 일로 그리 슬퍼하십니까?"

"이곳은 육수가 아닌가."

"그렇습니다."

"작년에 이 땅으로 장수를 공격하러 왔을 때 내가 방심한 탓에 전위를 잃었다. 완성의 패전을 슬퍼하는데 그만 그때 일이 떠오른 모양이네…."

조조는 말에서 내려 물가에 있는 버드나무에 묶어둔 뒤, 돌 하나를 강가의 나지막한 땅 위에 놓고는 소와 말을 잡았다. 그러고는 전위의 혼백을 부르는 제사를 준비해 그 앞에서 절을 하더니 마침내 큰 소리로 통곡했다. 많은 장수가 조조의 두터운 정에 감동받아 차례차례 절을 했다. 조조의 적자 조앙의 영에게도 절을 하고, 조카 조안민에게도 공양했다.

버드나무 가지가 처연하게 드리워진 육수 강물은 이미 가을의 차가운 기운을 품었으며, 검은 팔가조(八哥鳥, 까마귀 일종으로 늙으면 눈이 멀어지는 어미 새를 위하여 먹이를 물어다 주며 죽을 때까지 봉양하는 새 - 옮긴이)가 쉬지 않고 날아다녔다. 여러 장군의 통곡이 끊이지 않았다….

초여름, 보리를 밟으며 의기충천하여 원정을 떠났지만 서늘한 가을의 8월, 전쟁에서 대패해 만신창이가 되어 치욕을 참으며 고국으로 돌아가는 장병들의 마음을 생각하면 꼭 과장이라고 할 수는 없을 것이다.

뒤돌아보니 여건(呂虔)과 우금 등의 장군들까지 부상을 입은 상황이다. 남아 있던 군수품은 적지에 고스란히 버리고 왔다. 아, 올려다보니 저물어가는 산에는 이미 어두워진 해가 덩그러니 걸려 있는 게 아닌가.

"어, 누가 오는군."

"아군 파발마다."

사졸들이 제각기 말을 주고받는데 저편에서 전령이 말을 채찍질하면서 이쪽으로 다가왔다. 허도에 남아 있는 아군 순욱이 보낸 사자다. 물론 서신을 가지고 왔다. 조조가 바로 펼쳐보니 이런 내용이다.

형주의 유표가 군사를 일으켜 기습하고, 안상(安象) 부근에서 기다리다가 장수와 힘을 합쳤습니다. 그러니 경계하십시오.

5

"그런 일이 있을 줄 알고 벌써 대비하였다."

조조는 전혀 동요하지 않았다. 순욱이 보낸 사자에게도 걱정하지 말라며 돌려보냈다.

안상 경계 지역까지 오자 아니나 다를까 유표의 형주 병사들과 장수의 연합군이 험난한 곳을 막고 있는 게 아닌가.

"연합군이 지리를 잘 아는 이점이 있다면 나 또한 그 점을 이용해야 할 것이다."

조조도 한쪽 산을 따라 진을 쳤다. 해 질 무렵부터 밤사이에 걸쳐 진을 친 덕분에 길 하나 없어 보이던 산에 길을 내어 전군의 8할 정도는 산그늘 분지에 숨길 수 있었다.

날이 밝고 아침 안개도 걷히자 손을 이마에 갖다 대고 조조 쪽 진지를 살피던 유표와 장수 군사들이 중얼거렸다.

"뭐야, 저렇게 적었어?"

"저 정도겠지, 뭐."

그렇게 고개를 주억거리는 병사도 있었다.

"얼마 전에 군사 5만이 전사한데다가 힘든 행군에 패배해서 철수하는 거잖아. 도망병도 속출했을 거고 병자는 버리고 왔을 거야, 아마. 저 정도만 해도 적잖이 돌아온 거지."

군 간부들도 그 정도라 판단했는지 이윽고 요해를 떠나 들판을 새까맣게 뒤덮으며 습격해왔다. 충분히 이쪽을 얕잡아보게끔 계략을 짰다. 그러고는 맹수가 사냥감을 지켜보듯 가까이 다가올 때까지 숨죽여 기다렸다.

조조가 돌연 산 한쪽에서 모습을 드러내며 명령했다.

"분지의 병사들이여, 일어나라! 지금이다. 늪에서 나와 구름으로 변하라! 들판을 에워싸고 적들을 포위해 죽여버리고 피로 빗물을 내려버려라."

눈에 보이던 병사 수의 8배가 되는 대군이 땅에서 솟아오르는가 싶더니 퇴로를 막고 측면과 전면에서 덮쳐오는 바람에 유표와 장수 연합군은 어찌할 바를 몰랐다.

드넓은 벌판에 흐드러지게 펼쳐진 가을 풀들은 하나같이 피를 뚝뚝 떨어뜨렸다. 곳곳에 시체로 쌓인 언덕이 생겨났다. 앞다투어 도망친 병사들은 요해에 다다르지 못하고 산 너머 안상 마을로 줄걸음 놓았다.

"현성도 불태워라."

조조 병사들은 울분을 풀기 위해 추격했다. 그때 또다시, 정말 언제나 그렇듯 중요한 일이 일어나기 직전에는 꼭 심술궂게도 급보가 날아든다.

하북(河北)의 원소가 도읍이 빈틈을 노려 대동원을 발포했다.

이렇게 쓰여 있었다.

"원소가!"

이 소식에는 어지간히 놀란 모양이다. 조조는 아무것도 돌아보지 않고 허도를 향해 밤낮을 내달렸다.

장수와 유표는 조조의 당황한 모습을 보고 이번에는 반대로 조조를 가열차게 추격했다.

"쫓으면 반드시 험한 꼴을 당하게 됩니다."

가후가 간언했지만, 두 장군은 추격에 적극 가담했다. 예상했던 대로 도중에 매복하던 억센 병사와 마주쳐 거듭 참패를 당하고 말았다.

가후는 두 장수의 질린 표정을 보고는 격려했다.

"뭘 하십니까! 지금이야말로 추격할 때입니다. 반드시 큰 승리를 이룹시다."

두 장수는 주저했지만 가후가 너무나 자신만만하게 격려하는 바람에 다시 조조 군을 쫓아가서 싸워 이번에는 대승하여 개가를 올리고 돌아왔다.

"묘하구나. 가후, 대체 그대는 어떻게 전쟁의 승패를 싸우기도 전에 알 수 있단 말인가?"

나중에 두 장수가 물으니 가후가 웃으며 대답했다.

"이 정도는 병학에선 초보 중의 초보입니다. 첫 추격은 적들도 추격당한다는 사실을 예상하니 계책을 써서 힘센 병사를 남겨두고 뒤에서 준비하는 게 상식적인 퇴각법입니다. 그다음은 쫓아오는 병사가 없으니 강병은 앞에 서고 약병은 뒤에 있어 자연히 군기가 느슨해지기 마련입니다. 그 허술한 틈을 이용한다면 반드시 승리한다고 믿었습니다."

북쪽에서 온 손님

1

간신히 허도로 돌아온 조조는 귀환한 군대를 해산하는 한편, 여러 장수에게 말했다.

"일전에 안상에서 대적과 맞붙었을 때, 못 보던 장수 하나가 100명도 안 되는 군사를 이끌고 고전하던 날 도와주었다. 필시 내게 벼슬자리를 바라는 자일 듯하다. 어느 부대에 속해 있는지 즉시 알아보아라."

명령을 받고 막료 하나가 단상 위에 올라가서 그 사정을 전군에게 전했다. 그때 대열 저 뒤편에서 당당한 모습의 무장이 창을 옆구리에 끼고 앞으로 나오더니 조조 앞에서 명령을 받았다.

"저입니다."

조조는 슬쩍 쳐다보며 물었다.

"어디 출신인가?"

"혹시 기억하실지 모르겠습니다. 일찍이 황건적이 난을 일으켰을 때도 얼마간의 공을 세워 한때는 진위중랑장(振威中郎將)

이라는 영예로운 자리에 있었습니다만, 그 후에 생각하던 바가 있어 고향 여남(汝南)으로 내려갔습니다. 이름은 이통(李通)이라 하며 자는 문달(文達)입니다."

잘 알지는 못했지만, 그 이름은 일찍이 들어본 적이 있었다. 조조는 뜻밖의 횡재라도 한 것 같았다.

"기회를 잘 잡아 나를 위험에서 구하고 나와 가까워진 것도 장수가 갖추어야 할 하나의 재능이다. 신묘하기 이를 데가 없구나. 고향 여남으로 내려가 그곳을 지키는 게 좋다."

조조는 이통을 패장군건공후(稗将軍建功侯)에 봉했다.

어떤 날이었다. 허도를 지키던 순욱이 조조의 귀환을 축하한 뒤, 불쑥 물었다.

"일전에 제가 파발마를 보내 귀환하시는 도중 유표와 장수 연합군이 험로를 막고 기다린다는 소식을 전했을 때, 승상께서 서신을 보내 '걱정 마라, 내게 틀림없이 쳐부술 계책이 있다'고 말씀하셨는데, 어떻게 그리 앞날에 대한 확고한 신념이 있으셨습니까?"

조조는 그 말에 웃으며 대답했다.

"아, 그때 말인가. 그때는 지치고 고달픈 상황이 극에 달해 있던 우리를 유표와 장수가 필살의 준비를 갖추고 기다렸지. 그게 오히려 우리에게 죽을 각오를 부여했던 셈이다. 해서 아군의 장병들은 빠져나갈 길이 없는 곳에서 죽을힘을 다해 전투에 임했다. 인간의 역경도 그 정도까지 절체절명의 위기에 맞부딪치면 죽을 상황에서도 살아날 길이 있는 법! 그 도리를 생각한 순간 바로 필승할 수 있다는 확신이 들었다."

그 말이 사람들 사이에 소리 소문 없이 전해졌다.

"승상 같은 사람이야말로 진정한 손자의 현묘함을 체득한 인물이다."

대패해서 돌아온 조조를 향한 병사들의 충성은 오히려 한층 더 깊어져갔다.

올가을엔 작년처럼 축하 잔치를 벌이지 않았다. 그렇다고는 해도 제비가 떠나고 기러기가 돌아오는 계절이다. 도읍 내 역관들이 분주해졌다. 여러 주에서 나는 가을 햇곡식과 신선하고 맛있는 과일 등으로 시장은 풍성했고, 조공으로 들어온 비단이나 살찐 말들로 성안은 북적댔다.

그 속에 어느 날 하인 50명쯤을 이끌고 화려한 차림을 한 나그네 일행이 역관 문 앞에 도착했다.

"기주(冀州)에서 원소가 보낸 사자라는군."

역관 사람이 융숭히 대접했다.

이 도읍에서도 기주의 원소라면 모르는 사람이 없을 지경이다. 천하의 몇 분의 일을 차지하는 북쪽의 거대한 제후며, 대대로 한실을 섬겨온 명문 집안으로 세간에는 그 세력으로만 본다면 신흥 세력인 조조보다 훨씬 위대한 인물이라는 선입견이 있었다.

2

이제 막 퇴궐한 조조는 승상부로 돌아가 잠시간 휴식을 편하

게 취하고 있었다. 그곳으로 곽가가 찾아와서는 평상 아래에서
절을 올렸다.

"손님이 찾아오셨습니다."

"무엇이냐? 서신인가?"

"예. 원소의 사자가 멀리서 와 도읍 안 역관에 도착했는데 승
상께 보여드리고 싶다고 합니다."

"원소가 보냈다고?"

서신을 아무렇게나 펼쳐서 읽고 난 조조는 가을날에 새가 울
기라도 하듯이 껄껄 웃었다.

"뻔뻔스럽게도 교섭을 하자는군. 얼마 전, 이 조조가 도읍을
비운 사이에 도읍 안으로 군사를 보내려다 실패한 주제에 말이
야. 이 편지는 북평(北平, 하북성 만성萬城 부근) 공손찬(公孫瓚)과
국경에서 싸움을 일으켰는데 군량도 모자라고 군사도 부족하
니 힘을 실어달라는 요청이다. 글도 거만하고 이 조조를 도읍
의 파수꾼쯤으로 여기는 모양이로구나."

불쾌한 마음이 들자 그 감정이 여실히 얼굴에 드러났다. 그
것도 모자랐는지 조조는 서신을 내팽개쳤다. 그러고 나서 곽가
에게 화풀이를 마구 해댔다.

"원소의 거만하고 무례한 행동은 이것만이 아니란 말이다.
평소에 황제의 이름으로 정무와 관련한 문서를 주고받을 때도
항상 불손한 말투를 쓰는데다 나를 일개 관리쯤으로 여긴다.
언젠가는 그 거만한 콧대를 납작하게 해주리라. 기주 땅에는
아직 원소의 예전 세력이 남아 내 여태 참고 있지만. 자기 힘이
부족해 혼자 탄식하는 주제에 북평을 공격하고 병력을 빌려달

라, 군량미를 내놓으라 하니, 그것참! 어디까지 나를 우습게 보는 건지 뻔뻔하기 짝이 없는 철면피 같은 놈이구나."

"승상….."

곽가는 조조의 격렬한 분노가 사그라들기를 기다렸다.

"어린아이도 아는 사실을 새삼스럽게 다시 말씀드리는 것 같습니다만, 옛날 한나라 고조(高祖)가 항우(項羽)를 정복했던 걸 기억하시는지요? 이는 한고조가 결코 항우보다 힘이 세서가 아닙니다. 힘으로만 본다면 항우 쪽이 훨씬 우월했지요. 그런데도 한고조에게 망하게 된 이유는 용기만을 믿고 지혜를 대수롭지 않게 여긴 탓입니다. 한고조의 인내심이 마지막에 승리를 얻게 한 요인이지요."

"바로 그것이다."

"저 같은 사람이 승상을 평한다면 죽을죄를 저지르는 것이겠습니다만, 기탄없이 말씀드려도 되겠습니까? 원소와 승상의 인물됨을 비교해보면 주군께는 승리의 장점이 10가지 있고, 원소에게는 패배의 결점이 10가지 있습니다."

곽가는 손가락을 일일이 꼽아가며 두 사람의 좋고 나쁨을 헤아리기 시작했다.

"하나, 원소는 시대의 추세를 알지 못합니다. 그 사상은 보수적이다 못해 시대를 역행합니다. 하지만 주군께서는 시대에 순응하며 혁신의 기운이 넘칩니다.

둘, 원소는 번문욕례(繁文縟禮, 규칙, 예절, 절차 따위가 번거롭고 까다로움 - 옮긴이)와 사대주의의 의례만을 존중하지만, 주군께서는 자연스럽고 민첩하시며 백성에게 가까이 닿아 있습니다.

셋, 원소는 관대함만이 어진 정치라 생각합니다. 해서 백성은 너그러움에 익숙해집니다. 하지만 주군께서는 준엄하시고 상벌이 분명하십니다. 백성이 두려워하지만, 크게 기뻐하기도 합니다.

넷, 원소는 대범하지만 내실은 속이 좁고 남을 의심합니다. 육친을 지나치게 중용하기도 합니다. 허나 주군께서는 가까운 사람이든 먼 사람이든 차별을 두지 않고 사람을 대할 때는 간결, 명료하고 날카로우십니다. 그러니 의심하는 일도 없습니다.

다섯, 원소는 일을 꾀하기를 좋아할 뿐, 결단력이 없어 늘 망설입니다. 반면에 주군께서는 위기에 처했을 때 명민하게 일을 처리하십니다.

여섯, 원소는 자기 가문이 명문이므로 명사(名士)나 껍데기뿐인 이름에 기뻐하지만, 주군께서는 진정한 인재를 사랑하십니다.”

“이제 됐소.”

조조는 멋쩍게 웃으면서 손사래를 쳤다.

“그렇게 내 장점만 들려주면 나도 원소가 될 염려가 있소. 허허….”

3

그날 밤 조조는 혼자 우두커니 앉아 있었다.

“오른쪽으로 가야 하나, 왼쪽으로 가야 하나…. 묵은 숙제가 닥쳐왔구나."

원소라는 큰 존재에 대해 깊이 고민하자니 천하의 조조도 잠이 쉬 오지 않았다.

'두려워할 것 없다.'

마음속으로 되뇌었다. 하지만 금세 또 다른 생각이 스멀스멀 드는 것이다.

'얕잡아볼 상대가 아니다.'

낮에 곽가가 한 말이 돌연 떠올랐다.

"주군께는 승리의 장점이 10가지 있고, 원소에게는 패배의 결점이 10가지 있습니다."

원소와 자신을 인간적으로 비교해본다면, 곽가가 손가락을 하나하나 꼽아가며 말하지 않더라도 조조 자신도 그리 생각하는 편이다.

"인간적으론 내가 우월하다."

조조는 충분히 자신 있었지만, 그것만을 강점으로 상대를 함부로 넘볼 수는 없는 노릇이다.

원 씨 벌족 중에는 회남의 원술 같은 사람도 있는데다, 대국인 만큼 현명한 선비를 키우고 책략가와 지혜와 용기를 갖춘 훌륭한 신하도 적지 않았다. 뭐니 뭐니 해도 원소는 명문가에다 국가 원로에도 비길 만한 집안 출신이었지만, 조조는 일개 궁내관(宮內官) 자식이었다. 그것도 아버지가 일찍부터 자리에서 물러나 고향으로 내려가는 바람에 어린 시절부터 불량아라는 소리를 들었던 사람에 지나지 않았다.

원소가 낙양 도읍 군관 부(府)에서 중요한 역할을 할 때, 조조는 겨우 성문을 돌아다니는 경찰 관리일 뿐이었다. 그 후 원소가 풍운에 쫓겨 물러나고 조조는 풍운을 타고 힘차게 나아갔다. 하지만, 명문가 원소에게는 여전히 알게 모르게 보수파의 지지가 따랐고 신진 조조 곁에는 충성스러운 심복 부하를 제외하고는 반목질시하는 사람들뿐이다.

천하는 아직도 조조가 오른 위치를 '스스로 오른 승상 자리'라며 뒤에서 쑥덕거렸다. 조조의 무력은 두려워했지만, 그 위력에 진심으로 순종하지는 않았다. 조조가 그 미묘한 인심을 모를 리가 없다. 조조는 자기가 이룬 성공에 다분히 불만도 있었고 불안하기도 했다. 적은 무력으로 토벌할 수 있지만, 덕망은 무력으로 쟁취할 수 없다는 건 익히 잘 아는 터. 이때 원소와 분규를 일으킨다면 어찌될 것인가. 솔직히 망설이는 마음이 한 켠에서 일었다.

지리적인 면을 들여다볼까? 허도를 중심으로 서쪽으로는 형주, 양양(襄陽)의 유표와 장수가 있는데다 동쪽의 원술과 북쪽의 원소 세력을 보더라도 주변 일대가 적들로 둘러싸여 안심할 수 있는 쪽은 어느 한 곳도 보이지 않는다.

"이 사방의 적들 속에서 우두커니 앉아만 있다면 결국 나는 승상이라는 이름만 가진 채 질식해버릴 운명에 처할지도 모른다. 내 위치는 풍운에 따라 얻어진 것이니, 천하의 모든 땅을 위압해서 굴복시킬 때까지는 잠시도 약동의 전진을 게을리해서는 안 될 것이다. 고난을 타개할 때까지 쉬어서는 아니 되리라…. 구태(舊態)의 모든 것을 섣불리 보고 넘겨서는 아니 되고…."

조조의 의지는 큰 결단을 내리려는 참이다.

"그렇다. 고난을 타개하는 데 위험이 따르는 건 당연지사다. 원소가 어떤 자인가? 모든 구태를 새 생명으로 대신하는 건 자연의 법칙이다. 난 새로운 사람이고 원소는 구세력의 대표자일 뿐이다. 좋다! 하자!"

조조는 마음을 정했다. 그렇게 결심하고 잠자리에 들었건만, 이튿날이 밝아오자 또다시 자신의 신념을 확인하고 싶은 충동이 일었다.

조조는 승상부 관리에게 명령했다.

"순욱을 불러와라."

4

이윽고 순욱이 부름을 받고 승상부로 나왔다. 조조는 사람들을 다 물린 뒤, 전각 안에서 차분하게 순욱을 기다렸다.

"순욱인가? 오늘 자네에게 중대한 의견을 듣고 싶어 이리 불렀다. 일단 이걸 한번 보게."

"서신입니까?"

"그렇다. 어제 원소의 사신이 멀리서 가져온 것이다. 다시 말해 원소 자필로 쓴 것이다."

"과연…."

"읽어보니 어떤 생각이 드는가?"

"한마디로, 글이 무례하고 건방지며 서신에 쓰인 내용은 뻔뻔스럽고 제멋대로라는 생각밖에 들지 않습니다."

"그렇다. 그동안 원소의 무례함은 참아왔지만, 이렇게 우롱을 당한다면 이제 내 인내심이 언제 바닥날지 모르겠구나."

"지당한 말씀이십니다."

"허나 아무리 생각해도 원소를 토벌하기엔 아직 내 힘이 부족하다…."

"자성(自省)하시다니 훌륭합니다. 생각하신 대로입니다."

"난 반드시 원소를 정벌할 것이다. 자네 의견은 어떤가?"

"그리하셔도 좋습니다."

"찬성하는가?"

"두말할 나위 없습니다."

"승리할 것 같은가?"

"필승하실 것입니다. 주군께는 승리의 장점이 4가지 있고, 원소에게는 패배의 결점이 4가지 있습니다."

순욱은 어제 곽가가 했던 말처럼 두 사람의 인물됨을 비교하며 그 장단점을 하나하나 설명했다.

조조는 손뼉을 치며 시원하게 웃었다.

"이런, 그대 의견과 곽가의 말이 조금도 다르지 않구나. 내게도 결점이 많다는 건 안다. 그렇게 장점만 가진 완전한 인간이 아니란 말이다."

조조는 순욱의 말을 끊으면서 다시 진지해졌다.

"그렇다면 원소의 사신을 베어 즉시 선전 포고를 해도 좋겠는가?"

"아니 됩니다!"

"음…."

"지금은 그럴 때가 아닙니다."

"왜 그런가?"

"여포를 잊으셨습니까? 항상 뒷문에서 호시탐탐 도읍을 노리는 호랑이 여포를…. 게다가 형주 쪽 사정도 아직 안심할 수는 없습니다."

"앞으로 더 원소의 무례함을 참아야 한다는 얘긴가?"

"정성으로 천자를 섬기시고 인(仁)으로 백성을 아끼시며 서서히 새 시대로 변할 때까지 기다린 연후에 시대의 추세와 원소가 싸우도록 하셔야 합니다. 주군께서 직접 싸우시지 않아도 됩니다. 시대가 변해 원소의 옛 관료들이 스스로 무너지기를 기다리면 됩니다. 그때 최후의 일격을 가하기 위한 군사를 일으키신다면 문제없을 것입니다."

"너무 느긋한 생각 아닌가."

"아니, 순식간입니다. 시대의 흐름이란 눈에 보이지 않지만 이러고 있는 사이에도 무서우리만큼 빠른 속도로 움직입니다. 식물이 자라는 일도 아이가 커가는 모습도 눈에 보이지 않기에 느리게 움직이는 것 같지만, 사실은 천지의 움직임과 함께 눈 깜짝할 사이에 변해갑니다. 무엇보다 지금은 인내가 중요합니다."

곽가와 순욱의 의견이 일치해 조조도 주저하던 마음을 버리고, 다음 날 원소의 사신을 승상부로 불러들였다.

"요구하는 내용은 잘 알았다."

조조는 군량과 마필(馬匹) 외에도 엄청난 군수품을 준비해주었다. 그러고 나서 사신에게는 성대한 주연을 베풀어 노고를 위로하였다. 그 사신이 돌아갈 때는 특별히 조정에 주청하여 원소의 직위를 대장군태위(大將軍太尉)로 올린다는 소식을 알려주었다. 원소에게 기주, 청주, 유주, 병주 4주를 함께 다스리라는 명과 함께 사신을 조용히 돌려보냈다.

천하제일의 대식가

1

　황하를 건너 하북 벌판 멀리 원소의 사신은 조조에게서 받은 막대한 군량과 군수품을 마차 수백 승에 가득 싣고 구불구불 길을 따라 돌아왔다. 이윽고 조조가 보낸 서신도 사신의 손을 통해 원소 손에 건네졌다. 원소의 기쁨은 말할 수 없이 컸다. 당연한 일이겠지만 조조의 호의적인 답장에는 이러한 의미가 담겨 있어서다.

　장군의 건승을 축하드립니다.
　장군께서 이번에 북평을 정벌하신다는 장대한 계획을 듣고 저 또한 마음속으로 승리를 기원합니다.
　마필과 군량 등의 군수품은 가능한 한 후방에서 원조할 테니 하남은 염려치 마십시오. 오로지 북평의 공손찬을 토벌하여 만민을 안심시키고, 나아가서는 국가 수호의 대업을 이루시길 바랍니다.

단지 하나, 허도를 수호하는 임무를 맡아 여러모로 일이 많고 질서를 유지해야 하는 이유로 군사가 필요합니다. 모처럼 부탁에도 병사를 빌려드리는 일만큼은 따르지 못하는 점 깊이 사죄드립니다.

칙명에 따라서 장군의 직위를 대장군태위로 올리고 더불어 기주, 청주, 유주, 병주 등 4주의 대후(大侯)에 봉합니다.

받으시기 바랍니다.

"아니, 조조가 어떻게 답할지 고민스러웠는데, 이 서신도 그렇고 이리 극진한 대접을 해주다니…. 조조도 의외로 진실한 사내로구나."

원소는 일단 안심했다.

그러고는 북평을 공략하기 위해 군사를 대거 움직이면서 잠시간 남서쪽으로는 주의를 게을리했다.

밤에는 초선의 시중을 받으며 주연에 빠지고, 낮에는 진 대부 부자를 가까이 불러 둘도 없는 참모로 여기고 무슨 일이든 의논했다. 이것이 여포의 근황이다. 신하 진궁은 이를 은근히 걱정하는 눈치였다.

오늘도 언짢은 듯이 진궁은 여포에게 간언했다.

"진규 부자를 신뢰하시는 것도 좋습니다만, 마음속에 품은 큰일까지 털어놓으며 그 부자에게 자문을 구하는 건 염려스럽습니다. 그럴듯한 말로 아첨하며 주군께 알랑거리는 태도를 취하는 자들이 아첨꾼이 아니고 무엇이겠습니까?"

"진궁, 자넨 내가 어리석다고 생각하느냐?"

"그런 말이 아닙니다."

"왜 남을 중상모략하여 현인을 없애려는 것이냐?"

"진 대부 부자를 진실로 현인이라 생각하십니까?"

"적어도 내겐 다시없는 훌륭한 신하다."

"아아…."

"왜 그러느냐? 남의 총애를 시기하다니…. 자네야말로 아첨꾼이라는 비난을 받아야 할 게야."

"더는 말씀드릴 여력이 없습니다."

진궁은 물러났다. 주군 입으로 충성을 다하면 오히려 아첨하는 신하라는 말까지 들었다.

"차라리 문을 닫아버리자."

진궁은 잠시간 틀어박힌 채 서주성에도 나가지 않았다.

그사이에 북방의 공손찬과 원소가 전쟁을 일으켰다는 소식이 들려왔다. 사방의 이웃들 상황이 소란스러운 게 피부로 직접 와 닿았다.

"그렇다. 사냥이라도 나가서 호연지기를 키우자."

진궁은 하인 하나만 데리고 가을 산과 들을 사냥하면서 거닐었다. 그때 수상한 남자 하나가 돌연 나타났다. 나그네 차림을 한 그 남자는 진궁의 얼굴을 보더니 당황하여 도망쳤다.

"음…?"

도망치는 모습을 바라보며 진궁은 고개를 갸우뚱했지만 무슨 생각이 들었는지 갑자기 그 남자를 향해 활시위를 메겼다.

2

화살은 빗나가지 않았고 나그네 다리에 정확히 날아가 꽂혔다. 동자 하인이 사냥개처럼 그곳으로 달려갔다. 진궁도 활을 던지고 뒤에서 쫓아갔다. 맹렬히 반항하는 낯선 남자를 붙잡아 엄하게 문초했더니 소패성에서 현덕의 서신을 가지고 허도로 돌아가는 사자라는 사실이 드러났다.

"조조의 밀서를 가지고 현덕에게 건네주고 왔다는 말이냐?"

"예…."

"현덕이 조조한테 보낸 답신을 네가 가지고 있겠구나."

"아닙니다. 벌써 파발이 가져가서 저한테는 없습니다."

"거짓말하지 마라."

"거짓부렁이 아닙니다."

"정말이냐?"

진궁이 칼에 손을 갖다 대자마자 나그네가 펄쩍 뛰어올랐다. 그 순간 새빨간 안개 바람이 번쩍거리는 칼을 감쌌다. 대지에는 머리와 몸통이 둘로 나뉘어 나동그라졌다.

"동자야, 시체를 유심히 살펴보아라."

"주인님…. 도포 옷깃을 풀어보았더니 이런 물건이 나왔습니다."

"오오, 현덕의 서신인가…."

진궁은 서신을 바로 읽어 내려갔다.

"누구에게도 발설하지 마라. 난 지금부터 서주성으로 갈 테니 넌 활을 가지고 집으로 먼저 돌아가거라."

함께 온 동자에게 말을 남기고 진궁은 그길로 성으로 내달렸다. 여포를 만나 자초지종을 고하고 현덕이 조조에게 보낸 서신을 보여주니 여포가 귀밑머리를 떨면서 격노했다.

"이 미천한 현덕 놈이…. 어느 틈에 조조와 서로 짜고 나를 없애려는 계략을 세웠단 말인가."

곧장 진궁과 장패(臧覇) 두 대장에게 병사를 주면서 명했다.

"소패성을 쳐부수고 현덕을 생포하라!"

진궁은 책략가였다. 소패성이 비록 작아 보이지만 무모하게 덤비지 않았다. 진궁은 부근의 태산에 있는 도적 떼를 어루꾀어 두목 손관(孫觀), 오돈(吳敦), 창희(昌豨), 윤례(尹禮) 등을 살살 부추겼다.

"산동 여러 주(州)의 군사들을 마음껏 공격하고 돌아다녀라. 베고 다녀도 좋다."

송헌(宋憲), 위속(魏續) 두 장수는 재빨리 여영(汝穎) 지방으로 군사를 이끌고 가서 소패성 뒤쪽을 장악했다. 본군은 서주를 떠나 정면에서 소패성으로 돌진하여 삼면에서 봉쇄하여 차차 압박해갔다.

현덕은 깜짝 놀랐다.

"맙소사! 서신을 가지고 돌아가던 사자가 도중에 붙잡혀 조조의 생각을 여포에게 들켰단 말인가?"

현덕은 등골이 오싹해졌다.

얼마 전 조조가 보내온 밀서의 내용은 이러했다.

여포를 칠 기회는 지금이 아니면 없소. 북방의 원소도 북평을 평정하느라 황하에서 이쪽을 돌아볼 여유가 없는데다, 여포와 원술 사이에도 국교의 친분이 없으니 우리가 힘을 합쳐 일어 난다면 여포는 고립무원에 빠질 것이오. 참으로 손쉬운 일이 아니겠소.

다시 말해서 전쟁 준비를 촉구하는 내용이다. 물론 유현덕은 감연히 협력하겠다는 뜻을 서신으로 전했다. 여포가 보고 화를 낸 것도 마땅하다.

"관우는 서문을 막고 장비는 동문을 수비해라. 손건은 북문 을 맡는다. 남문은 내가 막겠다."

각자의 전투 위치를 정했다.

사정이 절박했다. 성안은 펄펄 끓는 솥처럼 혼란스러웠다. 그 와중에 관우와 장비 두 사람은 무슨 일인지 서문 아래서 말 다툼을 하였다.

3

무슨 일로 말다툼을 하는 걸까? 급박한 전투 중에 말이다. 게 다가 의형제 사이가 아닌가. 병졸들이 수비를 하다 말고 관우 와 장비 주위로 하나둘 몰려와서 들었다.

장비가 뿔이 난 것 같았다.

"왜 적장을 쫓는 걸 말리시오? 적의 용장을 보고도 쫓지 않는 다면 싸움 따위는 그만두는 게 좋소."

"아니다. 장료(張遼)는 적이긴 하지만 무예가 뛰어나고 수치를 아는데다 온순한 기색이 보인다. 그러니 살려두고 싶은 게다. 그것이 무장의 도량이 아니겠느냐?"

관우는 장비를 타이르고 설득시키며 언쟁을 벌였다.

이 말을 듣고 현덕이 꾸짖는 말이 들려왔다.

"이런 때에 대체 뭘 하는 건가?"

"관우 형님, 우리 어느 쪽이 옳고 그른지 큰형님 앞에 가서 결정합시다."

장비는 관우를 끌고 기어코 현덕 앞에까지 와서 언쟁을 계속했다. 현덕이 양쪽 주장을 들어보니 이런 내용이다.

그날 이른 아침에 벌어진 싸움에서 있었던 일이다. 여포의 대장 중 하나인 장료가 관우가 지키는 서문으로 들이닥쳤다. 관우는 성문 위에서 큰 소리로 말을 거는 듯한 투로 이야기했다.

"적이지만 무사다운 모습을 보니 귀공은 장료가 아닌가. 귀공 같은 인물이 여포처럼 거칠고 난폭한 인간을 주군으로 모시고 언제나 명분도 없는 전쟁이나 반역의 전장에 나가서 무사인지 도적인지 알 수 없는 행동을 해야 하다니, 동정을 금할 수 없다. 무장으로 태어난 이상 정의를 위해 싸우고 주군과 국가를 위해 목숨을 바치는 삶을 살아야 하거늘, 애석하게도 귀공에게는 충의의 뜻을 바칠 곳도 없구려."

그때 공격군을 이끌고 맹렬히 쳐들어오던 장료가 무슨 생각이 들었는지 갑자기 말 머리를 돌리더니 이번에는 장비가 지키는 동문을 공격하러 갔다는 것이다. 해서 관우는 말을 달려 장비가 지키는 동문으로 가서 힘껏 말렸다.

"내 부서에서 쓸데없는 지휘를 받고 싶지는 않소."

장비는 받아들이지 않았다.

그 일이 말다툼으로 번졌고 그사이에 시간이 지나 공격하던 장료도 성문에서 반응이 너무 없어 의심스러웠는지 이윽고 후퇴해버렸다는 것이다.

"장료를 놓친 건 아까운 일로 이는 관우 형님이 방해한 탓입니다. 큰형님, 이래도 관우 형님이 옳다는 말이오?"

장비는 여느 때처럼 떼쓰듯 현덕에게 하소연했다.

현덕도 결정을 내리기가 곤란했던지 어정쩡한 말로 양쪽을 달랬다.

"뭐 어떤가. 붙잡든 놓치든 장료 하나 때문에 천하가 변하지는 않을 것이다."

이때 어디선가 가련한 소녀의 노랫소리가 들려왔다. 10리 성 밖은 전쟁터지만, 여기 한쪽에는 조용한 가을 햇빛이 반짝반짝 빛나고 연꽃과 구름이 아름다움을 뽐내는 중이다. 물푸레나무에서 뿜어져 나오는 향기가 진하게 감돌고 작은 가을 나비가 한가로이 나풀나풀 날아다녔다.

부추 꽃이 땅 위에 가득하구나

금비녀, 은비녀

시집가는 시누이를 닮았구나

시누이 신랑은

곱사등이 지주 영감
자리에 누울 때도 등에 업고
식탁에 앉을 때도 안아주네
이웃 사람들아
못 본 척하시오
아무도 웃지 마시오
전생의 인연이니 어쩔 수가 없다네

서주 성안에 있는 북쪽 정원은 여포 가족들과 여인들만 사는 금원(禁園)이다. 14살쯤 되어 보이는 소녀가 연꽃을 똑 똑 꺾으며 노래를 흥얼거렸다. 노래에 어리광을 부리듯 그 소녀의 등 뒤에서 안기는 아이는 소녀의 여동생일 것이다. 이제 겨우 걸음마를 뗀 어린아이다.

4

아무도 없다고 생각했던지, 소녀는 손으로 꺾은 연꽃을 머리에 꽂더니 소리 높여 노래를 불렀다.

처녀는 계수나무 꽃
향기는 천 리까지 간다네
남자는 꿀벌
만 리 밖에서도 날아오네

꿀벌이 꽃을 보고

빙글빙글 날아다니는구나

꽃은 꿀벌을 보고

한들한들 꽃잎을 여는구나

여포는 그 노래를 듣고 전각 뒤쪽 창문으로 머리를 쏙 내밀었다. 실눈을 뜬 채 딸이 부르는 노랫소리에 홀린 듯한 표정이다.

"…."

언니는 14살, 동생은 5살. 둘 다 여포의 딸이다. 14살 난 딸은 얼마 전 원술 아들에게 시집을 보낸다며 하룻밤 성대한 잔치를 벌이고 주렴을 늘어뜨린 가마에 태워 회남 땅으로 보냈다가 갑자기 사정이 바뀌어 병사를 보내 도중에서 데리고 와서 원래의 규중 안에 데려다 놓은 그 신부다.

신부는 아직 어렸다. 국가와 국가의 정략도 알지 못했다. 전쟁이 어디서 일어나는지도 몰랐다. 아버지 마음속도 서주성의 운명도 몰랐다. 그저 노래를 부를 뿐이다. 어린 여동생과 손을 잡고 빙글빙글 도는데 언뜻 전각 뒤 창문에서 아버지 여포의 얼굴이 보였다.

"어머나!"

얼굴을 붉히며 소녀는 어머니가 머무는 북쪽 정원에 달린 안쪽 방으로 달려가버렸다.

"하하하. 아직 순진한 따님이십니다."

여포 옆에는 가신 학맹(郝萌)이 서 있었다.

"음…. 저리도 어린아이니 애처로운 마음이오."

여포는 팔짱을 꼈다. 무언가 딸아이에 대해 깊이 생각하는 눈치다. 방 안에는 학맹과 여포 두 사람뿐이다. 아까부터 무슨 일인지 밀담을 나누는 듯했다. 학맹은 현덕이 조조에게 보낸 서신이 여포의 수중에 들어와 이번 전쟁의 발단이 되었던 바로 그날, 여포로부터 비밀 명령을 받았다.

"급히 회남으로 가서 원술을 만나거든 일전의 혼담은 순전히 조조가 방해한 탓에 약속을 지키지 못했지만, 여전히 귀댁과 혼인을 맺기 바란다며 일을 마무리 짓고 오시오."

학맹은 파발마로 회남으로 가서 서신을 전한 후, 조금 전에야 원술의 답신을 가지고 돌아온 길이다. 급히 혼약 이야기를 또다시 꺼내서 원술과 뗄려야 뗄 수 없는 관계를 맺으려는 이면에는 군사적인 의미가 내포되어 있었다.

"두 집안이 인척이 되어 양국이 동맹을 맺은 뒤에 함께 조조를 쳐부수지 않겠소?"

원술도 애초에 아들의 며느리가 될 사람의 인물이나 마음씨보다 정치적인 면에 더 중점을 두었던 사람이다. 가신들과 진중하게 의논을 한 결과, 여포를 자기편으로 돌리고 싶기는 했으나 쉽게 변하는 여포의 신의에는 의심이 남았다.

"사랑하는 따님을 먼저 회남으로 보내신다면 충분히 호의를 가지고 답변을 보내겠소."

요컨대 사랑하는 딸을 인질로 보내놓은 다음 신의를 보여라, 이런 조건이다. 여포의 마음은 지금 학맹이 보고하는 내용을 듣고 망설이는 중이다.

"딸아이를 회남으로 보내야 하나, 어찌하나…."

여포가 딸을 보내려는 마음을 거의 굳혔을 때, 아까 그 노랫소리가 들려온 것이다. 여포가 사랑해 마지않는 가련하고 순진한 딸의 모습을 보니 금세 마음이 바뀌었다.

"아니다…. 신부로 보낸다면 모를까, 인질로 먼 회남까지 딸을 보낼 만큼 절박한 상황은 아니다. 원술이 도도하게 군다면 이 문제는 좀 미루자. 학맹, 사자 역할을 다해주어 수고 많았소. 물러가서 쉬시오."

여포는 원술에게 재요청한 정략결혼 이야기는 일단 단념해 버렸다.

5

여포는 소패의 적 유현덕은 그다지 두려워하지 않았다. 여포가 두려워하는 건 조조가 적으로 돌아서는 일이다. 현덕을 공격한다면 당연히 조조를 적으로 만들어 건곤일척의 운명을 거는 상황에 이르게 된다. 진실로 그것만은 피하고 싶었다. 그렇지만 눈앞의 현덕을 제거하지 않을 수는 없었다. 이미 소패성은 여포의 병사들이 삼면에서 포위한 상황이다.

'원술과 동맹만 맺으면 조조가 전쟁을 일으켜도 두려워하지 않아도 되는데….'

이런 생각에 여포는 황급히 학맹을 회남으로 보내 원술의 속마음을 떠보았지만, 원술이 타협하기 어려운 조건을 걸며 불손한 태도를 보였다. 그러므로 여포는 체면을 생각해서도 사랑하는 딸을 봐서도 굴욕을 참을 수 없었다. 정략결혼 이야기가 가망이 없어지자 되려 여포는 마음을 정한 듯했다.

"좋다, 이렇게 된 이상."

이튿날 여포는 직접 전장으로 나가 군사들을 독려했다.

"이런 작은 성 하나를 공격하느라 며칠을 허비하다니! 기강이 빠진 거냐? 단숨에 쳐부숴라!"

병사들을 크게 질타하면서 적토마를 걸터타고 재빨리 소패성 아래까지 바싹 다가갔다. 그때 성벽 위에 유현덕이 모습을 드러내더니 여포에게 정중히 말했다.

"여 장군, 무슨 일로 성을 포위하시오? 우리는 정이 있고 은혜가 있고 친분이 있을지언정 원한은 없을 터. 얼마 전, 조조가 천자의 칙명에 따라 내게 군사를 보내라는 엄명을 내려 어쩔 수 없이 받아들인다는 서신을 보냈지만, 어찌 그 자리에서 바로 장군과의 옛 인연을 저버리고 의미 없이 살의를 품겠소. 현명한 판단을 내리시기 바라오. 우리가 싸워서 서로 병력을 크게 소모한다면 뒤에서 기뻐하고 이익을 보는 자가 누구일지 숙고해주시오."

여포는 그 말을 듣고 잠시간 말 위에서 묵묵히 있더니 갑자기 병사들에게 명령했다.

"포위는 풀지 마라."

여포는 휙 하고 진영 뒤쪽으로 말 머리를 돌렸다. 약점이라고 할까? 아니면 인간성이 넘친다고 할까? 여포는 우유부단한 남자다. 여기까지 말을 몰고 왔으면서도 이치에 맞는 현덕의 말을 듣자 또다시 주저했다.

'그런가?'

망설이다 결국 여포는 서주성으로 돌아가버렸다. 해서 공격군의 포위진도 그 상태로 헛되이 나날을 보내는 동안, 그보다 먼저 소패를 탈출한 유현덕의 급사는 이미 허도에 도착하여 조조에게 고했다.

"자초지종은 주군 유비의 서신 안에 담겨 있습니다만, 이러저러한 사정으로 한시라도 빨리 구원을 요청하는 바입니다."

조조는 즉시 승상부로 여러 대장을 불러 소패의 급변을 전하며, 자문을 구했다.

"유비를 못 본 체한다면 내 신의에도 반하는 일이다. 지금 원소는 북평 토벌로 정신이 팔려 있으니 원소를 염려할 것까지는 없겠지만, 내 뒤에는 장수와 유표 세력이 언제나 도읍의 허점을 노리는 상황이다. 그렇다고 여포를 방치해둔다면 그 역시 점점 세력을 키워 장래의 우환이 될 것이다. 차라리 몇몇 장수에게 허도를 지키게 하고 난 유비를 도와 이 기회에 여포의 숨통을 끊겠다. 그대들은 어떻게 생각하는가?"

6

회의장 안의 대장들을 대표해 순유가 일어서서 대답했다.

"출사 발의는 마땅히 옳습니다. 유표와 장수라면 일전에 무참히 공격을 받은 후인지라 섣불리 군사를 일으키지는 않을 것입니다. 그 점이 꺼려져 이 기회에 여포가 제멋대로 날뛰도록 놔두신다면 원술과 결탁하여 사수(泗水) 회남을 종횡하며 장래의 큰 우환이 될 것입니다. 여포 세력이 크지 않을 때 화근을 뿌리째 뽑는 일이 급선무입니다."

조조는 왼손을 가슴에 얹고 오른손을 높이 들면서 재청했다.

"훌륭한 말이오. 다들 이의는 없는가?"

"없습니다."

이구동성으로 대답하며 대장들이 일제히 일어서서 찬성을 표했다.

"그렇다면 소패를 위험에서 구하라!"

조조는 일단 하후돈, 여건, 이전 세 장수를 선봉으로 세우고 5만 정병을 주어 서주 국경 지역으로 달려가도록 명령했다. 이때 여포 휘하 고순의 진이 공격을 받고 뿔뿔이 흩어져 도망쳤다.

"뭐라? 조조의 선봉이 벌써?"

여포도 적잖이 당황했다. 이미 조조와 정면충돌을 피하기는 어려운 사태에 이르렀다고 체념했다.

"후성(侯成), 서둘러라. 학맹과 조성(曹性)도. 고순을 도와 먼 길을 달려와 지친 적병을 단숨에 평정하라."

여포의 명령에 여포 군은 즉시 군사를 움직이기 시작했다. 그때까지 소패를 멀리서 포위하던 여포의 대군 중 일부가 그쪽으로 움직였으니 전군이 30리 정도 소패에서 멀어진 셈이다.

성안의 현덕은 전황을 어림잡아 헤아렸다.

"예상대로 허도에서 원군이 서주 경계까지 온 모양이구나."

현덕은 손건, 미축, 미방(糜芳) 등을 성안에 남겨두었다. 그러고 자신은 관우, 장비 둘을 거느리고, 지금까지 소극적으로 수

세(守勢)를 취하던 태도를 공세(攻勢)로 전환하더니 갑자기 진용을 철(凸)자 형으로 바꾸었다. 숲처럼 조용하고 산처럼 꿈쩍도 하지 않던 소패성은 이미 여포 군의 일부 병사와 조조의 선봉 부대가 격돌하면서 전쟁의 흙바람을 일으키고 있었다.

그날 전투에서 조조 휘하 하후돈은 대장 고순과 서로 통성명하고 50여 합을 싸웠는데, 도중에 고순이 먼저 발을 뺐다.

"비겁하다, 돌아와라!"

하후돈이 외치며 끝까지 쫓아갔다.

"이런! 고순이 위험하다!"

고순의 동료 조성이 말 위에서 시위를 당기며 가까이 달려가면서 하후돈의 얼굴을 겨누어 휙 쏘았다. 화살은 하후돈의 왼쪽 눈에 정확하게 박혔다. 하후돈의 얼굴 반쪽이 푸른 피로 물들며 하후돈은 자신도 모르게 소리쳤다.

"앗!"

말안장 위에서 몸이 뒤로 젖혀진 하후돈은 등자를 단단히 밟고서 한쪽 손으로 눈에 박힌 화살을 뽑자 안타깝게도 화살촉과 함께 눈알도 쏙 빠져나왔다. 하후돈은 흐물흐물한 눈알이 달라붙은 화살을 얼굴 위로 높이 처들었다.

"이건 아버지의 정기(精氣)며 어머니의 혈액이다. 어디에도 버릴 곳이 없구나. 아깝기 그지없다."

큰 소리로 혼잣말을 하더니 하후돈은 화살촉을 입속에 넣어 눈알을 우적우적 씹어 먹어버렸다. 그러고 나서 시뻘게진 입을 쩍 벌린 채 한쪽 눈으로 조성을 노려보았다.

"네 이놈!"

하후돈은 말을 달려 덤벼들자마자 한쪽 눈의 원수를 단숨에 창으로 찔러 죽였다.

7

아마도 천하제일의 대식가는 하후돈일 것이다! 나중에는 사람들의 이야깃거리가 되기도 했고 하후돈도 우스갯소리로 말하고는 했지만, 자기 눈알을 먹어가며 혈전을 벌였던 그때의 마음은 비장하면서도 장렬했다고밖에 할 수 없었다. 눈알이 뽑힌 한쪽 눈에서는 선혈이 뿜어져 나와 쉬 멈추질 않았다. 물론 고통도 이루 말할 수 없었다.

"이제 끝장이구나."

하후돈도 마지막을 각오할 만큼 적들에게 둘러싸인 절망적인 형국이다. 그때 겹겹이 포위하던 적병의 한쪽을 치고 들어와 하후돈을 구출해낸 사람은 바로 아우 하후연이다.

하후연은 형을 가까스로 구하고 나서 말했다.

"일단 후퇴합시다."

하후돈은 아군인 이전과 여건의 진으로 달려가 같은 조를 이루었다. 기세가 등등해진 여포 군은 전선에 걸쳐 가열차게 공세를 퍼부었다.

"이 기회를 놓치지 마라!"

여포는 몸소 말을 달려 밀어붙였다. 이전과 여건 군사는 제북(濟北)까지 후퇴했다. 여포는 전장의 전체 형세를 파악하고 확신한 듯했다.

"승리의 기회는 지금이다!"

여포는 성난 파도 같은 기세로 몰아쳤다. 여포 군은 그대로 진격해 곧바로 소패까지 돌진해버렸다. 그곳에는 관우와 장비가 대비하고 있었다.

"덤벼랏!"

여포는 적을 바꾸어 현덕 군과 맹렬히 전투를 시작했다. 고순, 장료 두 장군이 이끄는 부대는 장비가 이끄는 수비군에게 덤벼들었고, 여포는 관우와 맞서 상대했다. 쉴 새 없이 날아드는 화살에 구름이 외치고 검과 극이 난투를 벌였다. 북이 찢겨나가고 깃발은 하나둘 꺾였으며 천지가 우르르 진동해댔다.

어찌할 수 없이 현덕 군은 세력이 약했다. 장비와 관우가 아무리 용맹하다 해도 여포가 이끄는 대군과 맞서기는 무리수였다. 당연히 패해서 물러갔다. 앞다투어 성안으로 도망치는 힘없는 병사들 속에서 현덕의 뒷모습을 발견한 여포가 목청껏 외쳤다.

"이 귀 큰 놈아. 게 서라!"

현덕은 태어날 때부터 귀가 컸다. 해서 '토끼 귀'라는 별명도 붙었다. 여포가 그렇게 소리치는 것도 전혀 틀린 말은 아니다. 현덕은 그 소리를 듣자 소름이 쫙 끼쳤다.

"잡히면 큰일이다!"

오늘 여포 얼굴을 보면 도저히 어떤 말로 구슬려도 그 극을 피할 수는 없으리라.

"도망치자."

현덕은 뒤도 돌아보지 않고 말을 달리면서 바삐 채찍질했다.

아뿔싸! 추격이 너무 가까웠던 탓에 현덕이 성문 앞 해자에 다다랐을 때는 이미 다리가 올라간 상태였다.

"주군이시다! 빨리 다리를 내려라!"

성안의 병사는 현덕을 보고 당황하며 냉큼 문을 열어 다리를 내렸지만, 현덕이 다리를 건너려는 찰나 여포도 질풍처럼 달려와 함께 다리를 건너는 게 아닌가.

"저것 봐라! 여포다."

성안에 있는 병사가 시위를 당겼지만, 주군 현덕과 여포의 몸이 거의 한 몸이 된 채로 붙어 있어서 성문 안으로 돌진해 들어왔다.

"혹시 주군이 맞기라도 하면…"

겁을 먹은 병사들은 화살을 쏘지도 못했다.

물론 여포 앞에는 순식간에 기병 20기가 막고 섰지만, 여포가 휘두르는 커다란 극은 더욱 장렬하게 피바람의 무지개를 일으킬 뿐이다. 그사이에 여포를 뒤따라 온 고순과 장료 군사들도 눈 깜짝할 사이에 다리를 건너 성문 안을 점령해버리고, 누대와 성각(城閣)은 화염에 싸여 소패성은 여포 군사에게 짓밟히고 말았다.

흑풍 속 소나기

1

지금은 어찌할 도리가 없다. 무엇을 되돌아볼 여유도 없다. 지옥으로 향하는 불길과 아우성…. 소패 군은 혼란 속에서 어쩔 수 없이 현덕을 성의 서쪽 문으로 밀어내는 형세다. 병사들은 불똥과 함께 너도나도 뿔뿔이 도망쳤고 주군을 신경 쓸 겨를도 없는 모양이다. 현덕도 이내 도망쳤다.

어느새 유현덕은 홀로 남았다.

"아아, 부끄럽구나."

성으로 되돌아가서 싸울까도 고민해보았다. 소패성에는 아직 노모와 처자가 남아 있었다.

"어찌 나 혼자 살아남아 도망칠 수 있단 말인가."

치욕에 사로잡혀 잠시간 뒤쪽에서 피어오르는 검은 연기를 돌아보았다.

"아니다, 잠깐…. 여기서 죽으면 효를 다하는 것이란 말인가. 처자를 향한 큰 사랑이란 말인가. 여포도 함부로 노모와 처자를 죽이지는 않을 것이다. 지금 돌아가서 공연히 여포의 화를 돋우기보다는 차라리 여포에게 승리를 안겨서 그 마음속에 관대한 아량이 생기기를 바라는 편이 좋을지도 모른다."

후에 되돌아보니 현덕의 이 생각은 현명했다.

여포는 소패를 점령하자 미축을 불러서 허리에 차고 있던 검을 내주며 지시했다.

"현덕의 처자는 자네 손에 맡길 테니 서주성으로 옮겨서 철저히 감시하라. 포로로 잡힌 여자들을 함부로 대하고 난폭한 짓을 일삼는 병사가 있다면 이 칼로 베어도 상관없다."

미축은 감사의 절을 올린 뒤 현덕의 처자를 가마에 태워 당장 서주로 옮겼다.

여포는 고순과 장료를 소패성에 남겨두고, 산동 연주 경계까지 진격해 위세를 떨치며 패잔병들을 소탕했다. 관우, 장비, 손건 등 여러 장수의 행방을 쫓는 일도 급했지만, 그 장수들은 여포의 수색을 피해 산속 깊숙이 몸을 숨긴지라 끝끝내 수색망에 걸리지 않았다.

현덕은 터덜터덜 패잔병이 되어 허도로 향했다. 생각해보면 그런 전쟁에서 혼자 살아남아 무사히 도망칠 수 있었던 건 기적에 가까웠다. 산에서 쪽잠을 자고 숲속에서 잠시간 휴식을 취하며 비참한 모습으로 길을 재촉할 때였다.

"주군, 주군…."

어느 골짜기에선가 기병 수십 기가 현덕을 쫓아오는 게 아닌가. 손건이다.

"무사하셨군요."

손건은 현덕의 모습을 보자마자 소리 높여 통곡했다.

"울 때가 아니다. 허도로 올라가서 조조를 만나 장래 일을 도모해야 한다."

현덕과 부하들은 길을 서둘렀다.

멀리 쓸쓸한 산촌이 보였다. 현덕 일행은 굶주림에 지친 모습으로 마을에 도착했다.

"소패 영주님이 전쟁에 패하고 이곳으로 도망쳤다는군."

"그 예주 태수님 말인가?"

"아이고, 딱하시게도⋯."

누구랄 것도 없이 마을 초가집에서 노인과 어린아이들, 부녀자들까지 한달음에 달려 나와 길가에 앉더니 유비에게 절을 올리며 닭똥 같은 눈물을 흘렸다.

농부며 시골 사람들인 이 사람들에게는 부귀한 사람에게서 찾아볼 수 없는 정이 있었다. 사람들은 음식을 하나둘 가져와 정성스레 현덕에게 바쳤다. 한 노파는 자기 옷소매로 현덕이 신은 신발에 묻은 흙을 일일이 닦아주었다. 무지렁이라 불리는 이 사람들이야말로 사람의 진가를 제대로 보았다. 평소에 덕으로 백성을 다스렸던 현덕의 인물 됨됨이를 그네들은 일찍부터 알아보았던 것이다.

"훌륭한 영주시다."

2

그날 밤은 사냥꾼 집에 머물렀다. 사냥꾼이라는 주인 남자는 감격의 눈물을 흘리며 무릎을 꿇어 절을 하며 말했다.

"이런 산속 초가에서 영주님을 모시다니…. 과분하고 고마운 마음에 어떻게 대접을 해야 좋을지 모르겠습니다."

현덕은 사냥꾼을 보고 물었다. 사냥꾼이라 하기엔 어딘가 그 풍채가 뛰어나 보였다.

"그대는 예전부터 이 마을에 사는 사람인가?"

사냥꾼은 부서진 평상 위에 엎드려 바로 대답했다.

"부끄럽지만, 한(漢)가의 혈통을 이어받은 유(劉) 씨 후손으로 유안(劉安)이라 합니다."

그날 밤, 유안은 고기를 삶아 현덕 일행에게 대접했다. 오래 굶주렸던 현덕과 부하들은 입이 찢어지도록 기뻐하며 오랜만에 젓가락을 잡았다.

"무슨 고기인가?"

"이리 고기입니다."

다음 날 아침이 밝아왔다. 길을 떠나려고 손건이 말을 끌고 나오다 얼핏 부엌을 들여다보는데 여자 시체가 눈에 띄는 게 아닌가. 당황하여 유안에게 물었다.

"어찌 된 일인가?"

유안이 눈물을 펑펑 흘리며 그제야 사실을 털어놓았다.

"사랑하는 제 아내입니다. 보시다시피 가난한 집에서 영주님 께 대접할 음식이 없는지라…. 해서…."

손건에게 그 말을 전해 들은 현덕은 마음이 아파 견딜 수가 없었다.

"어떤가. 도읍으로 가서 우리 함께 일하지 않겠는가?"

유안은 현덕의 제안을 듣고 고개를 절레절레 저었다.

"호의는 감사합니다만, 제가 도읍으로 가면 혼자 남은 노모를 모실 사람이 없습니다. 노모는 몸을 움직이지 못하는 병자라서 그 뜻을 받아들이기는 어렵겠습니다."

작가로서 여기에 한마디 끼어드는 이례적인 일을 용서해주기 바란다. 유안이 아내의 고기를 익혀 현덕에게 대접하는 장면은 일본인이 예부터 생각하는 사랑과 도덕으로 보면 그대로 받아들이기 어렵다.

해서 이 부분은 원서에 있다 해도 삭제하려 했지만, 원서에는 유안의 행동을 무척 아름답게 묘사하였다. 고대 중국의 도덕관이나 백성의 정서도 엿볼 수 있고, 서로의 차이를 알게 되는 것도 《삼국지》가 가지는 하나의 의의라는 생각에서 그대로 실기로 결정하였다.

이 내용을 일본의 고전 《화분의 나무》와 비교해보라. 눈 오는 날, 사노(佐野)를 건너가다 날이 저물자 추위와 굶주림에 지친 사이묘지(最明寺) 도키요리(時賴)를 대접하기 위해 무척이나 아끼던 매화나무를 베어서 화로에 넣을 땔나무로 만든 가마쿠라 무사의 정조(情操)를 유안의 이야기와 비교해봐도 손색없을 것이다. 이야기 줄거리는 비슷하지만, 그 심적인 내용은 이리 고기 맛과 매화나무 향기 정도의 차이가 느껴지지는 않겠는가.

이튿날 현덕이 사냥꾼 집을 떠나 양성(梁城) 부근에 이르자 저 멀리서 흙바람을 일으키며 말을 달려오는 대군이 있었다. 조조가 직접 허도의 정예 군사를 이끌고 급히 달려오던 본군이다. 옳다구나! 지옥에서 부처님을 만났다. 뜻밖에 조조를 만난 현덕의 심정은 실로 그러했다.

조조는 자초지종을 듣더니 현덕을 극진히 위로했다.

"안심하시오."

그러고 나서 전날 밤 현덕이 머문 집주인 유안의 의협심을 듣고 사자를 통해 약간의 금을 보냈다.

"노모를 잘 부양하라고 전하라."

3

조조의 본군이 제북에 도착하자 선봉에 선 하후연은 애꾸눈을 한 형을 데리고 와서 맨 먼저 인사했다.

"잘 도착하셨습니다."

"하후돈인가. 그 눈은 어찌 된 일이냐?"

조조가 묻는 말에 하후돈은 한쪽 눈이 없는 얼굴을 찡그리고 웃으며 자초지종을 털어놨다.

"얼마 전 싸움터에서 먹어버렸습니다."

"하하하. 자기 눈을 먹은 사내는 인류가 태어난 이래로 자네 밖에 없을 것이네. 신체발부는 부모로부터 물려받는다고 했다. 자넨 효를 실천한 것이로군. 시간을 줄 테니 허도로 돌아가서 눈을 치료해라."

조조는 호탕하게 웃으며 하후돈을 격려했다. 차례차례 돌아가며 장수들의 인사를 일일이 받고 의견을 구했다.

"여포의 정세는 어떠한가?"

한 장수가 말했다.

"여포는 조급해하고 있습니다. 자기 세력을 확장하려고 강도든 산적이든 가리지 않고 결탁하여 군사에 가담시키는 중입니다. 쓸데없이 그 수를 과시하고 연주 지역과 그 밖의 경계를 침범합니다. 어쨌든 겉으로는 군세가 요사이 급격히 커져 그 기세가 대단합니다."

"소패성은?"

"지금 여포의 부하 장수 장료와 고순이 지키고 있습니다."

"그렇다면 현덕의 복수를 위해 소패성을 탈환하라."

명령이 떨어지자 장수들은 각 진영에서 중군의 지시를 기다렸다. 조조는 현덕과 함께 산동 경계로 달려가 저 멀리 소관(蕭關) 쪽을 살폈다. 그 방면에는 태산에서 활동하는 강도 두목 손관, 오돈, 윤례, 창희 등이 수하의 악당 3만여 명을 규합하는 중이다.

"산악전이라면 자신 있다. 도읍의 약해 빠진 병사 따위에게 질 수 있겠느냐."

기세등등하게 진을 치는 모습이 도적 떼라고는 하지만 좀처럼 얕잡아볼 수 없는 기세다.

"허저, 돌격하라."

조조는 허저에게 앞장서서 달려가도록 명했다.

"분부, 받잡겠습니다."

허저는 그길로 군사를 이끌고 적중을 향해 돌진했다. 태산의 큰 도적 손관, 오돈을 비롯해 도적 무리가 말을 걸터타고 일제히 허저를 향해 함성을 외치며 달려들었지만, 어느 한 사람 허저 앞에서 오래 버티는 자가 없었다. 산적 떼는 커다란 파도처럼 넘실대며 소관 쪽으로 도망쳤다.

"추격하라!"

조조의 재빠른 추격에 산속 병사들의 시체가 골짜기를 메우고 봉우리를 붉게 물들였다. 그사이에 부하 조인은 군사 3000여 기를 거느리고 샛길을 누비며 소패성을 향해 달려가 뒷문을 공격했다.

소패에서 서주로 쉴 새 없이 전령이 다녀갔다. 여포는 서주로 돌아와 있었다. 연주에서 돌아와 자리에 앉기도 전에 수없이 오가는 전령이 전하는 절박한 상황을 접했던 것이다.

"소패는 서주로 통하는 중요한 통로다. 아무래도 내가 직접 막아야겠다."

여포는 진 대부와 진등 부자를 불러 방어전을 위한 계책을 의논한 뒤, 진등은 자신을 따르게 하고 진 대부는 남아서 서주를 지키도록 명했다.

"명, 받들겠습니다."

그렇게 대답하고 여포 앞에서 물러났다.

병사와 말들을 준비하느라 성안이 정신없는 와중에도 진규와 진등 부자는 언제나 밀담을 나누던 캄캄한 방에 숨어서 속닥거리느라 바빴다.

"아버님, 여포의 멸망도 머지않았습니다."

"음…. 우리 부자가 기다리던 날이 왔구나."

"다행히 전 여포를 따라서 소패로 가게 되었으니 전투 중에 어떤 묘책을 준비해두겠습니다. 그러면 여포가 조조에게 쫓겨 서주로 도망쳐올 테니 그때 아버님은 성문을 닫고 여포가 성안 으로 들어오지 못하게 하십시오. 아시겠습니까?"

진등은 단단히 다짐을 받았지만, 진 대부는 얼른 고개를 끄 덕이지 않았다.

4

"아버님, 왜 대답이 없으십니까?"

"하지만…. 아무리 내가 이 성에 남아 지킨다 하더라도 성안 에는 여포의 일족과 처자가 여럿 있잖느냐 말이다. 여포가 성 문까지 도망쳐오는 모습을 본다면 내가 아무리 문을 열지 말라 한들 일족의 무리가 받아들일 리 없다."

"그러니까, 제가 계책을 강구해놓은 다음에 가겠습니다."

깜깜한 밀실에 숨어서 부자가 모의하는데, 옆 무기고에서 다 른 대장들이 이야기를 나누는 소리가 들려왔다.

"진 대부는?"

"진등도 보이지 않는데…."

부자가 눈을 맞추고 잠시간 숨을 죽이다가 틈을 보아 따로따 로 방을 나왔다.

"뭘 그리 꾸물대느냐?"

여포는 진등을 보자마자 한바탕 호통을 쳤다. 무리도 아니다. 이미 출진 준비도 다 끝나고 전각 바깥에는 병력이 집결된 상황이다. 그래도 진등은 기죽지 않고 여포가 앉아 있는 곳 앞으로 나아가 엎드려 절하며 변명했다.

"아버님이 성을 지키는 막중한 임무를 맡게 된 걸 너무나 걱정하시는 바람에 격려해드리고 오느라 늦었습니다."

여포는 눈살을 찌푸렸다.

"진 대부는 서주를 지키는 일이 어째서 그리 걱정된다더냐?"

"아무래도 이번엔 지금까지 일방적으로 하던 전쟁과 달라서 조조 대군이 서주를 멀리 사면에서 포위한 형국입니다. 혹시라도 사태가 급박하게 돌아가면 성안의 일족과 금은, 군량을 서둘러 다른 곳으로 옮길 수도 없는 노릇입니다. 노인네의 기우라고 할까요? 늙으신 아버님은 그걸 무척이나 걱정하십니다."

"아아, 과연…. 그 걱정도 일리가 있다."

여포는 황급히 미축을 불러 명했다.

"자네는 진 대부와 함께 성에 남아 내 처자와 금은, 군량 등을 하비성으로 옮겨두어라. 알겠느냐?"

여포는 후방의 만전을 기할 생각으로 용맹스럽게 서주성에서 말을 달려나갔지만, 그 누가 알았으랴! 그 미축도 예전부터 진 대부 부자와 내통하여 여포를 함정에 빠트릴 계략을 꾀한 한 사람이다.

여포는 눈치채지 못했다. 소패를 위급한 상황에서 구할 생각으로 달려가던 도중, 소식이 들려왔다.

"소관이 위험하다."

여포는 마음이 바뀌어 지체할 겨를도 없이 말 머리를 돌렸다.

"그러면 소관부터 막자."

진등이 간언했다.

"장군께선 뒤에서 서서히 가능한 한 서두르지 말고 진격하십시오."

"왜?"

"소관을 막으려고 아군의 진궁과 장패도 나가 있기는 합니다만, 대부분은 태산의 손관이나 오돈 같은 병사들입니다. 그 병사들은 원래 산림의 승냥이나 이리와 같아서 자신에게 이익이 된다면 언제 배신할지 모릅니다. 일단 제가 수십 기를 이끌고 소관으로 가서 진중의 정세를 살핀 다음, 장군을 모시러 돌아오겠습니다."

"좋은 생각이다. 내 목숨을 지키려는 세심한 배려로구나. 그대 같은 사람이야말로 진정으로 충의를 지키는 무사다."

"주군께 뒤를 부탁합니다."

진등은 먼저 힘차게 달려나갔다.

소관 요새에 도착한 진등은 동료 진궁과 장패를 만나 전세를 묻고 나서 어루꾀었다.

"여 장군이 무슨 일인지 좀처럼 이쪽으로 오려고 하지 않소. 자네들, 주군께서 의심하실 만한 일을 한 적은 없소?"

"음? 그런 기억은 없소만…."

진궁과 장패는 서로 얼굴만 바라보았다. 특별히 생각나는 일이 없어도 적과 대립하는 전선에서 후방 사령부가 의심을 받는다는 말을 듣고는 불안을 느끼지 않을 수가 없었다.

그날 밤 진등은 혼자 몰래 요새의 높은 망루에 올라가 멀리 조조의 진지로 보이는 어둠 속 불빛을 향해 편지를 1통 화살에 매달아 쏘고는 아무 일 없다는 듯이 다시 내려왔다.

기묘한 계책

1

소관 요새를 뒤로한 채 진등은 칠흑 같은 밤에 말을 채찍질하며 날이 샐 무렵이 되어서야 다시 여포 진영으로 돌아왔다.

기다렸다는 듯이 여포가 다급하게 물었다.

"어떻든가…? 소관의 상황이?"

진등은 부러 걱정스러운 표정을 지었다.

"예측한 대로 염려스러운 상태입니다."

당연히 여포의 안색이 변했다.

"그러면 우리 눈이 미치지 않는 외성으로 나가더니 진궁이 벌써 딴마음을 품었단 말인가?"

"손관과 오돈 패거리들이야 원래 산적 두목이었으니 이익에 따라 움직일 거라고 걱정하였습니다만, 주군이 은혜를 베풀었던 진궁 같은 강직한 신하마저도 배반을 꾀하리라곤 생각지도 못했습니다. 사람의 마음이란 믿기 어렵나 봅니다."

"아니다. 내가 요사이 진궁의 의견을 받아들이지 않은 일로 내게 섭섭한 마음이 있었던 모양이다. 위험했구나. 아무것도 모르고 소관으로 갔더라면 일생일대의 과오를 저지를 뻔했다."

여포는 진등의 공을 치하하고 계책을 하나 일러준 다음 다시 소관으로 보냈다.

"내가 보낸 전령이라 어루꾀어 진궁을 만나거든 무슨 일이든 좋으니 회의를 하면서 시간을 끌어라. 진궁을 술에 취하게 하면 더 좋고. 그러고 나서 서북쪽 문을 열어두고 성루에서 횃불을 올려라. 그 횃불을 보면서 내가 돌진해 직접 진궁을 처단할 것이다."

여포는 현명한 계책이라고 여겼다. 해가 질 무렵부터 야금야금 군사를 이동하기 시작해 전군을 거느리고 소관을 향해 다가 갔다. 먼저 소관으로 출발한 진등은 땅거미가 질 무렵 소관에 도착해 말에서 내리자마자 진궁을 불러 숨을 헐떡이며 허둥지둥했다.

"큰일 났소. 오늘 조조 대군이 갑자기 말 머리를 바꾸어 태산의 험한 산과 골짜기를 넘어 일제히 서주를 치러 갔다는 급보가 들어왔소. 그러니 이곳을 수비하여도 아무 소용이 없소. 서둘러 군사를 이끌고 서주를 구하러 가라는 명령이오."

"뭐라고?"

진궁은 간담이 서늘해진 얼굴이다.

진궁이 가타부타 말하기도 전에 진등은 말을 마친 뒤 바로 어둠 속으로 가버렸다. 그 말을 믿은 듯, 진궁은 그로부터 반각도 지나지 않아서 소관을 지키던 병사들을 줄줄이 이끌고 요새를 떠나 서주를 향해 지체 없이 달려갔다.

요새는 말 그대로 텅 비었다. 그때 그 적막하고 어두운 하늘의 망루 위에 사람 그림자 하나가 덩그러니 나타났다. 분명 말을 달려 돌아갔던 진등이다. 진등은 화살에 밀서를 묶어 매단 다음 뒤쪽 산속으로 휙 쏘았다.

"…?"

캄캄한 산속을 지켜보니 이윽고 횃불이 흔들리는 게 보였다.

'서신, 보았다.'

횃불이 그렇게 알려주었다.

잠시 후, 서북쪽과 동남쪽 두 문에서 밤에 밀물이 철썩철썩 밀려오듯이 어마어마한 병사와 말들이 소리도 없이 등불도 없이 성안으로 저벅저벅 들어왔다. 그러고는 또다시 무덤처럼 쥐 죽은 듯 고요해졌다.

진등은 마지막까지 지켜보다가 두 번째 신호를 올렸다. 망루에서 쏘아 올린 봉화다. 바지직바지직하고 화서(火鼠, 중국 전설의 남쪽 끝 화산 속에 산다고 전해지는 괴물 – 옮긴이)의 불처럼 하늘을 날아갔다.

성 밖 10리쯤 떨어진 저편에서 그 불길을 기다리던 여포가 외쳤다.

"소관으로 돌격하라!"

여포는 군사와 함께 일제히 달려갔다.

전군이 급하게 말을 몰아 달려가는데 같은 속도로 요새를 떠나온 대군이 몰려오는 게 아닌가. 서주를 구하기 위해 아무것도 모른 채 서둘러 달려온 진궁의 부대다. 여포도 알 리가 없다. 캄캄한 어둠 속에서 양쪽 다 서로를 의심하는 귀신에 홀렸다고 할 수밖에. 당연히 두 부대가 크게 충돌하면서 일찍이 전쟁사에서 볼 수 없을 정도로 처참하기 이를 데 없는, 아군끼리 죽고 죽이는 장면이 처절하게 연출되었다.

2

"음…?"

여포는 그제야 눈치를 챘다.

그때 상대 군사 속에서 진궁의 목소리가 계속해서 들려왔다.

"극을 내리고 진정하라. 저쪽은 우리 아군이 아니냐. 조조 군이라는 생각이 들지 않는다."

"맙소사, 아군을 죽이다니!"

여포가 고래고래 고함쳤다.

눈치를 챘을 때는 이미 늦었다. 양쪽 다 엄청난 사상자를 냈고 서로 의미도 없는 싸움을 한 사실에 얼이 빠져 멍하니 있을 뿐이다.

"괘씸한 놈! 진등이 날 속였구나! 내게 보고한 것과 자네에게 한 말이 전혀 다르지 않은가. 요새로 돌아가서 사정을 듣겠다."

여포는 의심을 풀지 않고 거기서 만난 진궁의 군사들을 거느리고 소관으로 신속히 달려갔다. 소관에 도착하자마자 요새 안에서 일제히 조조 병사들이 함성을 지르며 불시에 습격했다.

이번엔 진짜 조조 군사들이다. 진등이 미리 성안으로 들이고, 숨죽이며 기다리던 참이다. 어찌 당할 수 있겠는가? 여포와 진궁의 병사들은 허둥지둥 뿔뿔이 도망쳤고 또다시 큰 타격을 입고 말았다. 여포조차 어둠을 틈타 가까스로 도망쳤을 정도로 전세는 불리했다. 날이 밝아오자 산속의 바위 그늘에서 모습을 드러냈을 정도다.

여포는 다행히 진궁을 중간에 만난 덕분에 남아 있는 몇 안 되는 병사를 모아서 힘없이 길을 서둘렀다.

"이렇게 된 이상 서주로 돌아가 계책을 다시 세우자."

그런데 서주 성문을 건너려는 찰나. 망루 위에서 화살이 빗 발처럼 날아오는 게 아닌가.

"무슨 일인가?"

흠칫 놀라서 울부짖는 말의 고삐를 단단히 거머쥔 채 성루를 올려다보니 미축이 성벽 위에 모습을 드러내더니 큰소리로 욕을 퍼부었다.

"이 천한 놈. 뭘 하러 왔느냐! 이 성이야말로 네놈이 내 옛 주군 유현덕을 속여 빼앗은 게 아니더냐. 당연히 오늘 원래 주인의 손안에 돌아갔다. 이제 네놈 집이 아니란 말이다. 어디든 가고 싶은 곳으로 도망가라!"

여포는 말등자에 서서 이를 악물고 외쳤다.

"진 대부는 없는가! 성안에 진 대부가 있을 것이다. 진 대부! 얼굴을 내밀어라."

미축이 한바탕 차지게 웃었다.

"진 대부는 지금 성안에서 기쁨의 축배를 든다오. 감쪽같이 속아 넘어간 상대에게 미련이 남은 모습을 보이고 싶은가."

말을 마친 미축도 훌쩍 망루 안으로 사라지더니 그 뒤로 와

하고 손뼉을 치며 웃는 소리가 들려올 뿐이다.

"원통하도다…. 설마 진 대부가 나를?"

여포는 정신없이 날뛰며 돌아다니는 말을 걸터탄 채로 서주성을 쉬이 떠나지 못했다.

진궁은 이를 부득부득 갈았다.

"아직도 악인의 간교한 계략을 깨닫지 못하고 어리석은 후회에 연연하며 괴로워하십니까? 슬프구나…. 주군은 죽어서야 진실을 깨달을 사람이십니다."

너무나도 추한 여포 모습에 진궁이 화를 내며 혼자 말 머리를 돌려 가버리자 여포도 당황하여 그 뒤를 쫓아갔다.

그리고 힘없이 말했다.

"소패로 가자. 소패성은 심복 장료와 고순이 지키고 있다. 잠시간 소패에서 정세를 지켜보자."

사실 그 밖에는 남아 있는 방도가 없었다. 진궁도 방법을 찾지 못했는지 잠자코 여포를 따라갔다.

어찌 된 일인가? 장료와 고순이 저편에서 오는 게 아닌가. 게다가 소패의 병사들을 모조리 이끌고 이쪽으로 서둘러 오는 모습이다. 여포와 진궁의 눈이 휘둥그레지며 기가 막힌 표정으로 입을 떡 벌렸다.

"아니? 대체 왜…."

3

한편, 그쪽으로 다가오던 고순과 장료 역시 여포를 보더니 속으로 의심스러워하며 말을 건넸다.

"아니, 주군 아니십니까? 무슨 일로 예까지 오셨습니까?"

"아니, 나보다 자네들이야말로 대체 무슨 일로 이곳으로 서둘러 오는 겐가?"

여포의 반문에 두 장수는 오리무중에 빠져드는 느낌이다.

"어찌 된 일입니까? 우리 둘은 소패를 철통같이 지켜 움직이지 않으려고 했습니다만, 이각쯤 전에 진등이 달려와 주군께서 어젯밤 조조 계략에 휘말려 겹겹이 포위당했다며 서주로 달려가 주군을 구하라 성문에서 외치더니 바로 말을 채찍질해서 돌아갔습니다. 큰일난 듯싶어 서둘러 준비해서 예까지 달려오는 길입니다."

옆에서 듣던 진궁은 이제 웃을 기운도 화를 낼 용기도 사라진 듯, 쓸쓸하게 입술을 일그러뜨리며 얼굴을 돌렸다.

"이것도 저것도 다 진 대부와 진등 부자가 모의한 일…. 모든 일에 척척 걸려들고 말았소. 후회해도 늦었고 깨달아도 어쩔 수 없구나…."

여포는 원망스러운 듯이 하늘을 매섭게 노려보았다.

"으음…. 잘도 내게 고배를 마시게 했구나. 내가 얼마나 진등 부자를 총애하고 아꼈는가. 다들 과분하다는 걸 알고 있었다. 은혜를 저버린 나쁜 놈들, 두고 보자."

진궁은 냉정하게 대꾸했다.

"주군, 이제야 아셨습니까? 앞으로 어찌할 작정이십니까?"

"소패로 가자."

"아니 되옵니다. 더 치욕스러워질 뿐입니다. 진등이 이미 조조 군을 성안에 끌어들여 한창 축배를 들고 있을 것입니다."

"마음대로 하라고 해라. 그놈들이 한 것처럼 발로 차버리고 되찾으면 된다."

맹렬한 기세로 선두에 서서 소패 성벽 아래까지 왔다. 진궁이 말한 대로 성 위에는 벌써 적의 깃발이 펄럭거리는 게 보였다.

여포가 왔다는 말을 전해 듣자 망루 높이 서 있던 진등이 껄껄 웃으며 말했다.

"저것 봐라. 시뻘건 말을 탄 거지를…. 배가 고픈가? 뭘 짖고 있는 게냐? 돌멩이라도 던져줘라!"

"내 은혜를 잊었느냐. 어제까지 누구 덕에 옷을 입고 누구 덕에 녹을 먹었단 말이냐."

"닥쳐라. 난 한실의 신하다. 어찌 네놈 같은 난폭한 역적에게 마음으로 따르겠느냐, 어리석은 놈!"

"네 이놈! 그 상투를 이 손으로 잡기 전엔 여길 떠나지 않으리라! 진등, 성을 나와라! 덤벼보란 말이다."

여포가 마구 고함치는데 뒤에 있는 고순의 진을 향해 갑자기 한 무리의 군마가 북쪽에서 맹렬히 돌진해오는 게 아닌가.

"아니, 조조 군이 성 밖에도 있었나…."

적잖이 동요하며 좌우 진을 재빨리 뒤로 벌려 학익진(鶴翼陣)을 폈다.

"자, 올 테면 와봐라!"

다들 단단히 벼르며 기다리는데 다가오는 모습을 보니 조조 병사로 보이지 않았다. 무척이나 추레하고 구질구질한 혼성군이다. 말도 비루하고 무기도 제대로 갖추지 않은 모습이다. 그러나 그 기세만큼은 무지막지했다. 와! 하고 함성을 지르며 무모하게 덤벼드니 선봉에서 파도같이 맞붙은 병마들은 시뻘건 피바람으로 흐릿해지고 양쪽에서 외치는 고함과 비명으로 순식간에 처참함이 극에 달했다.

그때, 갑자기 사방의 병사들이 흩어지더니 아무도 없이 푸른 피가 낭자한 대지를 박차며 두 장수가 사자처럼 말을 몰고 달려와서 이름을 밝혔다.

"유현덕의 아우 관우다!"

"내가 현덕의 아우 장비다. 이 얼굴을 똑똑히 기억해둬라."

4

한 사람은 표범 머리에 호랑이 눈썹을 한 맹장 장비였고 또 한 사람은 붉은 얼굴에 긴 수염을 자랑하는 호걸, 관우였다.

"어어, 현덕의 아우들이다."

"장비와 관우가 나타났다."

눈으로 보고 귀로 듣기만 했는데도 여포 군은 두려움에 벌벌 떨었다. 두 장수는 마치 아무도 없는 땅을 지나가듯 여포 군사들을 무참하게 짓밟았다.

"한심스러운 놈들…."

대장 고순은 부하들을 질타하더니 장비 앞을 막고 서서 쨍쨍 소리를 울리며 불꽃을 주고받았지만, 금세 말 엉덩이에 채찍질하며 흩어져 도망가는 부하들 속에 묻혀버렸다.

관우는 82근짜리 청룡언월도를 들고 잡병들에게는 눈도 돌리지 않은 채 바로 중군으로 맹렬히 돌진하며 외쳤다.

"오랜만이구나, 여포. 적토마는 아직 건재하구나."

갑작스럽게 뜻밖의 적이 나타나는 바람에 당황한 여포는 어쩔 수 없이 말 머리를 돌려 싸웠다.

"형님, 그 적은 내게 넘겨주시오."

장비가 우레 같은 소리를 내며 달려왔다.

'오늘은 일진이 나쁘군.'

여포는 속으로 중얼거리며 창황해서 쩔쩔매며 도망쳤다.

"네 이놈, 게 서라!"

적토마 꼬리가 잡힐 듯 말 듯한 거리까지 바싹 추격했지만, 관우의 말은 여포의 말처럼 발이 빠르지 않았다. 준마 적토마의 빠른 발이 다행히 여포의 목숨을 구했다. 서주를 빼앗기고 소패성으로 들어가지도 못한 여포는 결국 하비로 도망쳤다. 하비는 서주의 외성 같은 것으로 원래는 작은 성이었지만, 그곳에는 부하 후성이 있었다. 하비는 군사 요충지였다.

여포는 사방으로 흩어진 잔병들을 불러 모아 외쳤다.

"일단 하비로 가자."

전쟁이 조조의 압승으로 끝나자 조조는 현덕을 불러 크게 치하했다.

"원래 그대의 성이니 예전처럼 서주에 입성해서 태수 자리를 맡으시오."

서주에는 현덕의 처자가 감금된 처지지만, 미축과 진 대부가 지키니 아무 탈 없이 현덕을 맞이하러 나왔다. 그야말로 아주 오랜만에 일가와 가신들이 한자리에 모일 수 있었다.

"관우와 장비는 소패에서 헤어진 후, 어디에 몸을 숨기고 있었느냐?"

현덕이 묻자 관우가 머리를 긁적이며 대답했다.

"전 해주(海州) 벽촌에 숨어 있었습니다."

그러자 장비는 아주 솔직하게 말했다.

"어쩔 수 없이 망탕산(芒湯山)에 숨어서 산적으로 활동하였습니다."

그 말에 자리에 있던 사람들이 일제히 웃음을 터뜨렸다.

며칠 후 조조는 중군에서 성대한 축하연을 벌였다. 그때, 조조는 자기 왼쪽 자리를 현덕에게 정중하게 권했다. 오른쪽은 공석으로 둔 채 말이다. 그리고 나서 차례대로 종군의 여러 대장과 문관들까지 자리에 앉자 조조가 일어서서 말했다.

"이번 전쟁에서 가장 큰 공을 세운 사람은 진 대부와 진등 부자다. 내 오른쪽 자리는 진 대부에게 내주겠다."

다들 박수를 칠 동안 진 대부는 끝자리에서 아들 손을 잡고 나아와 조조 오른쪽에 앉았다.

"그대에겐 녹 10현을 내리고, 아들 진등은 복파장군(伏波將軍)으로 직위를 올리겠다."

조조는 진등 부자의 노고를 높이 치하했다.

즐겁게 웃고 떠들다 보니 어느덧 연회는 무르익어갔다.

"어떻게 여포를 생포해야 할까?"

화기애애한 잔치 속에서 또다시 마지막 작전을 의논했다. 생포하든 죽이든 여포를 처치하지 않는다면 조조는 허도로 돌아가지 않을 결심이다.

5

작은 하비성은 여포에겐 도망쳐 들어간 우리 안과 마찬가지다. 여포는 이미 우리 안 호랑이다. 하지만 궁지에 몰린 쥐가 고양이를 문다는 말도 있는 만큼, 우리 안 호랑이를 요리하는 일은 쉬워 보일지 모르지만 자칫하다가는 물릴 염려가 있다.

그때 정욱(程昱)이 의견을 제시했다.

"먼 불에 생선을 굽듯이 천천히 공격해서 죽이는 편이 좋을 것입니다. 갑작스럽게 몰아붙이면 자포자기 상태가 되어 생각이 짧은 여포가 어떤 무모한 행동을 할지 추측할 수 없습니다."

여건도 정욱의 의견이 옳다고 찬성했다.

"여포 입장에서 지금 당장 기댈 데라곤 장패와 손관 등 태산의 도적 떼밖에 없을 것입니다. 그것도 헛된 일로 끝나고 체면도 구겨진다면 최후 수단으로 회남의 원술에게 무조건 항복한 다음 달라붙을 것입니다. 십중팔구 원술의 도움을 빌려 맹렬히 저항해올 것입니다."

조조는 두 사람의 말에 똑같이 고개를 주억거렸다.

"두 사람 다 내 의중과 다름이 없구나. 나 역시 여포와 원술이 결탁하는 게 가장 두렵다. 산동으로 가는 길목들은 내 군사들로 차단할 터이니, 유 공은 휘하 장군들을 잘 통솔해서 하비와 회남 사이의 통로를 지키시오."

현덕은 정중하게 맹세했다.

"존명!"

연회가 끝나고 전부 만세를 힘차게 부르고 나서 각자 진영으로 돌아갔다.

현덕은 그날 바로 병마를 준비시켜 서주에는 미축과 간옹(簡雍)을 남겨놓은 채 관우와 장비, 손건을 거느리고 비군(邳群)에서 회남으로 왕래하는 길을 봉쇄하러 출발했다. 하비에서 궁지에 몰린 호랑이가 눈치채기라도 한다면 죽기 살기로 저항하리라는 건 자명한 일! 산을 타고 골짜기를 이리저리 빠져나와 마침내 여포 뒤쪽으로 돌아 나왔다.

중요한 길목의 지형을 고려하여 방책을 치고 관문을 설치한 다음 통나무 오두막집을 지어 감시소로 만들었다. 망루를 쌓아 올려 큰길은 물론, 봉우리에 이르는 좁은 산길과 골짜기로 난 오솔길까지 짐승조차 지나다니지 못할 만큼 엄중하게 감시했다.

이윽고 겨울이 다가왔다. 사수 강물은 아직 얼어붙을 정도는 아니지만, 초목은 시들어가고 눈앞에 보이는 모든 것이 쓸쓸해졌으며 맹렬한 추위는 살갗 속으로 조금씩 파고들었다.

그때 여포는 성을 둘러싼 사수 강가에 가시나무 울타리를 친 다음 무기와 군량도 충분히 성안에 비축해두고 하늘에 빌었다.

"눈이여! 산이고 들이고 다 메워버려라."

여포는 자연의 힘에 의지했지만, 지혜가 뛰어난 진궁은 냉소를 지으며 여포에게 간언했다.

"조조 군은 먼 길을 오면서 쉼 없이 전쟁을 계속한데다 아직 싸움을 치를 준비도 하지 못한 채 겨울을 맞아 병영도 마련하지 않았습니다. 당장 역습하신다면 지친 적을 손쉽게 이길 수 있으니 대승을 거둘 수 있습니다."

우유부단한 여포는 고개를 가로저었다.

"그리 간단치 않을 것이다. 싸움에 패하고 나서 아군 장병들의 사기가 충분히 오르지 않았다. 조조 군이 공격해오기를 기다렸다가 일시에 친다면 조조의 군사 대부분은 사수 강물에 빠져 죽을 것이다."

"그렇습니까?"

진궁은 요사이 여포를 향한 정열이 식어버린 듯했다. 대꾸도 하지 않고 조소를 머금으며 물러갔다.

그사이에 조조는 벌써 산동 경계를 장악하고 하비로 들이닥쳐 대군으로 하여금 성 아래를 철저히 감시하게 했다. 이틀 남짓 화살을 쏘아대며 전투를 벌이던 중, 마침내 조조가 무슨 생각을 했는지 직접 20기 정도만을 거느리고 사수 강가까지 말을 몰고 가더니 성안을 향해 소리쳤다.

"여포를 만나겠다."